Marie-Dominique Lelièvre

Sagan
à toute allure

Denoël

Marie-Dominique Lelièvre est journaliste et écrivain. Réputée pour ses portraits incisifs dans *Libération*, elle est l'auteur de deux romans et d'un essai biographique sur Serge Gainsbourg.

Mireille.

À Florence Malraux

« Un bon écrivain n'a pas seulement son propre esprit, mais aussi l'esprit de ses amis. »

NIETZSCHE

Nous attendions Françoise Sagan dans le salon de la maison qu'elle partageait avec son amie Peggy Roche, rue du Cherche-Midi. Des brûlures de cigarette maculaient la laque de la table basse. La grande pièce un peu impersonnelle, garnie d'un piano à queue et de meubles sans recherche, s'ouvrait sur un jardin de poche. La femme de chambre a posé les rafraîchissements sur la table, à côté des traces cramées. Une personne menue, timide et très courtoise est entrée, les mains dans les poches d'un cardigan trop grand.

L'apparition en chair et en os d'une image culte est aussi saisissante que celle des buildings profilés de Manhattan, lorsqu'on découvre New York : on est plongé dans un état de grâce extatique, une brève épiphanie. J'accompagnais un ami venu interviewer Sagan. Elle répondait aux questions avec un débit de mitraillette tout en allumant des Kool à la chaîne. Je ne pouvais détacher mon regard des poches de son cardigan ajourées de trous, un véritable macramé. Sagan a éteint une cigarette en l'écrasant sur la table, à côté du cendrier. Elle parlait, fumait, me posait des questions, envoûtée, je n'entendais rien. J'étais dans un roman de Sagan. Lorsque nous sommes partis, j'avais le cerveau vide.

Elle venait de publier *Avec mon meilleur souvenir*, son recueil de portraits. Elle y excelle dans l'art de dire du bien, le plus difficile à mon avis. Si l'on doit lire un seul livre de Sagan, c'est celui-là. Dix chapitres, dix chefs-d'œuvre. Bienveillance et concision : l'élégance absolue. La bonté pour unique règle morale, ce n'est pas rien. C'est une lecture qui rend meilleur. C'est le meilleur de Françoise Sagan.

Lorsque j'ai ouvert mon exemplaire, l'autre jour, une feuille jaunie arrachée d'un carnet est tombée des pages. « Trous poches cardigan. Brûlures cigarettes. » Voilà tout ce que j'ai noté lors de ce rendez-vous, mais ce feuillet est la preuve matérielle de notre rencontre.

J'ai d'abord habité des clichés saganesques. Je n'ai pas eu à les cultiver, je suis née dedans. À chacun son *Sex and the City*. Mes parents sont de la promo de Sagan, ils dansaient le jerk sur Sandie Shaw au club Saint-Hilaire, s'adonnaient à la grasse matinée, se stimulaient au Vat 69 et, pour mon éducation, lisaient *Paris-Match*. Mes parents étaient rapides dans tous les sens du mot.

Un été, vingt ans après Sagan, nous sommes descendus en famille à Saint-Tropez dans une

MGB décapotable. À cause d'elle, une autoroute avait été tracée, qui reliait Paris à la Côte d'Azur. Mon père ne respectant aucune limite de vitesse, le trajet a semblé moins long. De la porte de Choisy jusqu'à la sortie DRAGUIGNAN, ma mère, masquée par des verres Zeiss, n'a pas prononcé une parole. Les Restoroute se succédaient sur les aires de stationnement, elle refusait de s'arrêter chez Jacques Borel d'un signe de tête. J'aurais tué père et mère pour un steak-frites, et même pour les frites seules. Sans le berger allemand, nous aurions fait la route d'une traite. Logé sous le capot, entre les jambes hâlées de ma mère, il bénéficiait d'un arrêt-pipi tous les trois cents kilomètres.

Vite, il fallait que ça aille vite, d'ailleurs mon père était un abonné de *L'Express*. Un compliment le ravissait : « Vos filles sont en avance pour leur âge. » Nous sautions les repas et les classes, au besoin il falsifiait nos bulletins scolaires. Le nez sur le compteur, il essayait de battre son propre record. Vigilante, je surveillais la route et son regard dans le rétroviseur, guettant le signe fatal du dodelinement. Les émotions, c'était pour ma sœur, dont le profil se pinçait lorsque notre père allumait une Gitane sans filtre. Très pâle, elle haletait, son minuscule nez à taches de rousseur palpitant. Sur le sac en papier vomitoire à portée de sa main, le sigle d'Air France, un Pégase stylisé, semblait nous narguer.

Nous avions été encastrées dans le spider deux

portes, sous le hard-top qui tenait la capote, comme deux marionnettes à jambes de sable. Nous portions des jeans pattes d'éléphant de chez Bob Shop, rue du Four, et des pulls Busnel. À Saint-Tropez, nous les troquerions contre des minirobes Mic Mac personnalisées, avec en lettrage thermoformé : BRIGITTE pour ma sœur — à cause de Bardot — et DOMINIQUE pour moi, comme l'héroïne de *Un certain sourire.* Rien à bouffer, mais les bonnes fringues, et des prénoms choisis dans l'actualité. Si nous avions eu un frère, il se serait prénommé Charles, comme le Général-qui-a-sauvé-la-France-en-résistant-tout-seul. Lequel venait de quitter le pouvoir, bien que mon père lui eût manifesté son attachement au klaxon, un soir de manif aux Champs-Élysées.

Cette génération de parents avait tellement manqué de jouets qu'elle se rattrapait : les voitures, les animaux domestiques et les gosses, la vie en général, tout devait être non pas ludique (un mot des années quatre-vingt) ni fun (années quatre-vingt-dix) mais rigolo, comme le chantait Bardot. Refusant la souffrance, ils gobaient le Valium des laboratoires Roche comme des Tic Tac. À la tête du pays, de sévères vieillards s'occupaient des affaires sérieuses.

Les livres de Sagan, que je piquais à ma grand-mère en version de poche, me faisaient l'effet d'une lampe Varta décryptant les secrets des adultes, c'est-à-dire mes parents et leurs copains, Monique, Jacques, Claude, Évelyne… Les pères dragueurs de gamines, ça ne m'était pas étranger. Un détail m'avait frappée. Dans *Bonjour tristesse*, Elsa, la jeune maîtresse du père, tombe en disgrâce lorsqu'un coup de soleil l'enlaidit. Je n'imaginais pas l'amour si illusoire. Le discernement de l'auteur m'épatait. Elle ne prenait pas les faux-semblants pour la réalité.

À cause de Sagan, je suis passée en conseil de discipline en mars 1978, j'avais séché les cours pour une virée en Jaguar à Saint-Tropez, avec Jacques. Nous avions roulé toute la nuit vers la vraie vie. À l'arrivée, le port était vide, il ne se passait rien, sauf la lumière du soleil sur le golfe, mais je n'étais pas venue pour admirer les beautés de la nature. Je marchais dans une ville imaginaire et lorsque dans une ruelle un autoradio nous a appris la mort de Claude François, cela m'a semblé normal.

Sagan était l'incarnation moderne de mon héroïne, Shéhérazade. La femme qui sauve sa peau et celle des siens en racontant des histoires. Je ne voulais pas devenir femme de lettres mais écrivain célèbre. Non pas vouer ma vie à l'écriture, mais vivre comme Sagan. Écrivain, ce n'était pas un métier mais un style de vie excitant, lyrique, excessif, libre. La vraie vie, en somme. Faire des livres comme elle, ça semblait facile.

Lorsque j'ai écrit mon premier livre, j'ai téléphoné à un concessionnaire Aston Martin, lui demandant une documentation. Avec mes droits d'auteur, j'allais acheter la Vantage V 8. Pour les bagages spécialement conçus afin de s'encastrer dans le coffre, j'hésitais encore. Je croyais à la fulgurance du succès comme un footballeur débutant. J'ai seulement changé de bicyclette, d'ailleurs je ne sais pas conduire.

Plutôt qu'un portrait, cette enquête est un kaléidoscope. Sagan a déjà eu des biographes, elle en aura d'autres. Je ne prétends pas dire qui elle était, saisir son énigme la plus profonde, qui le peut d'ailleurs, elle était très secrète, mais seulement éclairer quelques facettes. Le biographe sélectionne des dates, il trace une trajectoire où tout semble se tenir de la vie à la mort. C'est artificiel. La biographie de Sagan n'est pas un roman de Sagan.

Pour écrire ce livre, je n'ai pas passé des milliers d'heures à interroger tous ceux qui se sont trouvés à un moment ou à un autre sur son passage-éclair. Je me suis concentrée sur une cinquantaine de témoignages, et en premier lieu le sien. Je l'ai lue et relue. J'ai rencontré ses amis les plus chers, ses secrétaires, sa dernière compagne, sa famille, sa banquière, ses médecins, des éditeurs, sa gouvernante. J'ai visité ses maisons, feuilleté ses livres et ses dictionnaires, consulté ses manuscrits et sa garde-robe, sa discothèque, et dormi dans son lit. Ce livre est un récit de voyage au pays de Sagan.

Jour de chance

Florence Malraux habite un immeuble discrètement élégant aux confins de la rue de l'Université, au pied de la tour Eiffel. Je suis un peu inquiète. Cette rencontre est décisive : le beau nom de Florence Malraux est le mot de passe qui décidera de la suite. Les entourages ne sont pas généreux : ils craignent d'être dépossédés de leurs secrets, ou qu'on en fasse un usage maladroit. Françoise Sagan avait seize ans lorsqu'elle a connu Florence au cours Hattemer. Leur amitié a tenu toute une vie, c'est rare.

À quoi peut ressembler une femme dont les illustres gènes sont stockés au Panthéon ? Je sonne au hasard, mais je devine immédiatement que c'est la bonne personne : même gabarit de crevette que Sagan, même âge ou presque, et des manières amicales. Elle est si menue que mes craintes se dissolvent. Pieds nus sur la moquette, elle me précède ; des livres, des piles de CD, des photos fraîches d'enfants et d'amis. Dans certains appartements, on étouffe : il s'en dégage une mélancolie poignante ou alors ils sont glaciaux, inhabités. Calme et lumineuse, cette maison diffuse un air frais qui ne provient pas de la bougie Diptyque : on y respire.

— Au cours Hattemer, nous étions... en avance : des enfants de la guerre. Qui s'était terminée par un coup de massue, la découverte des camps.

Aimantées par leur singularité, Florence et Françoise sèchent les cours pour les bistrots où elles parlent de ce qu'elles aiment le plus, les livres, ceux qu'elles ont lus, ceux qu'elles lisent, ceux qu'elles liront.

— Françoise avait lu tout Stendhal et puis Flaubert, Faulkner, Hemingway, Camus, Fitzgerald, un peu Malraux. Elle était colonisée par la littérature.

Les deux filles rivalisent d'érudition et de name dropping littéraire, cherchant à s'épater. Françoise a lu Proust, Florence non. Mais Florence connaît Dostoïevski et Tolstoï, Françoise pas. La finesse de Florence, son discernement et son charme, sa culture, son goût pour la peinture et son entourage subjuguent Françoise : elle déjeune avec Albert Camus ou Louis Guilloux, dont Françoise a aimé *Le Sang noir*. Florence, elle, admire l'intelligence et la liberté de son amie.

— Il y avait un peu de narcissisme dans notre attirance mutuelle : on nous prenait pour deux sœurs.

Dans la bibliothèque de Florence, une photo

les montre en tête à tête à Capri, l'été qui a suivi la publication de *Bonjour tristesse.* Penchées l'une vers l'autre, elles sont en grande conversation. Elles se ressemblent, c'est vrai. « Tu me stimules et tu me rassures », lui a dit Françoise dès les premiers temps de leur amitié.

Florence possède la radioactivité souriante des statues khmères chères à son père, et la légèreté d'un funambule. Elle a vécu une enfance singulière. Entre ses parents, Clara et André Malraux, elle a découvert très tôt la création et compris les faiblesses des créateurs. Enfant de deux hypersensibles encagés dans leurs névroses, elle a trouvé sa place en développant le tact, la patience, la délicatesse d'un soigneur de fauves.

— Pour Françoise, la solitude était insupportable, ajoute Florence Malraux. Comme une enfant, elle était incapable de rester seule. Plus que de la drogue, elle ne pouvait se passer de compagnie. Pour moi, c'est le fil rouge de son œuvre.

Florence pose sur moi un regard magnétique, tout en glissant une mèche de cheveux derrière l'oreille. Son pas ailé sur la moquette ivoire, ses gestes fluides, ses phrases suspendues donnent à notre rencontre une douceur rêveuse.

Sans même que je le lui demande, elle propose de me servir de guide. Attrapant son carnet d'adresses, elle me dicte une série de numéros de téléphone. J'ai de la chance. À son cou scintille une aigue-marine, le talisman des navigateurs. Un bon signe.

[illegible]

[illegible]

— [illegible]

[illegible]

La facilité en personne

> «Je ner pas beacou de chose à te dire parce que jan é pa beaucou invanté dans ma tête ma chère maman.»
>
> FRANÇOISE QUOIREZ, six ans, lettre à sa mère

> SAGAN (Françoise QUOIREZ, dite Françoise). Écrivain français. Cajarc, Lot, 1935. Elle fit ses débuts en littérature avec *Bonjour tristesse*, œuvre à la fois amère et tendre dans laquelle on voit une jeune fille causer indirectement, encore que volontairement, la mort de la maîtresse de son père, dont elle est jalouse.
>
> Le Petit Robert

J'achète un exemplaire de *Bonjour tristesse* en livre de poche. Une couverture tartignolle, une mauvaise impression. Je l'ai lu souvent. Dans les maisons de campagne, lorsque la bibliothèque se résume à un rang de livres de poche périmés, il traîne souvent, conservant sa fraîcheur. Ou bien c'est le seul livre séduisant du kiosque à journaux de l'aéroport. Jamais je n'ai été déçue. Ça tient drôlement le coup. La vivacité du texte est intacte. Court, vrai, brillant. Ce livre est un mystère. Comment une gamine de dix-huit ans a-t-elle pu écrire un texte aussi abouti, avec autant d'élégance ? Le naturel, l'intelligence, la justesse frappent d'un bout à l'autre. Le miracle, c'est le rythme : la narration est d'une fluidité parfaite, la taille du livre à l'exacte mesure de son contenu. Une fois encore, la surprise opère. Une fille aussi jeune, presque une enfant, qui sait autant de choses, je ne vois pas d'équivalent dans la littérature française. Rimbaud, l'enfant poète, est un visionnaire, il écrit sous la dictée, en prise directe avec le cosmos. J'ai interrogé Florence Malraux :

— Très jeune, Françoise savait déjà tout. Trente ans après, je n'ai rien appris de nouveau, me disait-elle. Moi non plus, du reste. L'intelligence se manifeste assez tôt.

Selon sa sœur Suzanne Quoirez, personne dans l'entourage de Françoise ne ressemblait à ses personnages légers et immoraux. Elle a probablement tout imaginé, et pourtant ce n'est pas fabriqué. Elle l'a fait par jeu. Elle-même ne livrait pas la clé : « Son habileté m'épate vaguement », a-t-elle concédé, bien plus tard. Avec un sens adroit de l'ellipse, elle suggère plus qu'elle ne nomme, elle obtient pas mal d'effet avec des brindilles. Ses personnages sont des esquisses dont elle ne griffonne que quelques traits. Le père de l'héroïne est lâche, jouisseur et charmant. « Je n'imagine pas de meilleur ami, ni de plus distrayant », écrit-elle simplement.

« J'ai fait ce qu'on me disait de faire à l'école », dit-elle plus tard à Nesta Roberts, journaliste au *Guardian*. « On m'a toujours dit d'être brève et précise. C'est ce que j'ai fait. »

L'écriture est d'un naturel parfait, l'expression toujours juste ; Françoise Sagan, qui a bu au biberon toute la littérature classique, est la fille du roman 1820, son intelligence concise vient de là. En matière littéraire, elle a l'oreille absolue. Racine, Voltaire, Stendhal : le mot et l'idée, un point c'est tout. Rien n'est tombé du ciel, elle a absorbé un précoce capital de lectures. Elle a lu, elle a senti, elle a aimé les grands auteurs classiques à un âge si tendre, dans un tel état de réceptivité, que leur saveur s'est incorporée dans son ADN. Ses synapses bien nourries sont formées sur ce modèle.

Quant au propos, il est sincère. Sagan parle des corps et du plaisir avec une simplicité aussi sèche que désarmante. Cécile, son héroïne, « prend » un amant, Cyril, plus que l'amant ne la prend. Il songe à l'épouser tandis qu'elle baise avec détachement, jeune gymnaste joueuse et déliée qui n'en fait pas toute une histoire. Elle n'est pas sentimentale, Cécile. Pour elle, le « je t'aime » est le remerciement, l'élan de gratitude animal qui naît du plaisir bien donné, la reconnaissance du ventre en quelque sorte, plus qu'une déclaration.

Cyril est le premier, mais pas le dernier. Il est grand et « parfois » beau. Le coup de griffe de ce « parfois », une retouche l'air de ne pas y toucher, est aussi nonchalant que cruel : le lecteur ne peut qu'être charmé par la férocité du moraliste junior. D'ailleurs, manipulé par la jeune fille, il devient rapidement « le pauvre Cyril ». On dirait que c'est elle l'amateur de chair fraîche et lui, la jeune fille romantique. Les rôles sont inversés. « La France est un vieux pays fatigué où les sentiments ne survivent qu'en tant que formes », écrit Milan Kundera dans *L'Immortalité*. Cynique bienveillante, Cécile déplace le curseur d'un cran : elle ne se donne même pas la peine d'y mettre les formes. Plus délurée que la libertine d'aujourd'hui qui se débauche par conformisme (échangisme, jeux sadomaso, Kama-sutra imité de films porno), Cécile est sensuelle et libre, ce n'est pas une cérébrale.

De la description précise du plaisir, on peut déduire que Françoise Quoirez a déjà eu une liaison, puisqu'« on ne peut inventer que ce qu'on sait déjà », comme elle l'écrit dans *Répliques*. Cette simplicité fait scandale, en 1954 : une jeune fille y emploie une expression culottée : « faire l'amour ». Et elle passe à l'acte sur la bâche d'un hors-bord. Sans être amoureuse, ni même tomber enceinte, selon la loi alors en vigueur : avec détachement.

Un bon livre est une présence, un souffle. Ce

qui est jubilant, dans *Bonjour tristesse*, c'est qu'il ressuscite la vivacité de Sagan, sa voix acide de très jeune fille, sa clairvoyance un brin sadique.

Le merveilleux de certaines œuvres, c'est qu'elles sont habitées et vivantes, elles vibrent au rythme de leur auteur : fougue réjouissante de Saint-Simon, sécheresse stimulante de Voltaire, ironie exultante de Salman Rushdie, humanité mélancolique de Raymond Carver.

— L'écriture de Françoise est juste. Comme une musique parfaitement juste, dit Florence.

Françoise Sagan écrit juste parce qu'elle aime la littérature d'un amour instinctif, charnel, comme on aime d'amitié. J'ai devant les yeux la page de garde de l'exemplaire de *Bonjour tristesse*, dédicacé à Colette : « À madame Colette, en priant pour que ce livre lui fasse éprouver le centième du plaisir que m'ont donné les siens. En hommage, Françoise Sagan. »

C'est de plaisir qu'il s'agit, et de rien d'autre. Du bonheur d'écrire. D'un exercice ludique, et c'est là que réside la virtuosité de *Bonjour tristesse*. Joueuse dans l'âme, Sagan s'amuse avec ses personnages. « Elle avait écrit, à dix-huit ans, une jolie dissertation française, que l'on avait publiée et qui l'avait rendue célèbre. Elle avait refusé de prendre tout cela au sérieux : de toute façon écrire était *a priori* un plaisir pour elle. » Voilà ce qu'elle écrit, dix-huit ans plus tard, dans *Des bleus à l'âme*.

À la fin de l'été 1953, quand Florence et Françoise se retrouvent à la Sorbonne, elles se racontent leurs vacances.

— Moi, je viens de terminer un roman, dit Françoise.

Florence est sceptique. Certes, Françoise a écrit des poèmes, des nouvelles aussi, mais elle n'a jamais évoqué de projet de roman.

Au milieu de l'été, elle a brusquement quitté Hossegor pour rentrer à Paris avec son père : passer le mois d'août à Paris est assez chic, on échappe à la famille, et la ville est à vous.

« C'est un été comme il y en avait encore en ce temps-là, découpé par des avenues poussiéreuses et désertes sous des arbres vert pomme ou vert sombre... Je vais en robe de chambre chez le boulanger de la rue Jouffroy et j'y achète deux croissants. Je grignote le mien pendant le trajet du retour, ne rencontrant qu'un autobus aussi vide que le boulevard et un célibataire mal rasé », écrit-elle dans *Derrière l'épaule*.

Cet été 1953, Françoise Quoirez devrait être à la plage, comme son héroïne Cécile. À bronzer sur le sable, à rouler des patins à un type « parfois » beau. Elle a préféré s'enfermer dans un appartement de la plaine Monceau, en compagnie d'un père qui n'est pas du tout un séducteur comme Raymond, celui de Cécile. Elle a passé l'été en robe de chambre, Françoise Quoirez, dans la profondeur fraîche du grand appartement familial, à regarder les reflets du soleil sur les arabesques du balcon de fer forgé. Au bord de la mer, gauche et rustique en maillot deux-pièces de coton, elle se cachait derrière les livres.

— Elle n'était pas une fille fabuleuse, elle n'avait rien de... très féminin, et ne nous intéressait pas beaucoup. Mais elle était mignonne, intelligente, m'a dit Philippe Klein, un ami d'enfance.

La plage, c'est pour les gens beaux. Françoise s'y sent invisible, sans glamour, alors qu'elle rêve de captiver, de retenir l'attention comme sa pin-up blonde de grande sœur. À Suzanne la plage, à Françoise les pages.

À Paris, sur un petit cahier bleu, d'une écriture très nette, elle commence *Bonjour tristesse.* Angoissée, elle n'ose relire le lendemain ce qu'elle a écrit la veille, tant elle manque de confiance en elle. Chaque jour, elle est tentée de tout jeter, dans un état d'esprit déstabilisateur qu'elle va retrouver à chaque livre, parce qu'elle est exigeante. Puis à mesure que le récit progresse, l'euphorie prend le pas sur l'inquiétude, et la joie l'envahit. Une maison sur la Côte d'Azur, des amours de vacances, un drame prennent possession de l'appartement bourgeois du boulevard Malesherbes. Excitée par cette revanche imaginaire, elle invente, en gosse mythomane qui se fabrique un scénario de consolation — avec des choses inventées dans sa tête.

Six semaines plus tard, le récit est achevé. Elle

tape elle-même le texte à la machine, d'un doigt. À la fin du mois d'août 1953, le manuscrit est prêt.

— Ah oui, un roman... Alors tu me le fais lire ?

La sachant inventive, un brin menteuse, Florence la taquine.

— Non, je ne peux pas, c'est nul. Et puis tu es trop critique.

Françoise ne feinte pas : elle n'est pas sûre d'elle et redoute le jugement de son amie. Florence est aussi bienveillante qu'exigeante. Alors qu'elles traversent Paris en autobus, Françoise accepte de confier son manuscrit.

Comme tous les lecteurs qui lui succéderont, Florence le lit d'une traite et lui téléphone à deux heures du matin.

— Tout va bien. Tu es un écrivain.

Françoise séduit son éditeur

« Être écrivain à succès paraissait romanesque et passionnant — on ne serait jamais aussi célèbre qu'une star de cinéma, mais la célébrité durerait probablement plus longtemps, on n'aurait jamais le pouvoir d'un homme à fortes convictions politiques ou religieuses, mais on serait certainement plus indépendant. Bien entendu, à l'intérieur du métier, on était éternellement insatisfait ; mais pour ma part, je n'en aurais pas choisi d'autre. »

FRANCIS SCOTT FITZGERALD,
La Fêlure

René Julliard a un goût médiocre. C'est un grand éditeur. Un vendeur d'excellence. Il a fait de l'édition une industrie braquée sur l'actualité, chaque mois apporte un sujet ou un auteur neuf. Il a toujours été en phase avec l'air du temps : sa première maison d'édition, Sequana, installée à Vichy pendant la guerre, publiait des ouvrages consacrés au Maréchal : *Avec Pétain, une nouvelle page de l'histoire de France* (1940), *Pétain tient la barre* ou *Un seul chef, Pétain* (1941). Réactif et opportuniste, il publie à la Libération des poètes communistes : Paul Eluard, Louis Aragon, Claude Roy. Puis il fonde les éditions Julliard et rafle trois fois le prix Goncourt entre 1946 et 1948. Maison de littérature et d'essais politiques, Julliard spécule sur le nombre : elle a publié plus de quatre cents premiers romans en dix ans, sous une couverture blanche à liséré vert.

Comme Bernard Grasset avant lui, René Julliard pense qu'une des grandes fonctions de l'éditeur, le cœur même de son métier, est de transformer le manuscrit en objet de désir, et l'auteur en vedette de l'actualité. Lire un manuscrit, savoir s'il est bon ou pas, tous les éditeurs savent le faire. Pour le transformer en livre, il suffit d'un imprimeur. Donner envie de lire, c'est une autre affaire. Une affaire de lancement, en fait. René Julliard va jusqu'à sélectionner une vedette de l'actualité pour la transformer en auteur. Il se prête aux canulars : il a édité Minou Drouet, une petite fille prodige censée écrire des poèmes dont Jean Cocteau a dit : « Tous les enfants de neuf ans ont du génie, sauf Minou Drouet. »

Julliard n'est pas le premier, en ce domaine. En France, Bernard Grasset, déjà, a montré la voie. En 1923, il lance Raymond Radiguet, qu'il surnomme le Bébé Cadum, comme une savonnette. « L'idée de lancer un livre avec scandale était de Radiguet. Il prétendait que jadis un livre était maudit par le rare et que le temps était venu de le maudire par la publicité. Il fallait que le livre tombât des mains des gens que toute cette publicité agacerait pour ne rester qu'entre celles de ceux qui en seraient dignes », prétendit Cocteau, à la mort de Bernard Grasset.

Cinq ans après le succès du *Diable au corps*, Grasset lance André Malraux, le père de Florence. Malraux n'est encore qu'un jeune aventurier érudit, voleur de statues et emprisonné au Cambodge, lorsque Bernard Grasset lui propose de raconter lui-même son expédition. La campagne de défense menée par sa femme Clara l'a brusquement rendu célèbre. Grasset a flairé la bonne affaire : le livre comme produit dérivé de la notoriété.

René Julliard, lui aussi, a le sens de la communication. Deux fois par semaine, sa femme Gisèle d'Assailly, qu'on dit un peu sotte, organise des réceptions dans leur appartement de la rue de l'Université, où sont conviés libraires, écrivains ou journalistes influents. Dans un décor XVIIIe, avec d'admirables antiquités chinoises, le couple Julliard reçoit en majesté. On y dîne très mal, viande desséchée avec haricots verts pour tout le monde, mais servi par un maître d'hôtel en gants blancs. « De haute taille, énigmatique derrière ses lunettes d'écaille, Monsieur paraît un peu absent, à l'abri d'une irréprochable courtoisie. Madame fait plus d'efforts, sans jamais oublier ce qu'elle se doit : descendante de La Fayette, Gisèle d'Assailly cultive sa ressemblance avec l'ancêtre, le cheveu d'argent soigneusement peigné comme une perruque Louis XVI... La politesse de ce ménage tient à distance plus qu'elle ne met à l'aise », raconte Matthieu Galey dans son journal.

Dans la maison d'édition, un service de relations publiques amplifie la notoriété ou la réussite des auteurs à succès, et pas seulement dans les pages littéraires, car l'attachée de presse est bien introduite à la rédaction de *Paris-Match*.

Ce jour-là, René Julliard est presque ahuri. Un drôle de pistolet est assis dans sa bibliothèque, rue de l'Université. Garçonnet vêtu comme sa mère, ou presque, jupe sous le genou, escarpins à talons. La jeunesse, qui n'est pas encore une classe à part entière, ne choisit même pas la marque de ses vêtements. Françoise Quoirez le regarde avec de grands yeux narquois, à demi cachée sous une épaisse frange de cheveux blond cendré. Dix-neuf ans, paraît-il. Elle ne les fait pas, malgré la jupe conventionnelle. « Françoise Quoirez, 167, boulevard Malesherbes, Carnot 49-61, née le 21 juin 1935 », a-t-elle écrit sur la couverture du manuscrit. Lorsqu'il a terminé de le lire, la veille, il s'est demandé si une gamine aussi jeune en était vraiment l'auteur.

René Julliard lui a envoyé un télégramme dans la nuit, lui proposant un rendez-vous à onze heures, chez lui. Boulevard Malesherbes, chez les Quoirez, la bonne, Julia Lafon, montait la garde : l'éditeur a dû attendre le réveil — tardif

— de la jeune fille pour obtenir la réponse. Françoise aime son lit, déjà. Cette désinvolture n'a pas déplu à l'éditeur. C'est lui qui s'est plié à son agenda. Un nouveau rendez-vous a été fixé à 17 heures.

Une météo changeante, tantôt gaie, tantôt mélancolique sur le museau pointu de la jeune fille, accentue sa jeunesse. Sagan a été très photographiée : elle était mieux en vrai. La photo ne restitue pas davantage la vivacité, la présence d'un être, que la beauté mobile d'un nuage. Il manque les gestes, le sourire qui s'allume et disparaît, la présence. Le charme ne se photographie pas. Les images de Françoise ne rendent pas justice à sa grâce naturelle, à sa séduction, à sa vivacité. Elle s'exprime avec aisance, dans une langue classique : pas d'argot, pas de gros mots, pas de tics de langage. Ses mots et ses idées sonnent juste. Une jeune fille de bonne famille, pas déroutée du tout de parler en public, avec une diction précipitée qui ajoute au charme.

Françoise Quoirez n'est pas jolie, elle est pire : irrésistible. L'intelligence la rend belle. Et tout chez elle respire la lucidité, l'esprit en alerte. Elle comprend tout au quart de tour, la dernière fille des Quoirez. D'autant qu'elle est vaguement ivre. Un verre de cognac avalé au Flore avec son groupuscule, Florence Malraux et Véronique Campion, a débridé sa timidité. En plus, une voyante, Mme Poignant, rue de l'Abbé-Groult, lui a assuré qu'avant un an elle serait connue au-delà des mers. Dans l'appartement de René Julliard, grand bourgeois et paternel, elle trouve vite ses repères. Ils parlent la même langue.

Françoise est en état de grâce juvénile et René Julliard est sous le charme.

Cette fin d'après-midi-là, rue de l'Université, elle joue avec sa cervelle en virtuose. Et puis des pauses, des silences colorés par deux yeux immenses de très tendre ouistiti. Elle n'a pas les plus beaux yeux, mais elle a le plus beau des regards, brillant de vivacité. L'intelligence est un euphorisant. Voilà pourquoi elle a eu du succès, tout de suite, Françoise Sagan. En tricotant les idées très vite, avec des raccourcis inédits, des pirouettes, des surprises mentales.

« J'aime écrire, dit-elle. Écrire un roman, C'est faire un mensonge. J'aime mentir. J'ai toujours menti. »

L'instinct marchand de René Julliard lui souffle qu'il a trouvé en Françoise Quoirez un personnage, un petit phénomène comme l'édition les apprécie. La jeunesse est un bon argument commercial. La finesse, l'instinct de la jeune fille lui permettent de s'accorder aux attentes de la bourgeoisie de son temps. Pendant les trois heures qu'il passe avec elle, le 17 janvier 1954, René Julliard succombe à la séduction de ce petit personnage rare, qui semble avoir écrit en se jouant, comme l'acrobate du cirque de Pékin fait tournoyer l'assiette sur une baguette en bambou.

Le coup de la gamine qui écrit un premier

roman à scandale, les éditeurs le refont à chaque saison, mais nul n'a jamais plus eu la grâce de cet essai. Pour un éditeur des années cinquante, Françoise est à la fois rassurante comme une jeune bourgeoise, et émancipée juste ce qu'il faut. Adolescente de bonne famille, elle franchit la ligne jaune avec élégance : elle sait écrire, somme toute. Elle est dessalée, mais pas trop : elle est trop maligne et délicieusement courtoise pour en faire trop. René Julliard en est convaincu, à présent : Françoise Quoirez a écrit elle-même son livre. Elle est un écrivain. Ce n'est pas indispensable mais ça peut servir lorsqu'on publie. Il a mis la main sur un bébé femme de lettres.

— Julliard, à l'époque, ce n'était pas synonyme d'extrême qualité... Françoise avait choisi le premier qui l'avait acceptée. Il y avait alors un snobisme d'éditeur. Dans cette époque très Gallimard, Françoise se débarrassait d'un mythe : l'idée qu'un grand écrivain devait publier chez Gallimard, précise son ami Bernard Frank.

Si René Julliard devient l'éditeur de *Bonjour tristesse*, c'est qu'il a été le plus rapide. Au hasard, elle a demandé 25 000 francs. Émoustillé, stimulé par la rencontre, René Julliard double la mise et devance les éditions Gallimard et Plon qui accepteront le manuscrit, mais trop tard. Avec Françoise Sagan, il faut être rapide. Aussi vif qu'elle. « J'ai eu la chance de commencer avec les éditeurs qui avaient à la fois le talent et l'argent», dit Françoise Sagan dans *Répliques*. L'argent, elle sait comment l'utiliser.

«Je vais acheter une voiture. Une Jaguar.»

En sortant avec le contrat, Françoise téléphone à Florence. Celle-ci est épatée : une copine (et un écrivain) qui s'achète une voiture, elle n'a jamais vu ça.

Le livre sort le 15 mars 1954.

La guerre est terminée depuis à peine neuf ans.

Avant l'été, Françoise est une vedette.

— Des années après, je lui ai fait remarquer qu'elle avait été maligne d'inscrire son âge sur le manuscrit de *Bonjour tristesse*, m'a dit Florence Malraux.

«Non, ce n'était pas par habileté. C'était juste pour qu'ils se disent, elle est jeune, elle a une excuse…», lui répond Françoise.

Bernie chéri

Parce qu'il tient son pantalon d'une main, on pourrait croire qu'il s'extrait tout juste de sa coquille, mais pas du tout, ses baskets Mephisto sont aussi bien lacées que celles d'un prêtre ouvrier. En fait, il flotte dans des vêtements trop grands pour lui, comme empruntés. Du baggy avant la lettre. Non qu'il ait maigri, il s'est toujours habillé ainsi.

— Je suis un homme en chambre. La mienne et celles des autres, dit Bernard Frank avec un sourire espiègle.

Sa maison de papier, située en face de l'hôtel Bristol, rue du Faubourg-Saint-Honoré, est parfaitement silencieuse : au rez-de-chaussée, il est le dernier locataire privé d'un immeuble abandonné aux bureaux. Séquestré volontaire, il occupe une caverne capitonnée de bouquins, services de presse dont les stalagmites grimpent à l'assaut des murs et nappent tables et guéridons, portiques de volumes en grand uniforme vert et or de la Pléiade.

Ses livres à lui, il n'en possède même pas l'édition originale. Et il s'en fiche bien. Lorsqu'un de ses admirateurs, l'académicien Jean d'Ormesson par exemple, le presse d'entrer à l'Académie française, il se gondole. Et pour le remercier de sa sollicitude, il lui balance un coup de patte : « Nos rapports d'écrivains auraient pu être exquis, si d'Ormesson ne s'était entêté à écrire. » Bernard Frank est un homme indépendant, resté fidèle à lui-même, donc à son enfance.

« Nous nous sommes quittés rarement après nous être connus. Florence me l'avait présenté à un cocktail, la première année de *Bonjour tristesse.* C'était un jeune homme hirsute, il avait de gros sourcils, une belle voix, de belles mains, et se montrait sarcastique avec la petite Sagan que depuis il n'a pas quittée, à part quelques aventures sentimentales et elle aussi. Il avait déjà écrit une formidable *Géographie universelle*, il était lié avec Sartre, il était pour moi l'intellectuel même. Nous avons cohabité au gré de nos maisons, de nos mariages divers, mais sans être séparés par autre chose que le temps qui passe », écrit Sagan.

Lorsque Françoise Sagan et lui « tombent amis », Bernard Frank est plus lancé qu'elle. Florence les présente l'un à l'autre en 1954, au cocktail Denoël. Jus de pamplemousse pour Florence, Johnnie Walker pour Bernard et Françoise. Bien que voisins — ils habitent chez leurs parents dans le dix-septième arrondissement, lui avenue de Wagram, elle boulevard Malesherbes —, ils ne se sont jamais croisés. Un libraire du quartier, Gérard Mourgue (Les Essais, rue de Courcelles), a recommandé *Bonjour tristesse* à Bernard.

Il l'a dévoré dans le plaisir et la hâte, comme un policier de la Série noire ou un album des Pieds Nickelés dont il est friand. Ils ne surchargent pas l'existence de faux problèmes. On les lit, et puis bonsoir !

Assis dans un fauteuil, patient et résigné, Bernard Frank papillote des paupières, cheveu hirsute, mi-garnement, mi-dalaï-lama.

— C'est longtemps, longtemps après que j'ai commencé à éprouver une véritable admiration pour le petit chef-d'œuvre de Françoise, *Bonjour tristesse.* Sans forcément le lui dire, d'ailleurs.

Sans le dire du tout... Jeune, prétentieux et snob, Bernard Frank se prend alors pour le seul écrivain de sa génération. Toisant Françoise du haut de ses vingt-cinq ans — elle qui n'en a que vingt —, il lui parle de ses petits romans à la noix, elle exprime un respect indéfectible pour ses livres. Bernard en a déjà publié trois, au moment de leur rencontre. *Géographie universelle*, *Les Rats*, *La Panoplie littéraire*... Vedette des lettres françaises, il est le jeune homme dont on parle, on attend de lui un grand roman, un chef-d'œuvre. « Vous êtes plus intelligent que moi au même âge », lui a dit Jean Paul Sartre, de sa voix métallique et sèche. Chacun est persuadé du génie de Bernard. Françoise aussi pense qu'il est un écrivain extraordinaire. Bernard se laisse penser qu'elle n'a pas tort. Leur amitié la rassure sur son propre talent, dont elle n'est pas si sûre. Elle quête son approbation.

La première fois, Françoise vient le chercher chez lui, dans la Jaguar XK140.

— La carrosserie était noire, ou d'un vert foncé, je ne sais plus très bien. Pour quelqu'un qui ne savait pas conduire, avoir pour chauffeur une jeune fille au volant d'une Jaguar est éblouissant.

Le style de vie de Françoise lui semble lumineux. Comme Scott Fitzgerald de Zelda, Bernard Frank tombe amoureux de « son courage, de sa franchise, de sa flamboyante estime de soi ». Bernard embarque à bord de son vaisseau spatial, dont il ne redescendra jamais tout à fait.

— J'ai compris que je ne pourrais jamais faire mieux.

Françoise le conduit chez son éditeur, Jean-Claude Fasquelle, rue de Grenelle. Elle gare la voiture décapotée dans la cour de l'hôtel particulier un peu délabré qui abrite la maison d'édition. Les voitures épatent encore, dans les années cinquante. Bernard Frank affecte de trouver ça très bien, sans plus, même s'il n'est pas mécontent de cette publicité : ce jour-là, toute la maison est aux fenêtres pour assister au spectacle. Il apporte à Fasquelle le manuscrit du *Dernier des Mohicans.* Ensuite, l'éditeur ne verra plus rien venir. Françoise l'a enlevé. Avec Florence, ils forment un trio inséparable. Ils sont rapides, intelligents, délicats, lettrés. Charmants. Pudiques et réservés. Tendres, surtout. Ce que Françoise Sagan aime le plus chez les autres est ce mélange de charme et d'intelligence qu'on appelle l'indulgence. Ils voyagent, Françoise et Florence avec des baluchons, Bernard avec ses malles de livres et ses embauchoirs.

— Je n'avais jamais vu une intelligence pareille, dans la simplicité. L'intelligence, quand elle est claire et précise, provoque une impression de paix. La littérature française n'a connu que deux stars depuis la guerre : Sartre et Sagan. Sartre, c'était évident qu'il était intelligent, mais Françoise…

Et le sexe ?

— Pcheeeeeee…

D'un geste saganesque, il aplatit d'une main sa frange sur son crâne avant de l'écraser sur ses sourcils, comme une visière qui dissimule la moitié de son visage : il peigne sa timidité. Frank et Sagan ont vécu une telle symbiose qu'ils ont fini par se ressembler. Bernard, d'ailleurs, est aussi incompréhensible que Sagan, non parce qu'il parle aussi vite qu'elle, mais parce qu'il marmonne. L'écrivain et critique Éric Neuhoff, un ami de Bernard, prétend que leurs échanges devaient se faire en morse.

Y a-t-il eu entre Frank et Sagan une love affair ? Vagues soupçons, aucune certitude, disent les proches. « Non, il n'y a jamais rien eu entre eux », tranche leur ami Jean Grouet, qui a été le secrétaire de Sagan, avant de devenir, selon Patrick Besson, la nounou des écrivains, en particulier Bernard Frank. « Cela a pu arriver », rectifie Claude Perdriel, autre copain et nounou d'écrivains.

C'est arrivé. Une fois, une seule fois. Et ça n'a plu ni à l'un ni à l'autre : chacun l'a confié, de son côté, à Florence. Il n'est pas son genre, elle n'est pas le sien : il préfère les dames âgées, elle les dames jeunes ou les hommes âgés. Pour Françoise, Bernard tient du nounours hirsute, de l'objet transitionnel, plus que de l'amant. Elle l'admire tout en le trouvant exaspérant.

— Françoise a été la femme de ma vie, dit tout à coup Bernard Frank.

Ça alors ! Elle n'est pas la seule. Si Bernard a toujours été discret à l'égard des dames — à son biographe, il a demandé de retrancher toutes les anecdotes qui les concernent —, plusieurs ont été élevées au grade suprême de « plus grand amour de ma vie ». Bernard a aimé des femmes de caractère, de fortes personnalités, comme Marie-Odette de Rochechouart, sa grande passion, l'Anglaise Barbara Skelton, veuve de l'écrivain anglais Cyril Connolly, Monique Gonthier, la mère de la plasticienne Sophie Calle, ou la grand reporter Claudine Vernier-Palliez, qu'il épousa.

« C'est une amitié bizarre, plus faite de longs blancs, de brouilles et de méfiances silencieuses que d'embrassades, comme si nous remettions à une autre vie, à une vie meilleure, le soin de nous rencontrer plus souvent et de nous complimenter », écrit Bernard dans *France-Observateur*, le 30 janvier 1964, à propos de son lien avec Sagan.

Françoise et Bernard ont pratiqué une forme d'amitié amoureuse fidèle et passionnée, qui ne s'est jamais démentie. Ils se font parfois la gueule — Bernard, affreusement jaloux, entre volontiers en bouderie —, il y a des brouilles, des réconciliations. Mais ils s'aiment et se respectent, liés par une même nécessité : ne jamais rester seuls, situation qu'ils exècrent autant l'un que l'autre. Ils sont proches sans être intimes. Face à face, chacun joue un rôle et ne se montre jamais tout à fait vrai.

« Sans Sagan, la vie serait mortelle d'ennui », écrit-il en 1965. Comme son œuvre, la vie de Bernard semble une perpétuelle digression dont Sagan forme le sujet principal. Il s'en écarte parfois, y revient toujours. Elle passe souvent avant les autres « femmes de sa vie » : elle l'enlève au gré de ses caprices, sans considération pour les compagnes de Bernard.

Dans ses Mémoires, judicieusement intitulés *Weep No More* (« Ne pleure plus »), Barbara Skelton raconte comment Sagan de temps à autre kidnappait Bernard. D'un simple coup de klaxon, à la grille d'entrée de la propriété de Barbara à Grimaud, elle convoquait Bernard qui la rejoignait avec sa valise. La première fois, Barbara Skelton fut tellement exaspérée par ces deux sales gosses qu'après avoir sifflé la bouteille de whisky qu'elle venait juste d'entamer avec Bernard, elle prit sa voiture et se jeta (accidentellement) dans un ravin…

Une fois envolé, Bernard envoie à sa protectrice des télégrammes sadico-diplomatiques : « Tu me manques déjà à bientôt j'espère. » Ou bien : « J'ai tout de même trouvé moyen d'aller au casino pour jouer au blackjack, jeu difficile car les cartes vont très vite. Hier pour raison de régime une coupe de champagne-orange au Royal et pendant le dîner le tiers d'une bouteille de bordeaux… Mes essais de travailler me donnent du souci… »

« Bernard et Françoise avaient un charme énorme », écrit Barbara Skelton dans ses Mémoires. « Quand je les voyais assis côte à côte en frère et sœur, ils me faisaient penser à un couple de perroquets, l'un blond et pépiant, l'autre grand, brun, pesant. »

Deux, trois mois après son escapade, il téléphone à Grimaud : « Je suis à la gare. Viens me chercher. » Et Barbara accourt et pardonne comme à un enfant.

Parfois, elle l'accompagne chez Sagan. « Françoise, gentille, disait à Bernard de venir avec sa copine. Sauf que Barbara ne jouait pas à la belote, alors que nous, nous y passions la nuit… Barbara était peau de vache, et balançait pas mal. Françoise, indulgente, ne disait rien… Entre elle et Bernard régnait un accord tacite, respecter la vie amoureuse de l'autre. Jamais Françoise ne se serait autorisé une critique », se souvient leur ami Jean Grouet.

Tout à ses amies, Bernard Frank a cessé de publier. Il n'est pas devenu le grand écrivain de l'après-guerre. *L'Illusion comique*, son dernier roman, a été publié en... 1955. Dans ce récit cynique, influencé par le Drieu la Rochelle de *L'Homme couvert de femmes*, le narrateur cherche à épouser une femme riche et vole de l'argent dans le sac des dames. Il termine sur une route, seul sous la pluie, piteusement victime d'une crevaison. Presque un manifeste pour un homme qui a largement vécu de la bonté des femmes amoureuses. *L'Illusion comique*, publié un an après *Bonjour tristesse*, est un flop.

— Je ne pourrais jamais de mon chef faire aussi bien qu'elle, se dit-il.

Depuis, Bernard Frank n'a plus publié de roman, Sagan écrivait pour deux. Il n'a pas non plus passé le permis, elle était un bon pilote.

— Je ne sais pas conduire : ce sont les femmes qui ont conduit ma vie.

C'est elle qui a pris le volant. Bernard occupait même le siège du passager lorsqu'elle a eu son grave et légendaire accident de voiture.

Toute sa vie, il a promis aux éditeurs qui le pensionnaient son prochain roman, un grand livre onirique sur Vichy auquel il a donné le titre de *Mort à Vichy*.

René Julliard, par exemple, l'éditeur de Françoise, l'avait mensualisé dès 1957, grâce aux recommandations de Jacques Chardonne : « Frank est unique en son genre, c'est le Proust de sa génération. » L'éditeur racheta les livres de Bernard parus à la Table ronde et lui versa une mensualité de 100 000 francs. Généreux, il lui arriva même de régler les pertes de Bernard au casino. En 1958, Frank lui a remis *La Panoplie littéraire*, son essai sur Drieu la Rochelle. Puis plus rien. Jamais.

— Au bout de la quatrième année, Dieu sait pourquoi, j'ai senti Julliard devenir nerveux.

Bernard lui adresse alors une lettre « un peu vive » : il ne peut écrire en se sentant surveillé, pour une mensualité somme toute modeste. René Julliard interrompt les versements.

Bernard s'est mis à penser qu'il n'était pas tellement fait pour le roman. Pas tellement contre non plus. Un aquoiboniste, comme disait Cocteau.

Mais il est resté fidèle à sa *passion douce*, la littérature, qu'il aime de la même manière charnelle que Françoise. Ensemble, ils n'en parlent jamais. Ou alors fortuitement, entre deux parties de cartes, il lui dit : « Tu sais, cet imbécile de Racine, il était finalement beaucoup plus égoïste et pervers que Corneille. »

Les prétentieux, les bas-bleus les enquiquinent. Simone de Beauvoir, qui le sentait, était intimidée par Sagan : « Comme elle se plaît aux ellipses, aux allusions, aux sous-entendus, et qu'elle ne termine pas ses phrases, il me semblait pédant d'aller jusqu'au bout des miennes, mais il ne m'était pas naturel de les briser, et finalement je ne trouvais plus rien à dire», écrit-elle dans *La Force des choses.*

— Un jus de pamplemousse ?

Tenant son pantalon d'une main, Bernard Frank disparaît dans la cuisine et revient avec deux verres. Dans le sien, il n'y a pas que du pamplemousse.

Bernard Frank n'a jamais cessé d'écrire. Depuis cinquante ans, ce formidable mémorialiste, auteur de milliers de pages vivantes, fortes, gaies, passe pour un critique littéraire, voire pour un critique gastronomique. Un glandeur, en somme. Sur son bureau — une simple table de cuisine en pin, il ne pose pas à l'homme de lettres, il l'est — sa seule concession à la modernité, enfin celle des années quatre-vingt : un fax, avec lequel il envoie au *Nouvel Observateur* ses chroniques arrachées aux pages d'un cahier Clairefontaine. Deux cent cinquante feuillets par an, en moyenne.

L'œuvre de cet écrivain méconnu est une gigantesque digression, une perpétuelle chronique dont il est le centre, tandis que gravitent autour de sa plume joueuse et libre Roger Nimier, Jacques Chardonne, Paul Morand, Jean-Paul Sartre, André Malraux, Benjamin Constant, Proust, Flaubert. Il les traite avec familiarité, en amis intimes, respectés et chéris, sans la moindre pose. On a dit que Bernard était Saint-Simon sans Louis XIV. Dans ses chroniques, il emboîte critiques, réflexions comme anecdotes sur Jock, son teckel, qui l'accompagnait dans ses sorties des années soixante, c'est-à-dire essentiellement le Régine de la rue du Four. Bernard Frank était encerclé de dames amoureuses — il draguait à la hussarde, et cela pouvait plaire —, dont l'une lui avait donné Jock. Le chien est mort d'un cancer du foie. Celui de Bernard, en caoutchouc, résiste à des décennies d'excès. D'ailleurs, il préfère les chats dont il pêle-mêle les photos avec celles de ses deux filles, Jeanne et Joséphine.

Sagan pseudonyme

> « J'ai lu cette semaine le roman de Françoise Sagan. Cette jeune fille est de bonne famille, la famille des grands écrivains. »
>
> JACQUES CHARDONNE,
> *lettre à Roger Nimier*

Sur la couverture blanche à liséré vert de *Bonjour tristesse*, un bandeau publicitaire a été ajouté, avec la photo de l'auteur : un visage rayonnant d'une jeunesse timide. En sous-titre, une promesse produit émoustillante : *Le Diable au cœur*, zakouski qui a déjà fait la preuve de son efficacité publicitaire trente ans auparavant avec Raymond Radiguet.

Les éditions Julliard font le négoce de deux excitants : la jeunesse et le scandale. Bien avant Frédéric Beigbeder rédigeant lui-même les slogans publicitaires de ses ouvrages, les éditeurs ont compris qu'un livre était d'abord un objet de désir, « un totem dernier cri », comme l'écrit Cécile Guilbert dans son essai lumineux sur *Tristram Shandy*, un accessoire de mode, un fétiche culturel dont la possession assure d'être à la page. Mais en 1954, une caisse de résonance en Kodachrome va amplifier ce marketing : les nouveaux magazines en couleurs de l'après-guerre, *Elle* et *Paris-Match*, dont les tirages sont considérables.

C'est *Paris-Match* qui le premier parle de *Bonjour tristesse.* Yvette Bessis, l'attachée de presse de Julliard, a insisté auprès de Georges Belmont, le rédacteur en chef du magazine, pour qu'il reçoive la jeune fille en soulignant son jeune âge. Grâce à ses grands reporters-photographes, *Paris-Match* a acquis un prestige international comparable à celui de *Life*, son rival et modèle américain. Accompagné d'une petite photo de Françoise devant sa machine à écrire, l'article paraît en tête d'une rubrique people sous le titre « *Bonjour tristesse* révèle une Colette de dix-huit ans » (Colette, elle, meurt l'été suivant). Un people, pas une chronique littéraire : Françoise est l'événement du printemps. Elle a au passage changé de nom.

« Ma sœur apparaissait comme un monstre d'immoralité : dans son roman, une jeune fille prenait un amant sur une plage, raconte sa sœur Suzanne Quoirez. Mon père lui a dit : “Tu ne mets pas mon nom sur ton livre.” »

Bourgeois de province, soucieux du qu'en-dira-t-on, le père de Françoise lui demande d'accoucher sous X. Mais Françoise était-elle une Quoirez ? Selon Florence, la réponse est non. Françoise n'était pas de sa famille, où nul ne lui ressemblait. Personne n'y partageait son intelligence, sa vivacité, ni sa liberté d'esprit.

— Françoise possédait un charisme du regard, une force qui en imposait à sa famille, m'a dit Florence.

Même sans le despotisme paternel (à qui appartient un patronyme, après tout ?), Françoise Sagan aurait sans doute changé de nom, celui de son père manquant de prestige pour une romancière. L'automne précédent, lorsqu'elle s'était faufilée en douce sur le plateau du tournage du film *Huis clos*, d'après la pièce de Sartre, on lui avait demandé son nom. « Personne », avait-elle répondu pour se tirer d'affaire, usant du stratagème d'Ulysse face au Cyclope. C'est sous le nom de mademoiselle Personne qu'elle fut présentée à la romancière Colette Audry, à laquelle elle montra son manuscrit et qui lui conseilla de le déposer entre autres chez Julliard.

En changeant de nom, Françoise Sagan fait un pas de côté. Elle se choisit un masque, et se dissimule aux yeux des siens. En même temps, elle se réinvente et se débarrasse de son journal intime.

« Le masque et le pseudonyme favorisent une parfaite dynamique de l'irresponsabilité », note le critique Jean Starobinski, qui a consacré un essai aux noms d'emprunt de Stendhal. Le pseudonyme agirait comme un écran, un leurre permettant de se dérober à la vue persécutrice du surmoi. Derrière ce loup d'où elle peut observer sans être vue, Françoise Quoirez n'a pas l'intention de passer incognito, elle veut être regardée, remarquée, devenir un point de mire : il lui faut un nom qui claque comme une bannière.

Ses deux parrains littéraires, Stendhal et Proust, vont lui fournir son nom d'emprunt. Dandy célèbre, Boson de Talleyrand-Périgord, prince de Sagan, duc de Sagan et de Talleyrand, a inspiré à Proust les traits du duc de Guermantes et du baron de Charlus.

« Je revois toute cette sortie, je revois, si ce n'est pas à tort que je le place sur cet escalier, portrait détaché de son cadre, le prince de Sagan, duquel ce dut être la dernière sortie mondaine, se découvrant pour présenter ses hommages à la duchesse avec une si ample révolution de son chapeau haut de forme dans sa main gantée de blanc, qui répondait au gardénia de sa boutonnière, qu'on s'étonnait que ce ne fût pas un feutre à plume de l'ancien régime duquel plusieurs visages ancestraux étaient exactement reproduits dans celui de ce grand seigneur. »

Stendhal et Sagan : deux villes de Prusse. La littérature : le duché qu'ils ont taillé à leur mesure. Sous le double parrainage de deux écrivains de génie, Françoise Sagan gagne une terre imaginaire avec un passeport neuf. Elle ne porte plus son nom, elle est portée par lui. Elle s'est créé un personnage. Quel rôle va-t-elle lui écrire ? Le succès va dicter le texte et créer le mythe malgré elle.

Au 1er mai, huit mille exemplaires de *Bonjour tristesse* sont sortis des librairies. La critique est enthousiaste.

« Le succès était démesuré. Je n'ai jamais rien compris à ce succès. Je me dis parfois : c'est un livre bien écrit, et puis il y avait cette idée de la non-culpabilité, de liberté dans l'amour », dit-elle dans *Répliques*.

L'accueil de *Bonjour tristesse* est si chaleureux que Françoise Sagan elle-même en est étonnée.

« Lors de mes débuts en littérature, les critiques influents en France, qui s'appelaient Émile Henriot, Robert Kemp, André Rousseaux, Robert Kanters, écrivaient leur "papier" à propos d'un livre, mais sans parler d'eux-mêmes. On ne savait pas dans quelle humeur ils l'avaient abordé, ni dans quelles circonstances ils l'avaient lu, mais ce qu'ils en pensaient objectivement. Ils parlaient donc de l'intrigue, des personnages, de la moralité, du style. *Bonjour tristesse* leur sembla un livre éminemment distrayant, vif et bien écrit, ils y trouvaient même une observation de l'époque présente qui les faisait frémir mais les intéressait », écrit Sagan dans *Réponses*.

« Son roman est bref, bien troussé, écrit dans un langage précis et net où les incorrections et les adjectifs passe-partout, quand il s'en trouve, ne sont pas apparents, où les réflexions et les dialogues sont empreints parfois d'un humour savoureux, sans aucune de ces incertitudes, aucun de ces échecs ou de ces soudaines beautés qu'on découvre dans celui de certains débutants qui semblent avoir toujours trop à dire. Françoise Sagan n'a pas trop à dire. Elle sait parfaitement ce qu'elle veut», écrit par exemple Paul-André Lesort dans le journal *Combat.*

À la fin du mois de mai une récompense importante, le prix des Critiques, est décernée au roman, déclenchant un véritable phénomène de société. La qualité des jurés est impressionnante : Jean Paulhan, l'éminence grise de la NRF, grand critique d'art. Georges Bataille. Roger Caillois. Marcel Arland. Maurice Blanchot. Maurice Nadeau. Des hommes de lettres porteurs d'une quête exigeante, d'une espèce disparue, comme certains grands cétacés des hauts fonds.

L'équipage prestigieux attribue le prix à la gamine brillante, à la suite d'intrigues de coulisses qui prouvent que le commerce des livres, lui, n'a pas changé. Le seul mérite littéraire n'aurait pas suffi à entraîner le succès colossal. Néanmoins, dans cette époque lettrée, il ne suffit pas d'être jeune et culottée pour avoir voix au chapitre : le talent personnel est souhaité.

Le plus fort, d'ailleurs, c'est que les réserves de la critique piquant la curiosité du public seront le meilleur pitch du livre, car en attribuant leur prix, les jurés se sont mis d'accord sur le talent, écrit Émile Henriot, «mais non certes pas pour recommander au grand public ce livre immoral où l'on voit dessiner avec beaucoup d'art le portrait d'un monstre». Un teasing efficace.

Les premiers exégètes de Sagan expliquent *Bonjour tristesse* comme une parabole moraliste : ses personnages livrés à eux-mêmes sont condamnés au vide et à l'ennui d'un monde sans Dieu. Leur hédonisme incarne la vacuité, la dispersion, le désespoir de l'époque.

La meilleure attachée de presse de *Bonjour tristesse*, c'est François Mauriac, qui assure la gloire définitive de Sagan. Mauriac, le grand écrivain français catholique, une conscience des lettres françaises à travers les chroniques de son *Bloc-notes*. « Voici ce prix des Critiques décerné la semaine dernière à un charmant monstre de dix-huit ans... Le jury a-t-il eu tort de couronner ce livre cruel ? Je n'en déciderai pas. Le mérite littéraire y éclate dès la première page et n'est pas discutable », écrit-il dans *Le Figaro*. Dans sa chronique, il évoque le « roman d'une petite fille trop douée », sa « férocité lucide ».

Plus que bienveillant, désireux d'être à la page, Mauriac absout le jeune auteur au nom du « mérite littéraire ». Dans sa chronique, il traite paternellement « la terrible petite fille dont le jury du prix des Critiques a goûté les épices ». Parlant d'un écrivain de dix-huit ans, qui oserait aujourd'hui parler de « petite fille » ? Mauriac n'est pas dupe : il ne confond pas Sagan, jeune bourgeoise dessalée, avec une pure perverse.

Le montant du prix, 100 000 francs, est versé à Sagan en espèces : elle est trop jeune pour encaisser un chèque.

Dans les couloirs de la Compagnie générale électrique, l'entreprise où il travaille, Pierre Quoirez, son père, exhibe et distribue les exemplaires de *Bonjour tristesse.* Françoise n'est pas la première artiste de la famille, une tante, Madeleine Quoirez, a exposé à New York dans les années trente, une autre, musicienne, a fait le Conservatoire, mais elle est la première célébrité. Un soir, lors d'un dîner chez les Quoirez entre patrons de la CGE, l'un d'entre eux dit : « Si ma fille était l'auteur d'un livre pareil, je ne serais pas très fier. » Pierre Quoirez lui répond du tac au tac : « Oh, il n'y a aucun danger... »

L'invention de la jeunesse

Françoise Sagan n'a pas fabriqué sa légende, elle a été fabriquée par elle. À la fin des années cinquante, la France veut tourner la page, oublier, se divertir. Comme dans les années vingt, une période de décompression succède à l'effort de l'immédiat après-guerre. Dans une économie euphorique, le pays quête de nouvelles distractions ni trop artistiques ni trop plébéiennes. La vitalité, la vivacité de *Bonjour tristesse* donnent le coup d'envoi à une époque neuve, décidée à tourner le dos à la défaite, à se distraire, à claquer du fric. Sagan est en parfaite adéquation avec l'air du temps.

La jeunesse, avec son style de vie, sa panoplie, sa contre-culture et ses icônes, n'est pas encore inventée.

En France, le style de vie de Françoise Sagan devient le prototype d'un modèle de masse, celui de l'adolescent hédoniste. Sa légèreté, sa désinvolture, sa rapidité d'élocution qui précède et annonce la vitesse qu'elle va incarner avec son goût des voitures sont les marqueurs du nouveau héros romantique, celui qui souffle aux adolescents ses mots d'ordre, sa morale, leur propose une panoplie d'attitudes, de comportements et de jugements. Les goûts de Sagan sont radioactifs.

L'industrie du teenager en est à ses balbutiements. Aux États-Unis, Marlon Brando n'apparaît qu'en 1953, dans *L'Équipée sauvage*, de László Benedek. (Plus tard, lorsque Brando tombera amoureux de l'acteur français Christian Marquand, un copain de Sagan, il deviendra son ami.) En 1954, le cinéma américain invente James Dean, qui achève le tournage de *À l'est d'Eden*, réalisé par Elia Kazan. *La Fureur de vivre*, le film de Nicholas Ray, ne sortira que l'année suivante. À Memphis, Elvis Presley enregistre ses premiers titres. La jeunesse n'est encore qu'une tranche d'âge, pas une classe sociale. L'ado, le *djeune*, n'est pas né, avec son langage, son vestiaire et ses codes, sa morale propre. Le vieux non plus, d'ailleurs. Sur les photos, les jeunes filles comme Florence Malraux ou Françoise Sagan sont vêtues comme des dames : elles semblent plus âgées qu'elles ne le sont, avec des jupes crayon au genou, des chandails et des paletots, comme leurs mères.

Lors de la remise du prix des Critiques, Françoise Sagan accessoirise une robe grise avec un sage collier de perles et des gants empruntés à sa maman. Sagan ressemble encore à Quoirez, la petite provinciale bien élevée du Lot. Elle n'a pas adopté le style « décontracté » qui sera le sien. Elle respecte l'étiquette, emploie un langage châtié : dire un « gros mot » est vulgaire. Tout au plus s'autorise-t-elle des « zut », ou des « flûte », espiègles. Elle écoute Ravel et Schubert, un peu de jazz, comme son père.

Ses dieux ne sont pas générationnels : elle admire des adultes. « Nos idoles étaient plus âgées que nous, qu'il s'agisse de Sartre ou de Billie Holiday. Nous avions envie de les admirer plutôt que de nous identifier à eux », dit-elle dans *Répliques*. Il n'y a pas d'insurrection, pas de révolte affichée, pas de remise en cause des valeurs traditionnelles chez la jeune fille à une époque où l'on a des manières, une tenue, et trop de gentillesse pour choquer ou blesser ses parents. Ce qui ne l'empêche pas de n'en faire qu'à sa tête. Avec l'aide de son frère, elle achète au pilote de course Roger Loyer de l'équipe Gordini une Jaguar XK140 cabriolet d'occasion. 1 200 000 francs payés cash.

L'été 1954, des journalistes lui rendent visite à la plage. Comme l'année précédente, Françoise villégiature sagement à Hossegor, en compagnie de ses parents et de ses quatre jeunes neveux. Dans le *Paris-Match* du 31 juillet 1954, un autre jeune écrivain, Michel Déon, arrivé dans sa voiture de sport et devenu son amoureux, écrit le premier chapitre de sa geste :

« Quand elle n'est pas au volant de sa voiture, elle marche, les mains dans les poches de son blue-jean, ou se brûle au soleil de la plage. Le soir, elle retrouve quelques amis, va jouer à la boule où elle a de la chance, et danse souvent tard dans la nuit au Bar basque. C'est sa seule distraction avec ses disques qu'elle a tous emportés. »

Sa seule distraction ? Et la lecture, alors ? L'article ne mentionne pas ce qui, pour Françoise Sagan, sera toute sa vie le bonheur suprême : bouquiner. Au lit. Sur une chaise longue. Dans un hamac. Sur la plage. Dans un fauteuil. Sur un canapé. Dans une salle d'attente. Dans l'avion. Dans une chambre d'hôtel.

Un an auparavant, elle racontait* ses journées dans la même villa Loïla d'une façon moins romanesque : « À 9 heures et demie je mange une pêche, à 11 heures, je me baigne, à 2 heures je lis ou je joue au bridge en famille, à 5 heures bain, à 7 heures apéritif, je mange aussi aux heures normales. »

La personnalité des écrivains fascine le public depuis longtemps. Dès le XIXe siècle circulent les photos des plus réputés comme Victor Hugo, Baudelaire, George Sand, Dickens… La popularité spectaculaire d'Ernest Hemingway à la fin des années vingt doit beaucoup à la magnifique série de photos prises par Helen Breaker, qui le cadre comme une star de cinéma : maisons

*. Lettre à Louis Neyton, citée par Sophie Delassein, *Aimez-vous Sagan ?*, Paris, Fayard, 2002.

somptueuses et parties de pêche au carlin, tout concourt à lancer et entretenir une légende : l'intérêt des journaux et des cercles littéraires se trouve soudain piqué.

En gros, l'idéal est un cocktail de bonnes photos et de scandale. Dans son étude sur la célébrité, Chris Rojek estime que le style et l'apparence de certains écrivains personnifiant le *zeitgeist* de leur époque revêt une importance presque égale à leur qualité artistique. Dans les années trente, Francis Scott Fitzgerald ou Evelyn Waugh sont des icônes littéraires : leur mode de vie incarne le style d'une génération, comme plus tard celui du père de Florence. La magnifique photo de Malraux par Gisèle Freund pendant la guerre d'Espagne sur laquelle, en capote militaire, il fume une cigarette a décidé de nombreuses vocations d'hommes d'action, et pas seulement en France.

« Aujourd'hui, en cette fin de siècle, j'ai beaucoup de mal à croire que j'ai vécu à une époque où les écrivains étaient célèbres dans le monde entier pour leurs écrits, et que leurs idées étaient connues même dans l'immuable majorité qui ne lit jamais », écrit Gore Vidal dans ses Mémoires.

La littérature ne produit plus de stars. Dans les années quatre-vingt-dix en France, seul Michel Houellebecq, dont l'apparence, la garde-robe fatiguée, le phrasé las, le besoin de stimulations sexuelles complexes, les doigts tachés de nicotine et le pauvre chien Clément personnifient la dépression française, a bénéficié d'une certaine célébrité, incomparable cependant avec celle de Sagan.

Dès l'été 54, la légende est fixée : la victorieuse Françoise Sagan est le symbole de la jeune fille libre, le premier exemplaire du bébé amazone, matrice qui sera ensuite largement dupliquée. La voiture, le blue-jean, les copains, le jeu, la danse, le whisky et les disques sont ses totems, elle personnifie la jeunesse française d'après-guerre. On lui demande d'être jeune, elle fait son boulot. Sans se forcer, d'ailleurs. Devenue un porte-parole, on l'interroge moins sur la littérature que sur son mode de vie. Désormais, elle sait comment habiter son pseudonyme.

En recrutant Françoise Sagan dans son écurie, René Julliard s'est offert les services d'un écrivain dont l'œuvre et la vie, l'art de vivre même, sont en adéquation. En septembre, 45 000 exemplaires de *Bonjour tristesse* ont été vendus. La maison d'édition, qui au départ en avait tiré 4 500 exemplaires, n'espérait pas en vendre plus de 20 000.

Tant mieux, parce que durant l'été, le 21 août 1956 précisément, elle a déjà plié la Jaguar. Rue de Courcelles, un bus a propulsé la voiture contre un lampadaire. Françoise est indemne, la voiture morte. Il en reste quelques photos dans les rues de Saint-Tropez, avec Otto Preminger.

Bonjour tristesse atteint les 200 000 exemplaires en décembre. Elle rachète une autre Jaguar XK140, un roadster cette fois, plus beau, plus puissant et neuf : noir avec un intérieur crème, qu'elle paie le double. Cash.

Saint-Tropez, petit port de pêcheurs

> « Là-bas, l'imagination devenait inutile, car tout était de la matière même des romans — une vie aussi intense que dans les livres et les rêves. »
>
> FRANCIS SCOTT FITZGERALD,
> *À la sueur de son front*

Un golfe de Saint-Tropez ruisselant d'une lumière éclatante, une eau bleu de méthylène. Une plage de sable blanc, qui s'étend sur une douzaine de kilomètres. Quelques cabanons sommaires dissimulés dans des roseaux. Un village calme aux toitures ensoleillées. C'est le merveilleux terrain de jeu que Françoise Sagan colonise à la mi-juin 1955, quelques jours avant son anniversaire.

À Paris, il pleuvait. Les nuages se sont desserrés à Lyon, dispersés à Valence et évanouis aux Maures. Au volant de la nouvelle voiture, Jacques et elle se sont relayés au long des mille kilomètres défoncés de la nationale 7, s'arrêtant dans des bistrots de village. Heureuse d'être avec

Jacques, son grand fêtard de frère, son complice, son alter ego, son compagnon de jeux avec lequel elle partage son premier appartement à Paris, rue de Grenelle. Elle vient de quitter ses parents, lui sa première femme. Ils ont garé la Jaguar sur le port. Les deux enfants terribles veulent louer une maison et y inviter leurs amis. Comme l'a dit Bernard Frank, Françoise est le metteur en scène, le philanthrope et l'actrice principale du jeu qui se joue.

Fatiguée, Françoise Sagan rentre de New York où elle a fait la promotion de *Bonjour tristesse.* Là, c'est sa grande sœur, la belle Suzanne, qui l'escortait : dix-sept heures de vol à bord d'un Constellation d'Air France avec escale à Terre-Neuve, choyée par l'équipage dont tous les membres ont lu son roman. Elles sont logées à l'hôtel Pierre, le fastueux établissement de New York sur la Cinquième Avenue, vue sur Central Park. Françoise ne quitte guère sa chambre tandis que Suzanne visite la ville en compagnie d'Alberto Moravia, tombé sous le charme. Françoise, qui déteste s'astreindre, évite les mondanités même lorsqu'elles sont organisées en son honneur par son éditeur américain, E.P. Dutton. Un soir, un dîner de cinq cents couverts est donné au Waldorf Astoria par l'ambassadeur de France, Maurice Couve de Murville, qui annonce au micro : « Une Française qui commence à être connue et va vous dire quelques mots. » Françoise, qui s'ennuyait, s'est déjà enfuie. Suzanne se lève pour l'excuser mais elle n'a pas le temps de placer un mot : la salle explose en applaudissements. Ses dénégations de la main sont prises pour un geste de modestie : on la confond avec Sagan.

« À quoi bon gagner de l'argent si on n'a pas le temps de le dépenser », dit Françoise.

Dans les librairies de la Cinquième Avenue, elle signe son livre à la chaîne d'un chaleureux « with all my sympathy », sans comprendre pourquoi ses lecteurs repartent la mine défaite : la formule, qu'elle a traduite littéralement, est en réalité un message de condoléances…

Puis les deux sœurs s'envolent pour la Floride. *Life Magazine*, qui prépare un sujet sur son voyage, a favorisé quelques rencontres. À Key West, Françoise fait la connaissance de ses idoles américaines, Tennessee Williams et Carson McCullers, « une femme grande et maigre dans un short, des yeux grands comme des flaques, un air égaré, une main fixée sur des planchettes de bois, cette femme qui était pour moi le meilleur écrivain, le plus sensible en tout cas de l'Amérique d'alors ».

Infirme, Carson McCullers achève la dernière nouvelle du *Cœur hypothéqué*, tandis que Tennessee Williams et ses invités passent le temps à la plage, sirotant du gin pur avec des glaçons.

Dans son numéro du 16 mai 1955, *Life Magazine* publie des photos du voyage sous le titre « La visite aux États-Unis du précoce auteur parisien ». Elle a vingt ans, elle est une vedette en France, et célèbre outre-Atlantique, et trouve cela bien « assommant ». Un de ses mots fétiches, dont elle qualifie les événements ennuyeux ou contraignants. Le seul effort qu'elle consente, au fond, c'est écrire. Écrire pour des raisons financières, payer ses dettes, ou emmener ses copains en vacances. Ce qu'elle va faire durant l'été.

Saint-Tropez est un petit port solitaire où l'on pêche des langoustes. Si la beauté de son golfe a été peinte par les impressionnistes, ce n'est pas une oasis à la mode. Depuis que Juliette Gréco a tourné *Saint-Tropez devoir de vacances*, un court-métrage avec Boris Vian et Pierre Brasseur, la bande de Saint-Germain-des-Prés, Juliette et Mouloudji en tête, a pris l'habitude d'y débarquer aux beaux jours. Cette année, Juliette fait la route en Oldsmobile décapotable, avec son nouvel accompagnateur et amant, le guitariste Sacha Distel, tandis que Charles Trenet chante *Nationale 7* et Bill Haley *Rock Around the Clock*.

Françoise se dirige vers l'agence du Port, la seule agence immobilière de l'endroit, visite quelques maisons, loue la plus proche du port de la Ponche, une maison haute de trois étages.

« Ce sera le seul été de ma comédie tropézienne où l'on n'apercevra à gauche que des tricoteuses paisibles et, à droite, que des marins nonchalants. Ce sera le seul été où on verra des gens travailler », écrit-elle dans *Avec mon meilleur souvenir*.

Le café se prend à L'Escale, l'unique bar du port, « un café sombre de province qui sent le bois, l'insecticide et la limonade», tenu par la vieille Mado, et l'apéritif à la terrasse de l'hôtel de la Ponche. Il n'y a pas de restaurants sur la plage, ni de boîte de nuit. Durant quarante-huit heures, trois étés plus tôt, Régine y a animé un club portant son nom avant de rentrer à Paris.

En arrivant, Jacques et Françoise troquent leur panoplie citadine contre des tenues d'été dénichées sur place : les vêtements de toile et les espadrilles de corde s'achètent dans la vieille mercerie Vachon, le seul magasin de l'endroit déjà ouvert du temps de Matisse et de Colette, comme les deux restaurants : Les Mouscardins et L'Auberge des Maures. Les espadrilles s'enfilent à la paresseuse, en pantoufles. Le style casual de Françoise vient de là, de ce premier été à Saint-Tropez.

Des copains rejoignent le frère et la sœur Quoirez : Bernard et Florence, le mannequin Annabel Schwob de Lurs, qui n'a pas encore épousé Bernard Buffet, la journaliste Madeleine Chapsal, le danseur étoile Jacques Chazot, des amis de Cajarc comme Philippe Klein. «Elle était notre reine, nous étions ses fous. Nous étions fous de Sagan», écrira Bernard.

Françoise, elle, vient de nouer une idylle avec le compositeur Michel Magne.

«Françoise a compris tout de suite ma musique, et moi j'avais déjà compris sa poésie. Il suffisait que je joue une mesure pour qu'elle trouve le titre, le premier vers d'un poème. Il suffisait qu'elle assemble des mots pour que je trouve un air», raconte-t-il à Gohier-Marvier, le premier biographe de Sagan.

Françoise a passé de longs après-midi chez son amoureux, rue Lepic, allongée sur un divan de velours. Au mur court une longue photographie de Magne dirigeant un chœur dans une église, extraite du film *Le Pain vivant*. Les visages des instrumentistes ont été remplacés par ceux de Juliette Gréco, de Bernard Frank, d'Annabel. Au premier plan, Françoise joue du violoncelle.

Ils se connaissent grâce à *Paris-Match* : l'année précédente, dans le numéro du magazine qui racontait les vacances de Sagan figurait un reportage sur un autre jeune homme scandaleux, Magne. Salle Gaveau, il avait donné un concert inaudible après avoir fait fermer les portes de la salle de spectacle par des joueurs de rugby qui avaient empêché les auditeurs de s'enfuir.

Cette année-là, dirigeant cent dix instrumentistes, deux cents choristes et les grandes orgues de Chaillot, il a orchestré *La Symphonie humaine* qui s'achève par des discours de Hitler lus à l'envers pour lui faire ravaler ses paroles.

Michel Magne est un personnage généreux et doué. Dans les années soixante-dix, son fastueux studio d'enregistrement au château d'Hérouville a accueilli toute l'aristocratie de la pop, des Rolling Stones à David Bowie en passant par Iggy Pop... Sa table, ouverte, était tenue par le grand chef Raymond Oliver, et la cave approvisionnée en flacons de cheval blanc et de margaux. Il a donné des fêtes mémorables.

Outre ces expériences acoustiques, il a composé plus d'une centaine de musiques de films : les *Angélique*, les *OSS 117*, *Le Repos du guerrier*, *Barbarella*, *Belle de jour*… Grand compositeur, Michel Magne s'est donné la mort en 1984, au Novotel de Pontoise, ruiné.

Surdoué, le petit ami de Françoise pour la saison printemps-été 55 est à la démesure de son propre talent. Sur le vieil orgue désaccordé de la maison, il écrit des symphonies pour cors et bassons. Mais Françoise Sagan ne l'aurait pas adoubé s'il ne possédait une qualité indispensable à ses yeux : l'humour. Dans son entourage, il est interdit d'être « assommant », sous peine de disgrâce.

« Le club de Françoise, c'était une attitude, dit sa nièce Mimosa. Il fallait être toujours bien habillé, et toujours de bonne humeur. » Il doit y avoir des exceptions, car Bernard Frank ne répond à aucun de ces critères.

Mais c'est vrai, tout doit tourner au mot d'esprit, à la rigolade. « Ce qui m'a rapproché de Sagan, ce sont des soirées de belote, inoubliables de drôlerie et de vacherie avec Jacques Chazot, Bernard et Françoise. Leur amitié m'apparaissait comme un défi, car leur rapidité était extrême, les traits d'humour fusaient, raconte Claude Perdriel. Je craignais toujours de ne pas être à la hauteur. » Le jeune polytechnicien, amateur de littérature, n'est pas le seul : à Saint-Tropez, certains picolent pour être au niveau de cette équipe affûtée.

Claude Perdriel vient de faire la connaissance de Florence et Françoise, « les deux filles les plus brillantes que j'aie jamais rencontrées ». Claude est amoureux de Florence, la jolie rousse de vingt ans. « Culture, intelligence, humanité, modestie : je n'avais jamais vu autant de qualités réunies dans une si ravissante jeune fille. Florence était, et est toujours, émouvante. Et pleine d'humour. »

À la Ponche, comme plus tard à Équemauville ou à Cajarc, le rire est l'ingrédient principal de la *dolce vita* saganienne. « Rire est un réflexe triomphant. Personne ne peut avoir raison contre un rieur », écrit Sagan. Comme tous les vrais mélancoliques, elle en connaît les vertus thérapeutiques.

Son inséparable ami, l'humoriste Jacques Chazot, est le plus drôle de la bande. Il fait rire des tablées à jet continu. « Certaines de nos soirées étaient des chefs-d'œuvre. Chazot était éblouissant », dit Claude Perdriel. Pique-assiette fauché, Chazot paie son écot en bons mots, et largement. Il publie cet été-là un recueil de blagues snobs sur son héroïne, Marie-Chantal, une bourgeoise qu'il caricature, mais il est plus drôle lorsqu'il les raconte lui-même. Exemple, un clochard demande une pièce à Marie-Chantal : « Je n'ai pas mangé depuis trois jours. » « Il faut vous forcer », répond-elle.

À Saint-Tropez, tout le monde ne le trouve pas si amusant : ses crétineries exaspèrent Guy Schoeller, le séduisant directeur d'Hachette que Françoise a convié et qui le juge bête, frivole et peu intéressant. D'ailleurs, Schoeller n'aime guère le club de Sagan, dont la puérilité l'agace. Quadragénaire, il est sensible au glamour, à la sophistication. Et Marlene Dietrich, qui a fait la connaissance de Sagan, l'a dépeinte à Jean Cocteau comme une « idiote », ainsi qu'il le rapporte dans son journal. Les deux femmes, il est vrai, ne peuvent se comprendre : Dietrich a créé son propre mythe, Sagan subit le sien comme une tragi-comédie. L'une est taillée dans l'étoffe des rêves, l'autre dissipe les illusions.

« La jeunesse possède actuellement un toupet infernal, une impudeur qui ressemble au génie ou du moins qui permet aux pointes de l'intelligence de se hérisser dans toutes les directions et sans scrupule. Beaucoup de génie. Trop de génie. Une mitrailleuse de génie. Il faudrait en outre à ces jeunes écrivains *un peu de talent* », écrit Jean Cocteau dans son journal, en juillet 1955. Un conflit de générations, en somme.

Observant la petite bande à distance, Schoeller reste sur son quant-à-soi. Néanmoins, entre deux portes, il drague Françoise, qui le trouve diablement séduisant.

« Je me suis levée de mon lit, j'ai ouvert les volets, et la mer et le ciel m'ont jeté au visage le même bleu, le même rose, le même bonheur», écrit-elle dans *Avec mon meilleur souvenir*.

Dans la maison de la Ponche règne un désordre de grandes vacances, une atmosphère «tout est permis, les parents sont partis». Prendre un petit déjeuner croissants-champagne, à l'aube, avant de se coucher et se lever tard, flemmarder sur la plage, jouer au gin-rami en misant des haricots secs, danser et boire : un art de vivre juvénile dans une ambiance de maison de famille, où l'on se nourrit bourgeoisement de saines grillades et de purée de pommes de terre.

Un après-midi où le jeu consiste à botter les fesses de toute personne que l'on croise dans la maison, chacun marche en rasant les murs. Consternée par ce gang de glandeurs gloussants, Françoise s'est réfugiée dans son lit en compagnie d'un livre et d'un chien adopté à la SPA. La solitude est exquise lorsque du monde s'agite dans la pièce à côté.

Le meilleur chroniqueur de Saint-Tropez, c'est Bernard Frank. «Il n'y a pas grand-chose à dire sur Saint-Tropez», note-t-il sans enthousiasme dans le magazine *Lui*, qui lui a commandé une chronique quelques années plus tard. On y loue cher des villas au mobilier hideux, dont les misérables bibliothèques sont cadenassées par leurs propriétaires : «Ne touchez pas à Claude Farrère, aux récits de pêche sous-marine, à la collection de *L'Illustration*. »

Il faut bien se rendre à l'évidence : on s'ennuie. « Une des distractions les plus accablantes de Saint-Tropez, c'est de s'intéresser aux futures maisons de ses amis », note-t-il. Une célébrité trouve un terrain ? « Elle vous traîne alors sur les lieux, il faut admirer la vue, les pierres, les futures chambres. On va du maçon au plombier, et à l'électricien. » Trois ans plus tard, on dîne enfin dans la maison terminée. Plat de spaghettis géant et deux bouteilles de rosé. La maison a dû tout engloutir.

Aujourd'hui, il suffit de prononcer ces mots, Saint-Tropez, pour qu'automatiquement les neurones se connectent à des images plus ou moins alléchantes de jolies filles en paréo et de playboys en Mini Moke, de fêtes non-stop, de soleil, de magnums de champagne débouchés sur la plage… Ça n'existe pas, Saint-Tropez. Ça n'a jamais existé. Une fiction, une fable propagée par les photographes de *Paris-Match*.

Plus chahuteur que scandaleux, le Saint-Tropez de la fin des années cinquante est sage, assez sain. Comparée au défoulement quasi orgiaque des années vingt, lorsqu'un autre écrivain très jeune, Francis Scott Fitzgerald, lançait la Riviera française, ou aux débordements hollywoodiens, voire aux excès de la scène rock dans les années soixante-dix, la bande à Sagan est provinciale et bon enfant. À Saint-Tropez dans les années cinquante-soixante, on est plus près du *Gendarme à Saint-Tropez* ou de *Zazie dans le métro* que de *Hollywood Babylon*. Les bagnoles, la vitesse, l'alcool, le rire, voilà l'accastillage hédoniste de Françoise, ces antidépresseurs de choc d'une génération qui ne cherche pas à se confronter à la réalité pour la changer, mais à se divertir de l'excitation vibrante de l'instant.

En Technicolor dans *Match*, la vie de Françoise Sagan se déroule sur un terrain de jeu, la good bad girl y gambade avec ses petits amis et ses super-jouets, voitures de course ou maisons de vacances. Françoise anticipe et dicte la mode de la décennie suivante. La série réalisée en plein air par le photographe Willy Rizzo pour *Paris-Match* annonce la révolution du sportswear. Jean cigarette et pull marin, pantalon chino et chemise d'homme étirent la silhouette mince d'une Françoise bronzée, cheveux au vent. La ligne souple et déliée définit une féminité énergique, décidée, indépendante. Celle d'une femme en mouvement qui prend des initiatives et vit à l'extérieur : sportive, solaire, dynamique. Pour parfaire ses panoplies diablement séduisantes, Françoise détourne les codes avec simplicité : vêtements de travail dénichés dans les coopératives maritimes, pièces empruntées au vestiaire masculin. Mieux que les magazines de mode dédiés à une créature lointaine, ses propositions désinvoltes dans *Match* inventent et lancent le « décontracté ». Sagan est un bureau de style à elle seule. Dix ans après, le prêt-à-porter marchera sur ses traces.

Si Saint-Tropez est attaché à sa légende comme Bernadette Soubirous à celle de Lourdes, c'est qu'elle accompagne un phénomène encore balbutiant, le pèlerinage balnéaire de masse. Selon Nabokov, de tous les personnages que crée un écrivain, les meilleurs sont ses lecteurs. Françoise Sagan a inventé le vacancier, un type qui cherche le dépaysement, une façon d'échapper à soi-même, une extase terre à terre. Les grandes vacances permanentes. La fête. L'éclat de la jeunesse. L'insouciance. Le libertinage. L'improvisation en espadrilles. La gaieté. L'absence d'horaires. Un style de vie ludique dont Sagan a fixé les codes photogéniques, porteurs d'un grand pouvoir de séduction. Une idée juvénile, hâlée, et tout public du bonheur.

« Il n'y eut qu'une année qui parut normale, à mes amis et à moi-même, dans la maison de la Ponche — celle où Saint-Tropez nous appartint (bien entendu), celle où nous fûmes les seuls aussi à user et abuser de sa mer, de son sable, de sa solitude et de sa beauté… »

Les choses se gâtent avant la fin de l'année lorsque Roger Vadim loue cette même villa de la Ponche pour y tourner *Et Dieu créa la femme*. Sur la plage de Pampelone, un cabanon est transformé en buvette pour l'équipe de tournage et baptisé le Club 55, en souvenir de cette année-là. Le premier restaurant de plage est né. Les curieux commencent à affluer. Brigitte Bardot prend le relais en s'installant à La Madrague. Régine, avec une sono négociée aux puces, ouvre L'Esquinade. La légende de Saint-Tropez, c'est trois étés, pas plus : 1955, 1956, 1957. En 1958, déjà, Sagan est en Normandie. Et lance la mode... de ne plus aller à Saint-Tropez. Elle y reviendra tout de même, mais jamais en août.

Le scrapbook

« Une enfant. Du début à la fin, elle est restée une enfant. » Au volant de l'Austin Cooper qui roule sur l'autoroute de Normandie, Bernard Bronquart allume une cigarette. « Une enfant à qui on passait tout. » Un Aveyronnais, Bronquart, intendant d'Ingrid Mechoulam, la dernière compagne de Françoise.

« Elle se nourrissait de flans, de compotes, de blancs de poulet, de coquillettes. Comme si elle souhaitait rester enfant », se souvient-il, rêveur. Bronquart est-il exaspéré ou touché ? Fasciné, c'est sûr, par la gloire de Sagan. Il a tout passé au peigne fin, tout observé pour percer le mystère. « Vous ne la voyiez jamais à table. Elle venait cinq minutes et repartait : "Je ne suis pas bien, je retourne au lit." »

L'autoroute défile derrière la vitre. « Une enfant, oui. Une enfant sans limites. » Bronquart remet de l'ordre dans ses idées. « Là-bas, je vous montrerai quelque chose. »

La voiture traverse Honfleur, le marché, le

vieux port, le bassin à flot, le grenier à sel... Tournez à gauche. C'est quelque part par là, à quatre kilomètres dans les terres, sur un plateau face à la mer, à cent mètres d'altitude.

Une grande allée presque trop belle pour la maison, un tunnel d'ormes centenaires qui débouche non sur un château, mais sur une longue bâtisse dissimulée sous une perruque de vigne vierge.

C'est l'arrivée au manoir du Breuil, la propriété de Françoise Sagan. Une Mercedes 350 SM de 1972, modèle américain, est garée sous les arbres. Une maison isolée sur une prairie monochrome. Un lieu pour dormir, un bivouac au milieu des bois. Dans ses *Souvenirs*, Sacha Guitry raconte que la maison a appartenu à son père, Lucien. Tout en haut, la chambre de Françoise, au début meublée d'un simple lit en rotin. Au premier étage, celle réservée à Bernard augmentée d'un bureau, et celle de Florence. Une autre pour Jacques Chazot et celle d'Isabelle Held, la secrétaire.

Le jardin, Françoise Sagan ne le jardine pas. Elle bouquine. Autour, le silence. Une principauté ceinturée d'une forêt de grands arbres d'un vert presque noir. Une profondeur épaisse, ténébreuse, où Françoise ne se promène pas. Elle bouquine.

Ce printemps, la piscine est un réservoir glauque colonisé par les araignées d'eau, les grenouilles et des bestioles bizarres, peut-être une espèce mutante. Une statue verdit sur la margelle de ciment. Le bassin a été creusé peu après l'achat de la maison. On n'a jamais vu Françoise s'y baigner bien qu'il lui arrive d'enfiler un maillot de bain pour bronzer. Elle bouquine. Elle l'a voulue pour ses copains, la piscine, mais les copains s'y baignent peu en dépit de ses encouragements. Un jour, Françoise décide que son invitée, la chanteuse Barbara, doit absolument plonger dans le bassin. Barbara, comme c'est dommage, a oublié d'apporter son maillot. Qu'à cela ne tienne, Françoise l'emmène en choisir un à Honfleur malgré ses réticences. Dans la boutique, Barbara refuse d'entrer dans la cabine d'essayage et de se dévêtir. Françoise sélectionne et règle quatre maillots, à tout hasard. De retour au manoir, Barbara n'a pas le choix. Elle s'exécute, littéralement : elle descend avec lenteur dans le bassin puis sans un murmure sa tête de merle noir disparaît sous l'eau. Mais ne reparaît pas, jusqu'à ce que quelqu'un finisse par s'affoler. On repêche Barbara plus morte que vive. Elle ne sait pas nager.

L'ahurissant déjeuner de Jack-Alain Léger à Équemauville, un jour de l'été 1969, reflète assez bien l'art de vivre normand de Françoise Sagan. Jeune écrivain d'avant-garde qui vient de publier un premier livre, Léger accompagne Christian

Bourgois, son éditeur, qui occupe une maison à côté.

Françoise les accueille avec son affabilité habituelle, avant de leur infliger le dilemme du jour : son chien vient de se jeter dans la piscine. Faut-il la vider, de crainte qu'elle ne soit polluée ? Apéritifs, zakouski et méditation. Apéritifs surtout, d'autant que le jeune auteur qui n'a pas les yeux dans sa poche note que ses hôtes, Bernard et Françoise, ont en dépit de leur impassibilité du plomb dans l'aile.

« Est-ce que je dois vider la piscine pour la désinfecter ? »

Sur la pelouse, ce n'est pas la piscine qu'on vide mais la bouteille de whisky sous l'œil déconcerté de Jack-Alain qui ne boit jamais d'alcool, en tout cas pas d'alcool fort.

La nouvelle gardienne, pas très au point, tarde à servir le poulet rôti. À défaut de déjeuner, un drame alimente la conversation : un jeune héroïnomane mort d'une overdose fait la une des journaux.

« C'est terrible, un jeune homme qui se détruit avec de la drogue », répète machinalement Sagan.

Comme parfois sous le ciel de Normandie, il fait chaud, très chaud, et les verres tintinnabulant de glaçons s'éclusent à un rythme soutenu. La voix de plus en plus pâteuse, chacun commente la disparition du junkie et se lamente sur l'évolution de la société contemporaine.

Enfin arrive le poulet. Une brassée de bouteilles

de bordeaux envahit la table, que la soubrette, dépassée, ne prend pas la peine de débarrasser.

« C'est terrible, ce jeune qui s'est détruit avec de l'héroïne », répète Françoise machinalement.

Le teint papier mâché sous la lumière torride, les citadins aux champs se défont. Jack-Alain, parfaitement lucide, a l'impression d'avoir déjà vécu ce moment moite. Oui, bien sûr, c'est dans *Gatsby le Magnifique*, la scène où tout le monde se torche en s'interrogeant avec gravité sur la marche du monde.

« La piscine, je la vide ? »

Jack-Alain lui-même décroche de la réalité.

« C'est terrible, ce jeune qui s'est détruit avec... »

Florence ne se plaît guère à Équemauville. Dans le bâtiment étroit et long comme un moule à cake, où un salon a été encastré, on ne sait ni où se poser, ni comment s'occuper. Françoise n'est pas une femme d'intérieur, elle n'a pas le sens du confort, elle passe une partie de son temps au lit. À bouquiner. « La Normandie, pour moi, c'était les merveilleux nuages, et Schumann dans la voiture : un pays dont nous sillonnions les routes, plus que cette maison assez inhabitée », dit Florence.

Autour de la piscine, il pleut sur un océan d'herbe grasse, drue, normande. À main droite, un hamac se balance dans le vide sous le feuillage de beaux marronniers : Françoise y lisait dans son « cabinet de verdure ». Le jeu, maintenant, c'est de l'y lire elle, l'espiègle Lili. *Des bleus à l'âme*, par exemple, dans l'édition originale. 1972, comme la Mercedes garée dans l'allée.

« Seule en Normandie, aussi gaie qu'épuisée, regardant avec stupeur une longue égratignure près du cœur se refermer à toute vitesse, la regardant se transformer en une cicatrice rose, plate, imperceptible, que je toucherais sans doute d'un doigt incrédule plus tard — celui de la mémoire — comme pour me convaincre de ma propre vulnérabilité. »

Bernard Frank se souvient dans *En soixantaine* d'une conférence de presse que Françoise lui tint de retour de Gassin et où il fut dit que la Côte, l'été, ça n'était plus tenable. « D'ailleurs le Midi a toujours été néfaste pour ta santé. J'ai trouvé une maison superbe en Normandie. Tout ce que tu aimes. Le confort. Des couloirs. Une ribambelle de chambres avec de vieux meubles. Des arbres. Des prairies douces pour le cœur. Des pluies miracles, produits de beauté, comme issues des laboratoires Elizabeth Arden. Des haras. Des chevaux tranquilles. C'en était assez des shorts, des vachonneries en tous genres. Nous nous enrubannerons désormais de Rothschild, de smokings, de longues robes du soir. »

C'est l'été 1958. Saint-Tropez envahi par les touristes la déçoit.

— Les Italiens venaient d'arriver avec leurs

yachts et leur argent. Nous, avec nos espadrilles, nous ressemblions à des clochards, dit Claude Perdriel.

« Je louai au-dessus d'Honfleur une grande maison poussiéreuse et déglinguée, et m'apprêtais à passer le mois de juillet dans des bains de mer, quand je découvris deux états de fait hélas concomitants : à savoir que la mer est toujours au diable, mais, en revanche, le casino de Deauville toujours ouvert », raconte Sagan dans *Avec mon meilleur souvenir*.

Bernard Frank a passé plus d'un été au manoir.

Cette année, il est arrivé au printemps, invité par Ingrid Mechoulam, l'amie de Françoise, aujourd'hui propriétaire de la maison. « Le manoir est une des deux ou trois préfectures de mon existence », a-t-il écrit dans *En soixantaine*. Il a réintégré ses appartements, sa chambre du premier étage à droite de l'escalier, avec le petit bureau et la salle de bains. Marie-Thérèse Le Breton, la gouvernante de Françoise, prend soin de lui avec affection. « M. Frank, je l'adore », dit-elle. Il prétend aussi travailler sur un roman. Son *Mort à Vichy*. Il ne l'a pas commencé. « J'aimerais bien l'écrire avant de mourir », a-t-il dit à Pierre Assouline, dix étés auparavant. « Si Proust avait vécu jusque-là et s'il n'avait pas écrit *À la recherche du temps perdu*, il aurait eu un bon livre à écrire. Sur Vichy, il nous manquera toujours Proust », lui a-t-il déclaré dans un entretien pour le magazine *Lire.* Bernard rédige ses chroniques pour le *Nouvel Observateur* sur ses cahiers Clairefontaine, dans une pièce où s'entassent les services de presse que lui envoient les maisons d'édition.

« Le 7 août, veille du jour où je devais rendre la maison et faire un inventaire qui s'avérait compliqué, nous nous rendîmes pour la dernière fois, pensions-nous, dans le gros et blanc casino qui était encore le fief d'André (Barrière). Vite ruinée au chemin de fer, je me rabattis sur la roulette, et grâce au 8 qui sortit immédiatement et longuement, je me retrouvai (à l'aube) à la tête — c'était en 1960 — de 80 000 francs nouveaux. Nous rentrâmes enchantés à la maison pour tomber, devant la porte, sur le propriétaire lui-même, son inventaire sous le bras, qui me fit remarquer sévèrement qu'il était huit heures du matin, heure fixée pour notre départ. J'allais commencer avec lui ce sinistre inventaire quand il me demande, à tout hasard, si je ne voulais pas acheter la maison. J'ouvrais la bouche pour lui dire que je n'achetais jamais rien, que j'étais une locataire-née, quand il ajouta : "Étant donné les travaux à faire, je ne la vends pas cher, je la vends 80 000 francs."

« Nous étions le 8 août, à présent, j'avais gagné le 8, il la vendait 8 millions anciens, il était huit heures du matin, que vouliez-vous que je fisse contre tout cela ?... Je tirai des billets de mon sac à main du soir, avant d'aller me coucher, triomphante, dans ce qui allait être — et qui est resté jusqu'ici — mon seul bien sur terre, une maison toujours un peu déglinguée, sise à trois kilomètres d'Honfleur (et douze de Deauville). »

« La maison a été achetée par un coup heureux au casino de Trouville, dit Bernard. C'est vrai : j'étais là, ce jour-là. »

En costume clair, le teint blanc, cheveux ébouriffés sous un panama, il est assis sous le parasol devant la table de jardin recouverte d'une mortelle quantité de bouteilles, coupelles de cacahuètes, tacos goût bacon. Dans sa valise, il a glissé un smoking.

Délabré, le manoir l'est resté longtemps. Par flemme. Dans la cuisine où Marie-Thérèse Le Breton prépare le déjeuner, un ancien réfrigérateur a été aménagé en vaisselier : c'était moins compliqué que de s'en débarrasser. Oisillon décharné, Françoise grignote plus qu'elle ne mange. Son petit déjeuner est toute une affaire : un grand bol de thé au lait, du pain grillé qu'elle aime qu'on lui tartine, des corn flakes, un yaourt. Si chez Maxim's elle commande du chevreuil, c'est parce qu'il est servi avec de la purée de marrons qui lui rappelle son enfance dans le Lot. Bernard Bronquart n'a pas exagéré, elle snacke comme un gosse.

« On a voulu refaire l'enfance. Pas la refaire, qu'elle dure. Voler aux bourgeois leur mode de vie sans les problèmes qui les préoccupent tant : la vie, par exemple. Et l'argent », écrivait Bernard Frank dans *Vogue*, en 1965.

La vigne vierge entre dans la maison par les fenêtres, ventousant ses treilles au plâtre des murs. Françoise ne la contrarie pas. Un automne, elle ouvre la maison avec son ami le pianiste Frédéric Botton. Un amoncellement de feuilles mortes jonche les marches de l'escalier. « Laissons-les, c'est tellement joli », dit-elle. C'était ça, la grâce, la poésie de sa maison : une désinvolture, une nonchalance *foutraque*. Ce sont presque les seules traces que je trouve d'elle. Avec la collection de petits-maîtres impressionnistes dont le choix prouve un œil sensible. Un de ses tableaux favoris signé G. Clapp et représentant un scottish-terrier est accroché dans la salle à manger au milieu de casseroles en cuivre du goût de la nouvelle propriétaire. Empreintes plus saganesques, les brûlures de cigarette sur les meubles, sur les tapis, sur les pulls. Françoise balançait au hasard la cendre de ses cigarettes, des Kool. Au buraliste, elle demandait « un paquet de Kool molles ». Car dans le paquet mou, prétendait-elle, les cigarettes n'avaient pas le même goût que celui des étuis en carton.

Comme Florence, je m'ennuie un peu dans cette grande maison un peu triste. La Normandie est trop verte, trop mouillée. Le manoir, me semble-t-il, n'a pas grand-chose à me dire.

Je feuillette des livres oubliés dans le salon. Sur une jaquette, des colonnes approximatives au stylo à bille, surmontées d'initiales : B, J, F. Bernard Frank, Françoise Sagan, Jacques Chazot...

Les scores au gin-rami, qu'elle notait au dos du livre en cours de lecture.

— J'ai joué avec eux, à Équemauville. Tout le monde trichait. Comme en plus on buvait du calvados, ça finissait en fous rires, m'avait raconté Claude Perdriel.

Le gin-rami est un jeu si simple que Sagan n'a pas rechigné à en apprendre les règles : avec dix cartes en main, on essaie de composer des familles. Les amis sont parfois douze ou quatorze autour de la table et s'affrontent en équipes pour des sommes dérisoires. Ils se serrent dans le minuscule salon chauffé par une cheminée, sur une table aux montants de bois rongés par les crocs des chiens de Françoise, table qui est toujours là. Avec le vieux téléviseur, sur lequel elle suit les épisodes de *Star Trek*.

Le carrelage, surnommé le carrelage Guelfi en hommage à Dédé la Sardine qui entraîna Françoise dans l'affaire Elf, est récent.

Françoise, lorsqu'elle s'ennuyait, filait au casino de Trouville.

« Bernard Frank, Jacques Chazot et moi-même ne vîmes plus que l'aube et la nuit, avec parfois un petit peu d'herbe entre les deux. Le chant des oiseaux était couvert par le cliquetis des jetons et le vert des tapis remplaçait celui des prés », écrit Sagan.

Dans la voiture de Françoise garée devant la maison, une Honda Civic rouge, un porte-clés est suspendu : une plaque du casino Barrière de

Deauville. Un dernier jeton pour rire. Le manoir du Breuil est un relais de chasse sur un tapis vert avec deux casinos à portée de fusil.

— Je vais vous chercher ce que j'ai promis, dit Bernard Bronquart.

Il retire les élastiques d'une chemise en carton. Un scrapbook comme en composent les mères avec les souvenirs de leurs enfants, qui date de la guerre de 39. Lettres, bulletins scolaires, dessins de Françoise. Des bataillons entiers de soldats minuscules au milieu d'explosions, de bombardements, d'avions en feu. Une mono-obsession pour les scènes de guerre, qu'on ne s'attend pas à découvrir dans le portfolio d'une petite fille. Un mot trébuchant envoyé par Françoise à sa mère :

« Je ner pas beacou de chose à te dire parce que jan é pa beaucou invanté dans ma tête ma chère maman. » Un bijou, ce mot incomparable d'une apprentie romancière.

Première surprise, toutes les lettres adressées par les deux aînés à leur père, durant la guerre, parlent de Françoise, dite Kiki : dans sa famille, elle tient la vedette. « Ici, Kiki n'est pas trop sage mais enfin, ça va », écrit son frère Jacques. « Jusqu'ici, Francette n'a rien fait de remarquable, je veux dire n'a provoqué aucune catastrophe », note sa grande sœur Suzanne.

Le dossier contient un remarquable petit album

de photos, prises avec talent par Pierre Quoirez. Le récit résume tout le caractère de Françoise, et ses rapports avec les siens. Sous le titre HISTOIRE DE KIKI, il contient cinq clichés légendés par Suzanne, tous à la gloire de la benjamine.

« Papa nous avait conduits à l'aéroport de Cahors. Aussitôt les "grands" y ont découvert un petit avion tournant en bois, vraiment épatant pour s'amuser. » Arrive Kiki, qui donne la main à sa jolie maman.

« Kiki veut naturellement y monter aussi. Maman la persuade que c'est trop dangereux. »

La maman craint un accident, Françoise n'a que quatre ans.

« Le Kiki est navré. Elle regarde passer Jacques "à toute vitesse". Comme elle aimerait monter sur l'avion. »

La mère tient bon.

« De plus en plus excitant ! Le rôle de spectateur n'est pas supportable. »

Ce qui devait arriver arrive. Françoise ne capitule jamais, sa mère rend les armes.

« Maman s'est laissé décider. On installe Kiki sur l'appareil. Naturellement Suzanne s'en mêle pour prédire une catastrophe. »

D'image en image, la force de persuasion de l'intrépide et irrésistible Kiki s'affirme : la mère finit *naturellement* par céder. Comme elle cède à toutes les exigences de cette enfant-là. La dernière photo, magnifique, montre une Françoise en extase dans les bras de son frère.

— Vous voyez ! triomphe Bernard Bronquart. C'est miss No Limit.

Il reste une dernière enveloppe en bristol, dans le dossier. À l'intérieur, une série de photos au bord dentelé comme des biscuits Lu. Dans ce format innocent pour album de famille, des images hallucinantes, d'une cruauté insoutenable. Des êtres nus au milieu d'un champ. Morts-vivants avec la seule peau sur les os, ils ont été photographiés dans la lumière crue du soleil. Ils sortent d'un camp de concentration, sans aucun doute. Pourquoi sont-ils nus ? Qui se trouvait derrière l'objectif ? Le regard qui a pris ces photos a quelque chose d'immonde. Pourquoi sont-elles mêlées à des souvenirs d'enfance ? Sans dire un mot, Bernard Bronquart les glisse rapidement dans l'enveloppe, comme si nous avions ouvert une porte par erreur, ou commis une atroce indiscrétion.

La guerre de trois enfants

« Ça a été la première fois que le Bien m'est apparu beaucoup plus ambigu que je ne l'imaginais. »

FRANÇOISE SAGAN,
Réponses

« J'apprenais rapidement que la réalité n'était guère plus qu'une scène de théâtre dont les acteurs et les décors pouvaient disparaître du jour au lendemain. »

J. G. BALLARD,
Autobiographie, *The Sunday Times*

En 1940, la France est un pays vaincu, envahi par l'armée ennemie. La défaite est un drôle de moment qu'on peine à se représenter : le pays n'est qu'un désordre lamentable, avec des routes envahies de fuyards, d'épaves de poussettes, de matelas sur des charrettes à bras. Des villes désertées par la trouille, d'un seul coup, comme dans un film de science-fiction. Un peuple couché dans les fossés que survolent les Stukas allemands.

Une population entière détale et fuit sa peur. Le spectacle de sa propre panique dans les yeux du voisin, dans un pays qui avait claironné sa victoire. Des villes brûlent parce que les pompiers ont foutu le camp. Une complète faillite dans une nation vertébrée par l'État depuis François Ier. L'armée, l'administration, la République se sont effondrées.

Le monde des adultes manque singulièrement de dignité : en quelques jours, la France est aussi peu consistante qu'un décor démantelé. La civilisation n'est qu'un vernis fragile. Il n'y a plus alors que des destins individuels.

Dans cet incubateur, Françoise, Florence et Bernard ont assisté au spectacle, les yeux écarquillés : le monde est aussi ductile que la pâte à modeler. Ils en ont vu beaucoup, ils ont observé avec l'intelligence aiguisée et muette des jeunes enfants, et ils se sont même parfois trouvés au cœur des opérations.

Bernard et puis…

Dès l'été 1939, à la fin des vacances dans la petite station thermale de Vic-sur-Cère, le père de Bernard, coulissier en banque, décide de mettre sa petite famille à l'abri et de ne pas retourner avenue de Wagram. Il a compris que Hitler n'était pas Baden Powell, et que la guerre serait perdue. Avant même la défaite, il loue à

Aurillac un des plus beaux appartements de la ville et y installe les siens, engloutissant la fortune que vient de lui léguer son propre père.

À la faveur des premières lois antijuives, Bernard découvre avec stupéfaction qu'il est juif. Élevé par un père qui se souciait aussi peu de Dieu que de l'argent, il a dix ans.

— Ça a été une surprise.

Bernard Frank cache son visage sous une mèche de cheveux aplatie de la main droite, selon le geste sagano-frankien qui le fait ressembler à un hibou de cartoon.

— J'avais tout compris à douze ans. Je n'ai rien appris d'autre depuis, dit-il.

Cette remarque, Françoise et Florence l'ont aussi prononcée. L'angoisse et l'histoire ont affûté leur intelligence.

Le découpage des années est instructif pour un enfant. 1939-1940, avant la défaite, Bernard le jeune Parisien aisé est volontiers invité par les familles de ses camarades. 1941, les invitations se raréfient : les mesures antisémites ont commencé. 1942, la victoire allemande n'est plus certaine, le revoici convié aux goûters. 1944, sa présence est très souhaitée.

Ses yeux de jeune chouette parisienne s'écarquillent devant cette météo changeante. D'une saison l'autre, les parents de ses copains oscillent entre antisémitisme et résistance.

— Les seules personnes qui pourraient être

antisémites, ce sont les juifs, à la rigueur, puisque eux seuls ont subi les inconvénients de l'être.

Bernard Frank se lève et fait les cent pas en tenant son ample pantalon. Il vient de s'habiller. Lorsqu'il m'a ouvert la porte, je l'ai vu s'encadrer en caleçon et chaussettes, comme en proie à une désorientation passagère. Il semblait se demander ce que je foutais là.

— J'ai plus haï Pétain que Laval. Laval, lui, avait choisi son camp.

L'envers du décor, la face cachée des choses lui apparaît : l'opportunisme, la bonne conscience bourgeoise, l'aveuglement satisfait, la bêtise, bref les mobiles nus jetés à la tête d'un enfant qui vieillit d'un coup. Et qui ne grandira plus : c'est pourquoi, peut-être, toute sa vie, il a flotté dans des vêtements trop grands.

— Une prodigieuse école humaine, ces changements d'année en année, cette lâcheté... Ça me rendait assez intelligent sur la couardise. Je n'ai plus eu beaucoup de surprises ensuite.

En 1944, année dangereuse, il se cache avec sa famille dans une grande chambre mansardée prêtée par le libraire qui fournit son père en Pléiades. Un placard magique, où, enfermé avec les livres, le jeune Bernard se fait des relations pour la vie — Daphné Du Maurier, mais aussi Boileau, Flaubert ou Chateaubriand. Benjamin Constant, sur lequel Bernard a écrit ces lignes qui résonnent comme un autoportrait :

« La grande misère de Constant c'est d'avoir

été un enfant précoce, c'est d'avoir eu une conscience aiguë de son enfance. Il s'est vu enfant, et s'est demandé à quoi ça rimait. De cette découverte, il ne se remettra jamais. »

Quand Bernard sort de son placard, où il a accumulé une de ces terribles cultures d'enfant prodige, il est tout armé.

« Ses nouveaux vêtements d'homme le gênent autant que ses anciens d'enfant. Dans les uns il se sentait trop à l'étroit, dans les autres il flotte. Dégrisé, désenchanté, il se regarde et regarde le monde », écrit-il, toujours de Benjamin Constant.

— Cette surprise d'être un juif, ça m'a peut-être fait découvrir ma littérature.

Florence et aussi…

« Très courageuse quand elle tombe » : c'est ce qu'une institutrice de l'école Montessori a écrit sur un bulletin scolaire de Florence Malraux, alors âgée de cinq ans. Elle vient de le retrouver dans ses papiers.

— Je vais l'inscrire sur ma tombe, ironise-t-elle.

C'est la première fois que Florence parle un peu d'elle, avec un sens tragi-comique qu'elle tient de sa mère. J'ai appris pas mal de choses en lisant… *Et pourtant j'étais libre*, le livre de Clara Malraux, qui vient d'être réédité en Cahiers rouges. Pour 8,40 euros, ça vaut vraiment le coup. D'une vitalité étonnante, c'est le récit de l'errance d'une femme juive accompagnée d'une petite fille, pendant la guerre. Il a été publié une première fois en 1979.

Je suis passée rue de l'Université prendre un thé, vert bien sûr, comme le tapis des frères Bouroullec dont Florence vient de faire l'acquisition. Chaque fois, je découvre chez elle des choses neuves, amusantes, fraîches. Dans la cuisine est dressé un plateau de petit déjeuner pour demain matin : une tasse en porcelaine fine comme un bristol, une serviette amidonnée, les sachets de thé, une fleur dans un vase.

Je voudrais faire le portrait de Florence, mais elle ne m'aide pas. Parfois, au détour d'une conversation avec elle, je glane une pièce de puzzle que je mets de côté, en attendant de voir une image se former. Florence m'intrigue. En attendant, je teste les variétés de thés rares qu'elle collectionne. Je m'aperçois qu'elle n'a pas les yeux bleus, comme je croyais m'en souvenir. C'est son aigue-marine qui est bleue. Elle a les yeux verts comme son père. Avec les photos de Malraux enfant, ou jeune, la ressemblance est frappante. À plusieurs reprises, le téléphone sonne et le répondeur se déclenche. Lorsqu'on appelle chez Florence, on tombe automatiquement sur sa voix musicale : « Bonjour, je ne suis pas là, mais vous pouvez laisser un message. » Il faut impérativement parler, car si elle est chez elle, elle décroche. Si le répondeur est débranché, elle est en voyage. De New York, elle m'a rapporté un ready-made rigolo : une paire de chaussettes de réflexothérapie où sont indiqués les endroits à masser.

En 1940, Clara Malraux dépose la petite fille à Sabadel, un petit village du Lot, chez Lucien et Gisèle Capoulade. Couple d'instituteurs, les Capoulade tombent immédiatement amoureux de Florence comme le reste du village, émerveillés par la délicatesse et l'intelligence grave de ce minuscule ovni. Ces quelques semaines à la campagne sont un des plus précieux moments de son existence.

— J'ai été absolument heureuse lorsque j'étais « la petite Capoulade ».

Elle a une façon résolue de prononcer « absolument », en étirant les syllabes, crachant la dernière. Florence, que le grand nom de Malraux chapeaute depuis toujours, s'amuse en songeant qu'au fond c'est sous ce patronyme aveyronnais qu'elle a été le plus choyée.

Lorsque André et Clara Malraux se sont séparés, Florence avait trois ans : sur ses dessins, la route se divise vers deux maisons. Deux maisons habitées par des êtres ardents qui se détestent passionnément. À quarante ans passés, Clara recommence sa vie. Pionnière de la libération sexuelle, elle a trompé et humilié Malraux qui ne le lui a pas pardonné. De son côté, il a une liaison avec une jeune personne compliquée, Josette Clotis, qui le presse de divorcer.

Cultivée, bilingue, née dans une famille de Juifs allemands émigrés en France, Clara Goldsmith a fait entrer l'air du large dans la vie de Malraux, elle l'a suivi dans ses aventures, l'a sorti de prison en mobilisant les intellectuels de l'époque, y a laissé sa fortune personnelle et, pour lui, s'est brouillée avec sa famille.

Malraux, lui, par amour-propre, par dépit, s'est appliqué à gommer de son existence et de son œuvre la femme qu'il avait épousée à vingt ans. « Un homme peut tout pardonner à une femme, sauf de ne pas la rendre heureuse », a écrit Clara. En pleine guerre, alors que des chrétiens épousent des Juifs pour les protéger, il demande le divorce.

« J'ai eu un coup de foudre pour ton père le jour où il m'a quittée », dit Clara à sa fille.

Clara est le personnage féminin le plus intéressant, le plus fougueux, le plus riche de la vie de Malraux. Intrépide et forte, elle a été une véritable partenaire — et la seule.

— Mon père supportait très bien son intelligence, mais pas qu'elle en fasse quelque chose. Ou pire, qu'elle le juge.

À la veille de son incorporation, André Malraux se rend à Sabadel pour voir Florence. Devant la maison d'école, la petite fille vient à sa rencontre. « Une des plus charmantes expressions d'enfant que j'aie vues. Elle aurait voulu qu'il la regarde et lui sourie, mais il ne le faisait pas. Alors, elle attendait d'un air patient, en grattant la terre avec son pied. Elle semble savoir qu'avec lui on ne rigole pas quand on veut.

« Elle a l'air d'avoir une grande vénération pour lui, de considérer comme un événement qu'il soit là. Émue et troublée et les yeux écarquillés. Elle m'a tant plu, si mignonne, j'aurais voulu me précipiter vers elle et la toucher. Sage, grave, sérieuse, raisonnable... »

Ce portrait sur le vif est de Josette Clotis, qui observe la rencontre depuis la voiture. Ce qui est frappant, dans ce récit, c'est sa bienveillance. Josette Clotis est jalouse de l'amour que Malraux porte à sa fille, jalouse qu'elle ressemble tant à son père, jalouse de tout ce qui touche à Clara. Elle s'est préparée à voir une sèche gamine, imprégnée de Freud et de Montessori. Or la petite fille, même à distance, lui en impose du haut de ses sept ans. Florence, très tôt, inspire le respect.

Son père lui a apporté une maison de poupée avec éclairage électrique, cadeau paradoxal pour une fillette qui bientôt n'aura plus de toit. Car au lendemain de la défaite la Gestapo perquisitionne à Paris chez Clara, qui a aidé des réfugiés juifs allemands. Celle-ci s'enfuit en zone libre, après avoir déposé quelques statues chez des amis.

— Et là, malheureusement, ma mère m'a reprise, dit Florence en riant.

À Sabadel, Clara retrouve une petite campagnarde en tablier à carreaux, les joues rouges, avec un nœud dans les cheveux et l'accent du

Midi : elle arrive à temps pour la sauver de l'imbécillité. L'enfant quitte à regret la protection douillette de tout un village qui l'adore. Pour une fois, elle a échappé à l'attente exigeante des autres, on ne lui a rien demandé d'autre qu'être une délicieuse petite fille semblable à la publicité pour le chocolat Menier.

— Ma mère ne pouvait se séparer de moi : j'étais l'enjeu d'un amour perdu. Mais au fond, je ne regrette pas : j'ai vécu des choses intéressantes.

Clara Malraux plonge dans la Résistance, Florence à sa suite. Gosse d'héroïne, ce n'est pas une enfance. Le changement est brutal. En 1941, la petite fille frêle issue d'un milieu bourgeois dort dans une caserne de pompiers à Toulouse, au milieu des réfugiés, et découvre la promiscuité ainsi que deux animaux d'épouvante, la punaise et le rat.

Son intello de mère, elle, est enchantée de retrouver à Toulouse un groupe d'amis éclairés : le poète Jean Cassou et son beau-frère, le philosophe Vladimir Jankélévitch, le futur sociologue Edgar Morin, le critique Benjamin Crémieux, Jeanne Modigliani, la veuve du colonel Dreyfus... Tout un club d'esprits généreux et brillants dont l'amitié la nourrit et la stimule : « Je ne suis pas douée pour la solitude, dit-elle en 1977 à Jacques Chancel. J'agglutine. »

Devine-t-elle que sa fille regrette Sabadel ? Pour Florence, Toulouse, c'est l'école du Buscat et des camarades féroces qui la raillent, « Parigots, têtes de veau, Parisiens, têtes de chien ». Ou se moquent de ses chaussettes trouées : « Tu aimes les patates », chantent-ils autour d'elle. Sa mère, contrairement à celle des autres, n'est pas une experte du ravaudage. Florence s'initie à sa place, il suffit de glisser un œuf de bois à l'intérieur de la chaussette pour tendre l'étoffe et broder une reprise.

Une cave avec un soupirail, sans lumière le jour ni chauffage l'hiver, succède à la caserne des pompiers. L'après-midi, les amis de Clara entament d'étonnantes discussions sur *La Princesse de Clèves* ou sur *Le Rouge et le Noir*, les pieds sous des couvertures. Jankélévitch donne de fougueuses conférences de philosophie, disserte sur la musique de Ravel ou de Debussy. Professeur à l'université de Toulouse, le régime de Vichy l'a déchu de sa nationalité française et de son poste d'enseignant. Un après-midi, une heure durant, la voix un peu brisée, il leur parle de la générosité. Sans les avertir que Jean Cassou, le mari de sa sœur, agent P2 du réseau Berteaux, vient d'être arrêté et incarcéré dans une prison militaire.

« L'obscurité qui tombe nous rapproche les uns des autres, nous sommes les premiers chrétiens dans les catacombes, seul nous reste le devoir d'amour », écrit Clara.

Une leçon qui n'est pas tombée dans l'oreille d'une petite sourde.

— Ma mère n'était pas protectrice mais grâce à elle je n'ai pas été privée de l'intelligence de l'époque.

Dans cette brillantissime halte-garderie, Florence fait ses devoirs sur le lit-divan, adossée à un mur humide. Elle oublie de préciser que l'hiver 41-42 est glacial. En écoutant les adultes parler de leur réseau, Florence se demande si elle aura le courage de se taire si on l'arrête : elle connaît tous les noms.

— Cette complicité me rendait fière : je n'étais pas une gourde comme les autres.

Les grandes personnes sont ses seuls amis. Souvent malade et alitée, Florence n'a qu'une façon d'échapper aux *petites difficultés*, comme elle dit, de son existence : les livres.

Lorsque sa mère décide de la faire baptiser, Florence prend des cours d'instruction religieuse.

« Est-il vrai que les Juifs ont tué Dieu ? » demande-t-elle.

Clara se rebiffe.

« Du côté de ta mère, on sait lire depuis trois mille ans ! »

Mais les questions se compliquent : puisque Dieu savait que ça allait mal finir, pourquoi a-t-il commencé ?

Par élégance, Florence omet de raconter qu'elle se nourrit de miettes et d'une horrible huile de foie de morue qu'elle avale pour éviter la prolifération des engelures. « La guerre blesse de plus d'une façon. » Ça, c'est dans le livre de Clara.

Florence laisse certains faits dans une délicate imprécision. Elle préfère parler d'Edgar Morin, à peine âgé de dix-neuf ans, qui s'intéresse à elle et lui rapporte des cadeaux alimentaires volés au Prisunic : une poignée de riz dont il extrait les grains un à un de sa poche.

Clara Malraux participe à des actions irrégulières de plus en plus dangereuses.

— Je ne veux pas être un lapin sur lequel on tire. Si les Allemands me tuent, il faut qu'ils aient une raison, dit-elle, les doigts tachés d'encre faute de savon.

Orgueilleuse, courageuse, Clara Malraux est une femme entière, une combattante-née. Si la Résistance n'avait pas existé, elle l'aurait inventée.

Douce et fragile, la petite fille veille sur elle. Plus mûre que sa mère, Florence la protège. À la fin de l'année 1941, lorsque Clara rejoint la Résistance, elles s'installent à Montauban. Salariée par le mouvement, Clara a un peu d'argent pour louer la villa des Pâquerettes où la vie devient plus facile. Pour faire avancer son divorce, Malraux a changé d'avocat. Quelques mois plus tard, il renonce enfin, comprenant qu'il ne peut exposer Clara en pleine guerre.

L'été 42, Clara et Florence se rendent à Marseille : Clara souhaite immigrer aux États-Unis, mais Malraux redoute de perdre sa fille, et s'y oppose. Au Cap-d'Ail, il habite la villa des Camélias, une maison spacieuse dans un jardin de lauriers-roses et de bougainvillées, face à la mer, avec Josette Clotis en robe Lanvin et leur nouveau-né, sans se soucier de sa fille. « Il était un peu léger », note sobrement Florence. Rendant visite à Malraux, Sartre et Beauvoir sont choqués par le décor très Côte d'Azur de la villa et le poulet grillé fastueusement servi par un maître d'hôtel.

— Ma mère était inconsciente et courageuse. Elle avait de bonnes valeurs. Son obsession pour mon père l'a freinée : chaque jour de notre vie, elle m'a parlé de lui et je le regrette.

À Marseille, personne n'accepte de les embarquer. Durant quelques semaines de vacances à Cassis, Flo apprend à nager et elles louent un pédalo. Au moment de rebrousser chemin, la petite fille, s'acharnant en silence sur le pédalier mal graissé, refuse de rentrer.

« Non, maman, non. Il faut quitter la France, il faut pédaler jusqu'en Afrique. »

Un instant, Clara semble hésiter... Elles auraient été les premières *pédalo people* de l'histoire des réfugiés.

Petit à petit, la petite fille s'est prise de passion pour la peinture. Pour se consoler de la précarité de son existence, elle collectionne des reproductions de tableaux en cartes postales. Avant de s'endormir, elle les étale sur la couverture et les contemple comme une série d'icônes bienfaisantes.

Montée à Paris clandestinement, Florence accompagne sa mère chez Jean Paulhan qui garde la collection des toiles de Fautrier en fuite. Bêtement, Paulhan demande à la fillette son avis sur cette peinture. Un peu désemparée, Florence bredouille : « Cela ne représente pas grand-chose. » Sourire suffisant des grandes personnes. Mais Florence précise : « Je sais bien que ce n'est pas de cela qu'il s'agit, mais de la façon dont les couleurs sont placées les unes à côté des autres. » Paulhan est confondu par sa sagacité, Clara s'épanouit d'orgueil maternel.

La petite fille très-courageuse-quand-elle-tombe a été la plus jeune résistante de France, transportant des faux papiers dans son panier à goûter, entre Montauban et Paris.

— J'en étais très fière et c'était le contrepoids des difficultés. Jamais je ne me suis sentie une victime, j'en savais plus que les autres. J'étais fière, aussi, de ne pas être du mauvais côté : ceux qui torturent ou dénoncent.

Il y a des récréations, comme les visites à un oncle de sa mère, au camp du Récébédou où la Croix-Rouge distribue généreusement des bonbons et du chocolat. Un jour, l'oncle n'est plus là : « Parti sans laisser d'adresse », leur dit-on. « C'est foutu », commente laconiquement Clara Malraux : elle le croit mort sous la torture et n'imagine pas un instant qu'il a été déporté en Allemagne vers un camp de concentration.

La fin de la guerre est tragique. Le réseau de Clara est démantelé par la Gestapo. Jean, son compagnon, est fusillé après avoir été atrocement torturé car il n'a pas parlé. Clara et Florence fuient de cache en cache, mais certains contacts, parfois, refusent de les abriter. Florence a peur pour sa mère, peur de son inconscience, de son désordre, de son impulsivité. Clara oublie son faux nom, ses faux papiers. Florence a peur pour elle-même, aussi : les enfants juifs, dit-on, sont déchiquetés par des chiens. Aussi a-t-elle élaboré un plan B : si sa mère est arrêtée, elle ira à pied plaider sa grâce auprès d'Otto Abetz, l'ambassadeur allemand à Paris.

Lors d'un contrôle dans un train, en 1944, des agents de la Gestapo confisquent leurs documents, mal falsifiés. S'appeler Lamy, quand on a, comme Clara Goldsmith, un type juif qui se voit comme le nez au milieu de la figure, c'est suicidaire. Après un bref échange entre eux, les gestapistes rapportent les documents. Clara, qui parle allemand, traduit leurs propos à sa fille : « On ne peut pas les arrêter tous. Et la petite fille est trop mignonne. »

Françoise...

Sur une photo que m'a donnée Florence, Françoise, âgée de cinq ans, est assise à Cajarc sur un muret, en compagnie d'une brigade de loulous. Garçon manqué et chef de bande, tout un programme. Au début de la guerre, ses parents ont conduit leurs trois enfants chez leur grand-mère, Madeleine Laubard, où leur mère les a rejoints lorsque son mari a été mobilisé, puis fait prisonnier.

Chaque nuit, Françoise rejoint Marie Quoirez dans son lit, car elle a peur de dormir seule. Ses dessins d'enfant le montrent, secrètement la guerre la hante. La présence physique de l'armée allemande a de quoi tourmenter une fillette imaginative qui ne se confie pas, de crainte d'être prise pour une folle. Françoise crayonne inlassablement ses fantasmes, comme le montre le scrapbook d'Équemauville avec ses armées de soldats en armes et ses explosions de shrapnels.

Une fois démobilisé, Pierre Quoirez est muté dans l'Isère où il dirige deux usines de la Compagnie générale électrique en zone libre, face aux maquis du Vercors. La famille s'installe dans une propriété charmante, à Saint-Marcellin, où elle reprend une vie agréable : les parents reçoivent beaucoup.

Françoise sait lire et écrire. Rarement contredite, elle attend qu'on lui passe ses caprices, et qu'on s'occupe d'elle. D'ailleurs elle discute pied à pied avec les adultes, sans se démonter, gagne à l'usure. Pleine d'humour et de vivacité, elle anime et divertit la famille avec ses mimiques, ses jeux de mots fulgurants, son énergie. Son père passe son temps à la photographier et à raconter ses frasques en riant.

— Françoise était l'idole de la famille. Mon

père s'était épris de cette enfant, alors qu'il ne s'intéressait pas à nous, confirme Suzanne Quoirez.

Autour de nous règne la quiétude ouateuse de l'hôtel Lutétia où Suzanne, de passage à Paris, a pris ses quartiers dans la chambre 416. Divorcée de Jacques Defforey, un des fondateurs de la chaîne d'hypermarchés Carrefour, elle vit aujourd'hui à Bruxelles. À quatre-vingts ans passés, cette grande rousse aux yeux clairs, vêtue d'un chemisier à motif panthère, possède une silhouette et une présence étonnamment féminines. Chaque soir, l'ancien mannequin de Jacques Fath réunit autour d'elle un groupe d'amis au restaurant du Lutétia.

— Un exemple incroyable, Françoise avait le droit de tutoyer nos parents, alors que mon frère Jacques et moi, nous les vouvoyions.

Aux aînés, on ne laisse rien passer, à la benjamine, tout est permis. Lorsque Suzanne arrive à table en retard, elle est durement réprimandée. Si Françoise l'imite, le reste de la famille patiente jusqu'à son arrivée pour commencer le repas. Françoise n'est pas loin d'être une sale gosse. La secrétaire de son père, chargée de lui apprendre à taper sur sa machine Remington, est exaspérée par ses exigences.

Avant la naissance de la petite dernière, Marie Quoirez a perdu un bébé, né peu de temps après Jacques. Elle lui avait donné le prénom de son frère Maurice, qu'elle adorait, et que la guerre de 1914 a emporté. Lorsque le bébé est mort, elle a eu l'impression de perdre une seconde fois son frère. Deux Maurice, c'était beaucoup. Elle a pensé qu'elle n'aurait plus d'enfant. Dix ans plus tard, la naissance de Françoise a été une surprise et une joie inespérées.

— À notre époque les parents avaient tous les droits et les nôtres étaient sévères, dit Suzanne.

Aux yeux de leur entourage, Pierre Quoirez, ingénieur à la Compagnie générale d'électricité, est un homme brillant, spirituel, caustique. À la maison, dans l'intimité, ses sarcasmes n'ont rien d'amusant : il se montre autoritaire et colérique. Il traite même son fils avec une injustice proche du sadisme. Selon Suzanne, leur père a envoyé Jacques en robe à l'école, pour le punir d'une énurésie. Il souligne les imperfections et les accable parfois de remarques humiliantes : Suzanne n'est pas très intelligente, Jacques est un bon à rien. Il raille, dénigre, rabaisse, prédit des destins de ratés.

Qui était la mère de Françoise Sagan ? Un personnage insaisissable. Des adjectifs incertains la qualifient : distraite, tête en l'air, loufoque, mondaine, frivole, très gaie ; une sorte de Valérie Lemercier dans *Les Visiteurs*. Les anecdotes officielles de la geste familiale nourrissent cette image mais laissent songeur. Ainsi, au cours de l'été 1939, à la veille de la déclaration de guerre, Marie Quoirez abandonne sa famille à Cajarc pour récupérer à Paris sa collection de chapeaux confectionnés par la modiste Paulette. L'épisode est calibré pour faire rire. Travaille-t-elle du chapeau ? Née à Cajarc, de taille modeste, fluette, avec des jambes en allumettes sur lesquelles plissent les bas, elle donne le sentiment de flotter, d'être absente.

— Ma mère était très hospitalière. Elle avait besoin d'avoir de la vie autour d'elle. Jolie et élégante, elle avait beaucoup d'amis, dit Suzanne.

Bonne maîtresse de maison, Marie aime recevoir, organiser des dîners, être entourée d'une compagnie joyeuse. Une chose est sûre, c'était une femme aimable. Était-elle aimante ?

— Ma mère n'était pas tendre. Davantage avec Françoise, après la guerre.

Pendant l'hiver 1941-1942, la famille se réfugie à Lyon dans un spacieux appartement du quai Morand. Pendant les alertes, les Quoirez refusent de descendre à la cave comme les autres habitants de l'immeuble, car l'odeur de l'abri indispose Marie. Un jour de pilonnage particulièrement intense, elle accepte de s'abriter dans le sous-sol.

« Elle s'était fait une mise en plis, je me rappelle. Les murs tremblaient, des gravats tombaient, tout le monde attendait parfaitement calme, et nous, on jouait aux cartes sans avoir peur du tout. Quand on est remonté, ma mère a poussé un hurlement : il y avait une souris dans la cuisine », raconte Françoise.

La mise en plis, les cartes, la souris — est-ce approprié ?

— Les enfants l'encombraient, note pudiquement Suzanne. Elle ne prenait pas la vie très au sérieux : elle avait une domestique à temps complet qui s'occupait de tout.

Julia Lafon, la fille du meunier de Promilhanes, entrée au service de la famille Quoirez en 1931, et qui y restera cinquante ans. C'est elle qui a élevé Françoise, qu'elle jugeait d'un entêtement invraisemblable. Elle a fait office de gouvernante, de cuisinière, de nounou. À sa retraite, Pierre Quoirez lui offrira une maison sur le Tour de Ville, à Cajarc.

— Françoise traitait mes parents avec une espèce de désinvolture moderne. Petite fille, elle pouvait discuter leurs décisions, poser des questions... Elle était une petite reine, reprend Suzanne.

À l'école, Françoise Quoirez est loin d'être la première de la classe. Aujourd'hui, on détecterait une enfant surdouée : sa tête est plus rapide que son corps. Parfois, les mots se bousculent dans sa bouche, elle pense plus vite qu'elle ne parle. Ses résultats scolaires ne sont pas fameux : elle pourrait mieux faire, elle manque de méthode, elle a des difficultés face à l'effort. Elle n'apprend pas ses tables de multiplication. Elle s'ennuie en compagnie des camarades de son âge et recherche les plus âgés ou les garçons. Hors de sa famille, sa vivacité l'embarrasse. Elle apprend à lire très jeune et passe beaucoup de temps dans les livres qui lui offrent une compagnie qui la nourrit.

À la CGE, Pierre Quoirez fait construire un prototype de voiture électrique commandé à un ingénieur célèbre, Grégoire. La CGE Tudor est une voiture d'avant-garde au rayon d'action de 250 kilomètres, qui roule à 42 kilomètres-heure. Un matin d'avril 1942, un exemplaire à la rutilante carrosserie bleu roi garnie de cuir rouge est présenté au maréchal Pétain, dans la cour de l'hôtel du Parc, à Vichy. Trop coûteuse, la voiture électrique ne sera jamais fabriquée en série. Seuls deux cents modèles sont assemblés et réservés aux patrons de la Compagnie générale électrique. C'est ainsi qu'à huit ans, sur les genoux de son père, Françoise conduit sa première voiture. Enfin une chose rapide !

— Françoise a eu un destin spécial dès le départ. Elle était une enfant pourrie-gâtée. Toute sa vie, elle a joui d'une totale impunité. Lorsqu'elle a eu dix-sept ans, la vie a pris le relais. Elle n'a jamais grandi, ajoute Suzanne.

Le père de Françoise était-il ou non antisémite ? Interviewée sur France Culture en 1973, Françoise Sagan a tenu des propos équivoques : « Mes parents étaient vaguement antisémites avant la guerre, puis, pendant la guerre, ils ont caché des Juifs. C'est normal, puisque c'était épouvantable. Après, ils sont redevenus vaguement antisémites, alors que pendant la guerre, ils ont tous failli nous tuer, les enfants et eux-mêmes, pour cacher des gens qu'ils estimaient. »

À la fin de sa vie, Françoise boudait son vieil ami, l'éditeur Jean Grouet, qui l'avait contredite : selon lui, jamais le père de Françoise n'avait résisté ni caché personne.

— Françoise adorait son père, mais Pierre Quoirez était un peu... antisémite. Sans être pour autant un collabo. Ainsi il n'aimait pas beaucoup Bernard Frank parce que celui-ci était juif... Alors que Bernard, lui, le trouvait très drôle, très spirituel, dit Jean Grouet.

Si Françoise a jugé ses parents, elle l'a fait secrètement, et s'est appliquée à les protéger des critiques extérieures.

— C'est vrai, son père n'était pas fou de Bernard. « C'est dommage qu'elle sorte tout le temps avec ce Juif», disait-il. Mais pas d'un antisémitisme à envoyer un Juif dans un camp, confirme Florence.

Si Pierre Quoirez n'a pas été un grand résistant, il n'aurait probablement jamais dénoncé personne, tout en pratiquant ce que Florence Malraux nomme un « léger antisémitisme réflexe ».

Les Quoirez étaient comme les grands bourgeois à la conscience plastique d'Aurillac, pétainistes un jour, gaullistes le lendemain. Au gré de la conjoncture et de leurs préjugés. Offrant les pleins pouvoirs à Pétain en 1940. Laissant fusiller quelques collabos trop voyants en 48. Au milieu, faisant des affaires. Un cocktail francisque/croix de Lorraine à la François Mitterrand.

« Un soir, au cinéma, avec la femme qui m'a élevée — le film s'appelait *L'Incendie de San Francisco* —, je découvris, nous étions en 45-46, les charniers de Dachau, les tracteurs retournant les corps par pelletées. L'horreur absolue. »

Assise à côté de Julia, la petite fille hypersensible prend en pleine figure les images crues des camps de concentration dans la bande d'actualités projetée avant le film. Amoncellement de cadavres en pyjamas rayés. Tremblantes files de survivants. Un degré de souffrance indicible. Une réalité atroce, jetée aux yeux d'une fillette impressionnable, qui lui fait l'effet d'une déflagration. Elle va les voir et les revoir, ces images, jusqu'à la fin de sa vie. « Partout, des photos de camps de concentration. Les plus affreuses étaient les plus prisées, d'ailleurs », écrit-elle dans *Réponses*. Dans un de ses ultimes entretiens avec le journaliste Guillaume Durand, Sagan en parle encore. La cicatrice était indélébile.

La grande intelligence est anxiogène. Durant la guerre, Françoise a été tourmentée par des cauchemars. Si elle ne l'a pas exprimé verbalement, ses dessins en portent la trace obsessionnelle. La réalité les vérifie et les dépasse. Dans le scrapbook d'Équemauville, le voisinage des photos de déportés et des conjectures que sont ses dessins n'est peut-être pas si incongru : le pire est toujours certain.

— Ces images, ce fut plus fort que toute la guerre. Durant l'Occupation, il y avait le bien et le mal, ceux qui vous claquaient la porte au nez et ceux qui prenaient des risques inouïs. Pour moi, ces bandes d'actualités ont été l'aboutissement d'une expérience. Pour Françoise, l'ébranlement a été total car elle n'était pas prévenue. C'est une des premières choses dont nous ayons parlé au cours Hattemer : peu d'enfants avaient vu ces films, projetés dans les Cinéac, ces salles proches des gares, dit Florence.

La guerre les a fait grandir d'un coup, Bernard, Florence et Françoise.

Ils ont appris, ils ont expérimenté très tôt une vérité complexe et dérangeante : le bien est ambigu. Le monde des enfants si simple, si manichéen, les gentils d'un côté, les méchants de l'autre, les résistants et les nazis, les anges et les démons, ce n'est pas pour les enfants de la guerre. À l'autre bout du monde, enfermé dans un camp par les Japonais, l'enfant J. G. Ballard n'apprend pas autre chose. Ses romans en conservent la trace hallucinée.

Ce qu'une autre super-intelligente, la philosophe Hannah Arendt, découvre lors du procès d'Adolf Eichmann à Jérusalem en 1961, Bernard, Françoise et Florence le savent depuis leur plus jeune âge. Ils en ont fait l'expérience dans leur vie quotidienne, ils en ont été les témoins précoces.

Les représentations et les croyances ont volé en éclats. Découvrir, à un âge trop tendre, que le mal est familier et banal, qu'il n'a pas le visage de la méchanceté mais de la bêtise, c'est un peu comme avaler du LSD à douze ans. Les structures mentales en sont marquées, modifiées à jamais. D'autant qu'ils sont trop jeunes pour l'exprimer.

Hannah Arendt, elle, fait cette découverte en couvrant pour *The New Yorker* le procès du fonctionnaire nazi chargé d'appliquer la « solution finale ». Les procureurs le dépeignaient comme un monstre sadique, alors qu'Adolf Eichmann n'était qu'un bureaucrate, un type méticuleux et ennuyeux. Pour Hannah Arendt, il a le visage médiocre du fonctionnaire nazi qui applique scrupuleusement la consigne. Un homme parfaitement ordinaire, un conformiste. Tout, sauf l'incarnation du mal.

Françoise n'a pas risqué sa peau comme ses deux amis menacés par des forces de mort. Mais durant toute la guerre, sa cervelle trop douée a imaginé le pire, et le pire du pire s'est réalisé. Pour Bernard, Florence et Françoise, le mal a le visage des voisins, voire de sa propre famille. Ils ne sont pas dupes des faux-semblants. Ils sont trop jeunes pour cette révélation dérangeante.

Surtout, ils en restent sans voix... Littéralement, littérairement. Paralysée par un conflit de loyauté, Françoise, comme les romanciers de sa génération, avale sa belle langue si française. Chut ! Motus et bouche cousue. Protéger les parents quitte à payer leur dette. Ceux-ci ont vu s'effondrer un monde qu'ils croyaient immuable. Par opportunisme, ils se sont faits les complices de circonstances lâches.

Ni dans sa vie ni dans son œuvre Sagan ne s'est autorisée à explorer les secrets du passé et à écrire sur la honte, l'humiliation, le déshonneur, l'insensibilité coupable, limitant probablement son talent. Les deux romans bâclés qu'elle situe pendant la guerre sont sans doute les plus mauvais. Seul le titre de l'un d'eux fait sens : *Les Faux-fuyants*. Un « faux-fuyant », un moyen détourné par lequel on évite de s'expliquer, une échappatoire, un subterfuge. Le non-dit dure encore. Est-ce lui qui fabrique une société culpabilisée et vieillissante dans laquelle on n'a pas forcément très envie de vivre ? Dont on méprise les règles et les lois puisqu'elles ont failli ?

Françoise Sagan est la pionnière d'une lignée d'adolescents tout-puissants qui ne se plie à aucune règle. Ses livres ont diverti son époque comme naguère elle a amusé sa famille. Florence, elle, a pratiqué le journalisme engagé à *L'Express* : sa première interview fut celle d'une femme torturée pendant la guerre d'Algérie. Mais jamais elle ne juge son père, si ambigu. Quant à Bernard Frank, il n'a jamais commencé son… second roman qu'il devait consacrer à Vichy.

Pourquoi ? Lui, qu'on disait le plus doué de sa génération…

Depuis plus de cinquante ans, le roman français ne raconte plus d'histoires, d'ailleurs nos romanciers — Houellebecq excepté — ne s'exportent pas. La veine s'est arrêtée dans les années cinquante, avec le Nouveau Roman, qui se passe d'intrigue, de personnages, de descriptions. Il explore de nouvelles pistes, mais il s'agit d'expérimentations néoromanesques, pas de roman.

Pas un seul roman sur la Résistance ni sur la défaite. *Les Chemins de la liberté. Uranus. Au bon beurre.* Aucun des grands écrivains témoins de la guerre, aucun homme en pleine possession de ses moyens créatifs n'a écrit sur cette période clé. Ni Marcel Jouhandeau, collaborateur, ni François Mauriac, résistant. Paul Morand s'en est bien gardé. Henri Michaux, Jacques Chardonne, rien. L'impasse totale. Quant aux terribles journaux de Cocteau ou de Drieu la Rochelle, ils n'ont pas été publiés de leur vivant, et il ne s'agit pas de roman. En 1953, Raymond Guérin publie *Les Poulpes*, le récit de sa captivité au stalag. L'expérience concerne de nombreux Français, Guérin est sûr de frapper un grand coup. Rien. Le flop total. Aucun lecteur : en 1953, les Français en ont marre de la guerre ; ils veulent oublier, passer à autre chose. Comme l'a analysé l'historienne Francine de Martinoir, « une conspiration du silence empêchait de savoir qui au juste s'était battu, qui avait souffert, qui avait été ignoble. La littérature des depuis décennies s'est fondée sur le non-dit, comme sur un secret de famille qui sera un jour révélé* ».

L'année où *Les Poulpes* se plantent, Alain Robbe-Grillet ouvre la voie du Nouveau Roman avec *Les Gommes*, véritable coup de gomme sur la narration classique. Selon Francine de Martinoir, la littérature s'est alors tournée « vers la forme au détriment du contenu, l'essor de la linguistique répondant à une volonté d'oublier le tragique de certains sujets ».

Le rejet de la narration a fourni un alibi commode, il a bâillonné la littérature romanesque.

En France, il a fallu attendre trente ans pour que les historiens eux-mêmes se penchent sur l'histoire de l'Occupation, et c'est un Américain qui s'y est collé. Dans *La France de Vichy*, Robert Paxton démontre que le gouvernement de Vichy, loin d'être un bouclier contre le nazisme, a insisté dès les premiers mois de 1940 auprès des Allemands pour qu'ils acceptent une politique de collaboration. Peut-être faut-il du temps pour accepter la réalité. Peut-être qu'on ne peut écrire d'histoire, tant qu'on ne raconte pas l'Histoire.

Sur France Culture, on retransmet le discours du général de Gaulle, en août 1944, sur la place de l'Hôtel-de-Ville. « Paris ! Paris outragé ! Paris brisé ! Paris martyrisé ! Mais Paris libéré ! Libéré

*. Cité par Jean-Paul Kauffmann, 31, *allées Damour*, Berg International, 2004.

par lui-même, libéré par son peuple avec le concours des armées de la France, avec l'appui et le concours de la France tout entière, de la France qui se bat, de la seule France, de la vraie France, de la France éternelle. » Le timbre de la voix, mal assurée, sonne faux, irréel, reconstitué, fabriqué pour une fiction. On croit écouter la bande-son d'un téléfilm, tant la grandiloquence gaullienne paraît surjouée.

La France continue à célébrer le 8 mai. À cette date, les agendas indiquent : 8 mai, Victoire. Quelle victoire, au fait ? La nation française a fabriqué une victoire de toutes pièces. Le 8 mai 1945 est la date de la capitulation allemande... devant les forces armées américaines, britanniques et soviétiques. Mais où sont donc les combattants glorieux de la victoire du 8 mai 1945 ? L'armée française vaincue comptait 1 850 000 prisonniers en 1940 : la plus grande défaite de toute son histoire.

La célébration du 11 novembre, qui commémore l'armistice de 1918 et la victoire française, sonne juste. La Première Guerre mondiale a inspiré quantité d'auteurs et elle a son chef-d'œuvre, *Voyage au bout de la nuit*. Dans l'histoire de la littérature française, des chaînons manquent : le roman de la défaite, celui de la Résistance. Nathalie Sarraute, Françoise Sagan, Marguerite Duras, les trois écrivains les plus intéressants de l'après-guerre, sont des femmes qui travaillent sur l'intime. Pas sur les guerres, les révolutions ou les mutations dont rend compte le roman depuis deux siècles, réfléchissant l'image de nos désarrois, de nos inquiétudes. La littérature anglaise, elle, a su se colleter avec son histoire. Il n'y a pas, en France, de roman comparable aux *Vestiges du jour*, par exemple. Kazuo lshiguro projette une lumière franche sur les ambivalences britanniques durant la Seconde Guerre mondiale à travers l'histoire d'un majordome anglais, triste héros qui gâche sa vie sur tous les plans : un parfait archétype de l'être qui n'a jamais pris de responsabilité personnelle, qui ne s'est jamais autorisé à aimer et à être aimé, qui dissimule ses émotions. Il vaque à ses occupations, sans se préoccuper de la tragédie qui se prépare à l'étage au-dessus.

La fiction française n'est plus nourrie par l'Histoire, et l'histoire de France est devenue une fiction. Le grand romancier français de l'après-guerre, c'est le général de Gaulle.

sur les [illegible] dont nous [illegible] le roman depuis deux siècles, renchérissant l'horreur de nos [illegible], ne sont imaginaires. La littérature an[illegible] [illegible] [illegible], avec [illegible] qu'il [illegible] [illegible] une [illegible] [illegible], une [illegible] [illegible] [illegible] pas [illegible] une [illegible] [illegible] sur les [illegible] [illegible] durant la [illegible] [illegible] [illegible] les [illegible] [illegible] [illegible] [illegible]. [illegible] que [illegible] [illegible] des [illegible] un [illegible] de [illegible] son [illegible] — [illegible] de [illegible] [illegible] ont [illegible] [illegible] [illegible] [illegible] [illegible]. Il [illegible] à ses [illegible] [illegible] de la tragédie [illegible] à [illegible] [illegible].

[illegible] [illegible] plus [illegible] par l'[illegible] et l'histoire de [illegible] [illegible]. Le grand [illegible] de [illegible] [illegible] général de Gaulle, [illegible]

Sagan à toute allure

« L'excès, c'est un goût ou un sens. On le promène à travers la vie, et ce qu'on trouve délicieux à l'existence, c'est qu'elle offre toujours de nouveaux excès à faire. »

FRANÇOISE SAGAN,
Le Figaro, 28 août 1987

« Je suis un accident qui dure. »

FRANÇOISE SAGAN

« Il jeta un coup d'œil dubitatif à la superbe Mercedes, juste assez atteinte par l'âge pour être élégante. Elle était noir olive, longue, et, à l'intérieur, l'odeur du cuir était d'une vigueur remarquable. »

FRANÇOISE SAGAN,
Le Miroir égaré

Au Grand-Palais, le Salon de l'auto de 1955 est un événement historique : plus d'un million de visiteurs accomplissent le pèlerinage. Venus en famille, beaucoup économisent pour s'offrir cet instrument ensorcelant, l'automobile. Le rêve devient accessible : les constructeurs, tournés vers la modernité, démarrent la fabrication en série de modèles destinés à la petite bourgeoisie fascinée par les exploits de Juan Manuel Fangio, le champion du monde.

La manifestation de 1955 marque la fin d'une époque, avec la disparition des marques dont les modèles de prestige étaient réservés aux conducteurs aisés, chefs d'industrie, médecins, avocats ou vedettes comme le père de Françoise : Hotchkiss, Talbot, Salmson, Delage, Delahaye.

La voiture se démocratise. Les vedettes du Salon de l'auto, ce sont la Simca Versailles, la 2 CV Citroën, la Vedette, la Peugeot 403 carrossée par Pininfarina (la marque en vend plus d'un million d'exemplaires), la Renault Dauphine. La star de l'année, c'est la DS19 que présente Citroën. « Je crois que l'automobile est aujourd'hui l'équivalent assez exact des grandes cathédrales gothiques : je veux dire une grande création d'époque, conçue passionnément par des artistes inconnus, consommée dans son image, sinon dans son usage, par un peuple entier qui s'approprie en elle un objet parfaitement magique », écrit Roland Barthes, commentant l'esthétique de la nouvelle DS, qui propulse ses passagers dans le futur. Le constructeur vante sa ligne aérodynamique, sa suspension hydropneumatique, sa direction hydraulique. La conduire permet de rouler dans la substance enivrante de la modernité révolutionnaire.

La voiture est un produit culturel, un stimulant érotisé, indiquant que la vraie vie est ailleurs, là où va la voiture. À l'autre extrémité de la RN 7, qui part de Paris et se jette dans les eaux scintillantes du golfe de Saint-Tropez, par exemple.

La frénésie automobile est née aux États-Unis, après la guerre de 14 : « Un élément de grande importance avait fait son apparition avant l'été ; on ne pensait soudain, dans la bande de Basil, qu'à posséder une voiture. Il semblait qu'il fallût parcourir de grandes distances pour s'amuser, aller au bord des lacs des environs, ou dans de lointains "country clubs". Descendre à pied, faire un tour en ville cessa d'être un passe-temps avouable. Au contraire, pour aller de l'un chez l'autre, même si la distance n'excédait pas le pâté de maisons, il fallait prendre la voiture », écrit en 1928 Francis Scott Fitzgerald, dans *He Thinks He is Wonderful.*

Les années vingt ont profondément influencé la France des années soixante, on en retrouve des traces dans les mœurs de Sagan et de sa bande, comme dans la couture d'Yves Saint Laurent, qui a le même âge et la même ascension fulgurante.

La geste de Françoise Sagan coïncide avec le culte de l'automobile dans les années soixante. Phénomène sécrété par un contexte social, la star est un fournisseur de propositions neuves, de satisfactions inédites. C'est une projection des désirs plus ou moins conscients de son époque. Le besoin métaphysique d'échapper à soi-même, voire à un passé peu glorieux, est la nécessité de l'après-guerre.

Les goûts de Sagan sont en phase avec l'imaginaire collectif de son temps dont elle anticipe et accompagne les mutations. Elle est la dynamique en personne. Avec ses droits d'auteur, Françoise a acheté une voiture. Une voiture de sport, symbole de son triomphe, et de son métabolisme énergique. Françoise parle vite, mange vite, réussit vite, pense plus vite encore. Ses voitures rapides, ses prises de risques vont klaxonner sa renommée. Inséparable de sa légende, la voiture est l'attribut de sa gloire, la matérialisation de ses triomphes.

Françoise Sagan est une artiste, d'une étoffe à part, spiritualisée. Ses bolides décollent, ils sont aériens, célestes, ce sont des missiles balistiques, symboles exaltants de liberté, d'allégresse, d'étourdissement. Après les Jaguar, Françoise s'entiche d'une Gordini 24 S, engin plus rapide encore, dont le compteur grimpe à 240 km/h. C'est à bord d'une Simca Gordini que Maurice Trintignant a gagné les 24 Heures du Mans en 1954. Françoise a visité Amadeo Gordini, boulevard Victor à Paris. Pour éponger ses dettes, il lui vend la 24 S, barquette bleue biplace digne de Spirou dont il n'a existé que deux exemplaires au monde. « À cette vitesse, elle décolle comme un avion », dit Françoise, après avoir essayé la voiture sur l'autoroute de l'Ouest. La France de cette époque n'est équipée que d'une seule autoroute, le réseau est dépourvu de rocades, de centres commerciaux, d'hypermarchés, de voies express, d'échangeurs ou de ponts autoroutiers. Avec leurs platanes et leurs bornes kilométriques en béton, leurs chaussées mal entretenues, les routes d'alors sont dangereuses.

« Mon frère au volant de sa Jaguar, et moi au volant de ma Gordini, nous nous rendons place Saint-Sulpice. À plus de cent à l'heure, nous nous lançons l'un contre l'autre et nous freinons au dernier moment », raconte-t-elle à la radio en 1956. Vrai ou faux ? Françoise est un peu mythomane, mais ce n'est pas impossible. À Saint-Tropez, Vadim et Gunther Sachs ont pratiqué ce jeu. J. G. Ballard n'a pas encore écrit *Crash* (1974), mais ses personnages flirtent avec le même fantasme. « L'idée d'un accident de voiture a quelque chose d'excitant, sexuellement. L'idée, pas la réalité. Nous savons tous que, dans la vie, un accident de voiture est une des choses les plus affreuses qui puissent arriver et en même temps, l'idée en est étrangement attirante* », dit-il.

C'est à bord d'un cabriolet Aston Martin que survient le drame, le 13 avril 1957 à 14 h 15. À Milly-la-Forêt, Françoise Sagan a loué le moulin de Coudray au couturier Christian Dior pour y achever son troisième roman. Elle souhaite le

*. Entretien avec l'auteur à Shepperton en janvier 2006.

publier chez Julliard à la rentrée. Périodiquement, elle se met au vert pour cesser de boire et travailler. Ce week-end, elle est entourée de son frère Jacques, de Voldemar Lestienne, journaliste à *France-Dimanche* et amoureux du moment, de son amie Véronique Campion et de Bernard Frank. Ils attendent Melina Mercouri et Jules Dassin à déjeuner. Lorsque le couple téléphone pour prévenir de son retard, Françoise et ses amis partent à leur rencontre dans le cabriolet. Les deux voitures se croisent entre Milly et Corbeil, Françoise fait demi-tour et double la voiture des Dassin. À cet instant, un des passagers aurait défié la jeune conductrice : « Ton auto, c'est un veau. » Puissante, presque agressive, l'Aston DB2/4 Mark 2 est sportive et rapide. Elle grimpe à 175 km/h, ce qui est beaucoup pour l'époque, et dangereux sur les chaussées d'alors, creusées de nids-de-poule. La jeune conductrice appuie sur l'accélérateur. L'enquête montrera qu'elle roulait à une vitesse située entre 160 et 180 km/h. Lorsqu'elle appuie sur la pédale de frein, c'est la catastrophe. La voiture n'a pas de direction assistée et les roues à rayons se bloquent comme celles d'une mobylette. Sagan ne contrôle plus la trajectoire. Sur la route nationale 448, à l'entrée de la courbe, le bolide quitte la route. Il pique brutalement vers le côté gauche, parcourt une vingtaine de mètres avant de se redresser, puis dérape, effectue un saut et deux tonneaux. L'Aston termine sa trajectoire dans un champ et se retourne. Sous la violence du choc, tous les passagers sont éjectés. Sauf Françoise. Une tonne et demie d'acier retombe sur elle. La poitrine est fracassée, la jambe écrasée sous le poids de la calandre. Vaisseau spatial aussi écrabouillé que Lunik 2, l'Aston Martin broie la femme-enfant qui ne pèse même pas cinquante kilos. Les sauveteurs peinent à désincarcérer le corps de l'armure de métal. La voiture est tout aussi inséparable de sa légende, désormais. Il est exceptionnel qu'un accident de voiture devienne un mythe. Cette fille qui n'a qu'une vague idée d'elle-même, le crash sculpte son héraldique. Jeanne d'Arc a son bûcher, Sagan ses jouets automobiles.

Un demi-siècle plus tard, lorsque Ford revend Aston Martin aux Britanniques, *Le Monde* évoque encore le scandale de Sagan conduisant pieds nus une voiture d'hommes. À ce propos, finissons-en une bonne fois avec un bobard. Françoise Sagan n'a jamais conduit ses voitures pieds nus — sinon l'été, peut-être, en rentrant de la plage, comme tout le monde. Pour une raison simple, d'ailleurs : sentir le caoutchouc des pédales sous la voûte plantaire n'a rien de plaisant. Le métal des lieux communs est inoxydable. C'est le journaliste Jean-Paul Giannoli qui a inventé ça pour pimenter un papier. Les autres ont recopié. Pourquoi ce cliché ? La saveur grisante de la vitesse est une sensation de vertige, un étourdissement comme à la fête foraine sur le scenic railway. Au volant, à folle allure, Sagan fait corps avec la machine, elle fait le vide en elle pour se concentrer : c'est peut-être de ce corps à corps que dérive l'image charnelle de la conduite pieds nus.

En attendant, elle meurt. Dans le coma, elle est transportée à l'hôpital de Corbeil. Un prêtre commence à lui administrer l'extrême-onction lorsqu'un chirurgien appelé par son frère arrive sur place et la fait transporter à Paris. Tout au long du trajet, le médecin s'interroge sur ses chances de survie. La mort hésite. Lorsque l'ambulance arrive à 18 h 15 à la clinique Maillot, c'est sous le crépitement des flashs de toute la presse française et internationale.

Tant que Sagan lutte entre la vie et la mort, journaux et radios informent le public heure par heure de son état de santé. L'accident d'un être aussi jeune, aussi doué, frappe les imaginations.

La photo du big bang s'affiche dans tous les kiosques à journaux, à la une des quotidiens comme des hebdomadaires et jusqu'aux États-Unis, où deux millions d'exemplaires de *Bonjour tristesse* ont été vendus.

L'accident d'auto est alors décrypté comme un rite de passage à l'âge adulte et la voiture comme un jouet de la mort. Désapprobateur, *Le Monde* évoque une jeune bourgeoise mal à l'aise, libre, triste et animale (elle qui l'est si peu) et la rapproche de James Dean, l'un et l'autre interprètes de ce mal du siècle dans lequel Pier Paolo Pasolini verra, plus tard, un « reste de romantisme douceâtre et complaisant ». James Dean est mort six mois auparavant, à vingt-quatre ans, après que sa Porsche Spyder eut percuté la Ford Sedan conduite par Donald Turnupseed, au carrefour des routes de Californie 466 et 41. Sa disparition a provoqué une telle émotion que la Warner Brothers a avancé la sortie de son dernier film, *Giant*.

Quoi qu'il en soit, parce qu'elle a bravé la mort à mains nues, Françoise accède à la gloire. Elle devient une héroïne moderne en raison de l'épreuve. Comme El Cordobes à Las Ventas parce que, plutôt que de parer le coup de corne, il a défié le destin, rendant tout son sens liturgique à la corrida. Il est blessé, les foules défilent devant son hôpital, le suppliant de rester en vie.

Dans la vraie vie, Françoise a réchappé de cet accident presque miraculeusement. Jean Bruce au volant d'une Jaguar type E, Camus à bord d'une Facel Vega, Nimier dans une Aston Martin n'ont pas eu la même chance et ont terminé dans un casse auto céleste. La présence d'esprit de Jacques Quoirez a sans doute sauvé sa sœur. La mort a reculé. Élevée dans le Lot, Françoise a un corps costaud de fille du Causse : elle est souple, musclée, sportive. Gamine, elle a couru avec les gosses du village. Sa robustesse plus tard la piégera, autorisant quantité d'excès qui tueront les amis autour d'elle. Elle va le maltraiter, ce pauvre corps dont elle nie l'existence. La férocité de l'événement a infléchi sa vie. Sagan constate qu'elle n'est pas invulnérable. «J'ai compris qu'en certaines circonstances personne ne pouvait rien pour vous, et cela m'a beaucoup étonnée», confiera-t-elle quinze ans plus tard dans *France-Soir*.

Pis, elle reste marquée par les séquelles de l'accident. Double fracture du crâne, fracture de la cage thoracique, fracture du bassin, du poignet, de la clavicule.

À partir de ce moment, elle a passé de plus en plus de temps au lit. Et surtout, elle a pris goût à la drogue. Elle n'a pas vingt-deux ans. Pour calmer la souffrance provoquée par une polynévrite, les médecins de la clinique Maillot lui administrent du Palfium 875, un dérivé de la morphine. Un désastre pour une jeune femme qui, depuis son enfance, n'a jamais connu la moindre contrainte. Prévenant ses désirs, lui épargnant tout effort, sa famille ne lui a appris que l'intolérance à la frustration. Elle n'est pas armée pour supporter la vie. Elle est fragilisée, il lui manque une coquille. Surprotégée, faute de savoir différer la satisfaction d'un désir, elle est soumise à l'instant : aussitôt, elle devient dépendante. En écrivant *Bonjour tristesse*, elle consommait du Maxiton et de la corydrane à l'excès. En quittant la clinique Maillot, elle est accro à la morphine et doit entreprendre une cure de désintoxication à Garches. En sortant de Garches, elle commence à boire.

Je viens de trouver un rare exemplaire de

Toxique, un goutte-à-goutte de notes prises durant son séjour en clinique. Chaque page est illustrée d'un beau dessin à l'encre de Bernard Buffet. Sagan se découvre, étonnée du face-à-face avec elle-même. « Je m'épie. Je suis une bête qui épie une autre bête, au fond de moi. » Sa passion pour la vitesse n'est pas refroidie par le drame : « Ce capot noir qui s'élançait, ce bruit confiant, amical, Jaguar un peu longues, Aston un peu lourdes, je m'ennuie de vous à périr, après avoir failli périr par vous. »

Et, un autre jour : « Quand donc aurai-je la force de conduire une Aston ? de prendre la porte Maillot un peu vite... »

Avec le crash de 1957, son personnage est définitivement associé au culte de la voiture. Désormais, c'est Helmut Newton qui règle le cadrage. Ainsi en octobre 1963, dans le *Vogue* français, il la photographie au volant d'une Jaguar type E. Cigarette et manteau de fourrure, elle campe une vamp des lettres. La voiture appartient à Claude François, même si Françoise possède une Jaguar XK-E gris-vert décapotable, légèrement différente. Elle est souvent photographiée au volant d'automobiles, qui ne lui appartiennent pas toujours : la Grégoire sport convertible de l'ingénieur Grégoire, ami de son père, ou Lotus Seven dont j'ignore si elle était propriétaire.

Dans un texte qui accompagne la photo de *Vogue*, elle compare l'automobile à un fauteuil roulant. « Vous sortez fatiguée de chez vous, un matin, vous vous asseyez dans un fauteuil entouré de fer de tous côtés, vous appuyez sur un bouton, vous bougez les pieds légèrement et votre fauteuil se déplace parallèlement au sol dans la direction que vous avez choisie. Il vous reste à éviter les autres fauteuils qui vous entourent et dans un délai plus ou moins rapide, vous arrivez à votre destination sans avoir eu à agiter les jambes. C'est très commode. »

Bernard Frank, qui n'a pas le permis, est tenté. Au manoir du Breuil, un photographe de *Paris-Match* rend visite à Françoise au volant d'une Unic ou d'une Vedette. Bernard pique les clés, fait un tour dans le parc en compagnie de Jacques Chazot, avant de planter la voiture contre un arbre. Il la rachète au photographe, la fait réparer, s'entraîne autour de la maison, s'enhardit jusqu'à la station-service. Avant de renoncer à la conduite, définitivement.

En 1966, pour fêter le succès de son roman *La Chamade*, Sagan s'offre une Ferrari 250 GT California douze cylindres qui affiche 280 km/h au compteur. Dans *Avec mon meilleur souvenir*, elle parle de la vitesse comme un cinéaste :

« Elle aplatit les platanes au long des routes, elle allonge et distord les lettres lumineuses des postes à essence, la nuit, elle bâillonne les cris des pneus devenus muets d'attention tout à coup, elle décoiffe aussi les chagrins : on a beau être fou d'amour, en vain, on l'est moins à deux cents à l'heure », écrit-elle.

Instrument de transport émotionnel, sensuel, érotique, comme un poème, la voiture permet de s'évader de soi-même, de se propulser dans un espace et un temps qui ne sont pas ceux de l'existence ordinaire. La vitesse est un besoin métaphysique de s'oublier. Sagan joue avec ses nerfs et ses émotions, avec l'illusion de modifier la conscience de soi.

L'impatiente avait obtenu son permis de conduire cinq jours après ses dix-huit ans, mais elle conduisait déjà la Buick paternelle, sans permis. Lorsqu'elle la ramenait cabossée, Pierre Quoirez riait et réglait la facture du garagiste. Respecter une limitation de vitesse, elle en était incapable. « Et si j'ai envie, moi, de me foutre en l'air », disait-elle.

Personne ne se battait pour monter à côté d'une conductrice aussi intrépide. « Un jour, j'ai emmené Françoise dîner chez Gérard Depardieu, se souvient son ami Jean-Paul Scarpitta. Elle a pris le volant. De la rue de l'Université à la rue de Villiers, nous avons risqué cinq accidents. La traversée de la place de l'Étoile a été une horreur, j'ai vraiment eu peur de mourir... Plus jamais je ne suis monté en voiture avec elle... »

Florence, elle, est plus nuancée : « Françoise conduisait admirablement, comme un champion, montant à 200 à l'heure dans Paris la nuit. J'avais toujours très peur, peur qu'elle ne rafle un enfant, ou qu'elle ne tue quelqu'un. »

Qu'elle puisse causer des dommages à autrui ne lui venait pas à l'esprit.

Amateur de sensations inédites, Sagan aime être arrachée à elle-même. Son autre passion, le jeu, est tout aussi vertigineuse : « Quand je suis en train de perdre, l'espace d'une seconde, je me vois dans une petite chambre avec une petite fenêtre, une maigre lumière et des piles et des piles de feuilles à remplir. J'ai une vision très romanesque de ma ruine éventuelle : très littéraire… », confie-t-elle à Michèle Gazier, dans *Télérama*. Sur le tapis vert, sa conscience se modifie et elle retrouve les sensations qui l'étourdissent, les bouffées d'adrénaline dont elle est friande.

Françoise s'est prise au jeu un 21 juin, le jour de ses vingt et un ans, lorsque la loi l'a autorisée à miser au casino. Elle qui déteste les apprentissages, la discipline et les règles comprend instantanément celles du chemin de fer. Elles sont simples, il est vrai. Plus que l'énormité des sommes, c'est la vitesse des déplacements qui la subjugue. Elle s'installe à une petite table de jeu et découvre avec étonnement que ses chiffres favoris sont le 3, le 8 et le 11. Qu'elle préfère le noir au rouge, les impairs aux pairs, les manques aux passes… Elle gagne un numéro plein, puis va perdre ses gains sur une table de baccara, où un croupier l'assiste. Le baccara est un jeu de hasard. Il oppose un banquier à tous les autres joueurs, appelés les pontes, chaque joueur étant tour à tour banquier et ponte. Le but du jeu consiste à tirer un 9 ou la carte la plus proche du 9 dans les deux cartes que distribue le banquier, ou grâce à une carte supplémentaire.

La jeune joueuse apprend une vertu essentielle, l'impassibilité. Dissimuler ses sentiments ? Elle y excelle naturellement. Elle décide d'opposer quoi qu'il arrive au destin, « quels que soient ses coups ou ses caresses, un visage souriant, voire affable ».

Elle finit par se faire interdire en France, mais va jouer à Londres, au Clermont Club : ce soir-là, on joue en guinées et elle n'a pas la moindre idée de leur valeur. En échange d'une signature, un petit tas de jetons en plastique lui échoit, argent abstrait qu'elle commence à miser sur le cercle hypnotique de la table de jeu. Jouer, c'est rester enfant, hors de l'espace et du temps, s'amuser avec une fausse monnaie, mourir pour rire. Deux heures plus tard, le directeur du cercle, un peu nerveux, fait apporter à Sagan le montant de sa dette, qui s'élève à 80 000 livres de l'époque.

Soudain, elle réalise l'ampleur du désastre : pour payer un tel montant, elle devra abandonner son appartement, confier son fils à sa mère, trouver un studio et travailler deux ans durant, à la fois pour le fisc et le Clermont Club, à l'exclusion de toute autre dépense. C'est ce qui s'appelle se faire une sacrée peur. Frôler la catastrophe, déclencher une brusque montée de tension nerveuse, c'est ça, l'excitation grisante du jeu. Sagan tente un dernier coup et commence à se refaire. Lorsqu'elle quitte la table, elle ne doit plus que 50 livres. Elle sort, exultante et comblée : une rescapée. « Le jeu compense tout, remplace tout, détourne de tout. Le jeu est tout, le temps qu'il dure », écrit Bernard Frank, qui la suit sur les tapis verts.

Fait remarquable, dès 1958, une première biographie intitulée *Le Cas Françoise Sagan* lui est consacrée et une deuxième l'année suivante, *Françoise Sagan.* L'accident de 1957 est un événement public qui la distingue. Sa vie et ses frasques attirent autant et bientôt plus l'attention que ses livres : elle est une vedette. Mais une biographie de Sagan n'est pas un roman de Sagan. Si sa célébrité accroît le nombre de ses lecteurs, elle va aussi influencer leur lecture : avant la première ligne, elle est jugée, cataloguée, étiquetée. Pour un romancier, devenir soi-même un personnage mis en scène par un biographe, c'est être dépouillé de son propre matériau.

Un mari pour de rire

> « Que recherche le plus insignifiant ou le plus sot, sinon d'être vu ? »
>
> FRANÇOISE SAGAN,
> *Le Lit défait*

Le 28 février 1960, l'ORTF propose à Françoise Sagan de visiter la maison où Stendhal a écrit *La Chartreuse de Parme* en cinquante-deux jours. 8, rue Caumartin. Dans ce document rafraîchissant elle balade son museau de pièce en pièce tout en dénouant un foulard en soie, très jeune fille de bonne famille. Puis, d'un œil malicieux et brillant d'intelligence, elle propose une lecture toute personnelle de l'œuvre de Stendhal. Presque un autoportrait.

« Ce qui est étonnant, chez Stendhal, en dehors de ce charme extraordinaire qu'a pour moi le ton de galop qu'il a tout le temps, c'est qu'il était lui-même assez épais, courtaud, rouge, et que les jeunes gens qu'il a imaginés sont tous fringants, minces, bons cavaliers, bons danseurs, pleins de charme et, en général, à mon avis, un peu niais. »

Elle examine les héros de Stendhal comme un arrivage de coquins au Jimmy's : ses jeunes gens sont ennuyeux, Julien Sorel est un peu puritain et gênant, et Fabrice del Dongo, le beau Fabrice, est le cow-boy de la littérature qui passe son temps à courir, « finissant par s'amouracher de Clélia Conti qui n'avait d'autre intérêt que d'être vue d'une fenêtre à dix mètres ».

Dans les romans de Sagan, les hommes jeunes sont généralement naïfs, ternes, un peu crétins : le Cyril de *Bonjour tristesse*, le Bertrand de *Un certain sourire*, le Édouard de *Dans un mois, dans un an*. Ils ne sont pas son genre.

D'ailleurs Sagan insiste sur un point remarquable : « Tous ces jeunes gens un peu ennuyeux sont, dans son dernier livre, éclipsés par Mosca, qui a cinquante ans, qui n'est pas très beau, pas très attendrissant, pas très jeune premier américain, mais qui est un homme résolu, ferme, courageux, généreux, très intelligent. »

La lectrice Sagan a le même regard que la romancière Sagan. Car le véritable héros masculin de ses premiers romans, le personnage sexy et glamour auquel elle prête intelligence et courage, est un homme mûr. Raymond, dans *Bonjour tristesse.* Luc, dans *Un certain sourire.* André Jolyau, dans *Dans un mois, dans un an*, que Sagan compare d'ailleurs à Mosca. Sa typologie de personnages est très voisine de celle de Stendhal, du moins la lecture qu'elle en fait. L'intrigue y est plus simple : deux personnes s'aiment, un troisième les regarde en souffrant. À la fin, tout le monde est seul. Le thème principal de Sagan, ce n'est pas l'amour, mais l'amour non partagé, c'est-à-dire la solitude. Le malheur absolu, pour un personnage de Sagan, c'est de dormir seul.

« Elle haïssait ses dimanches de femme seule : les livres lus au lit, le plus tard possible, un cinéma encombré, peut-être un cocktail avec quelqu'un ou un dîner, et, enfin, au retour, ce lit défait, cette impression de n'avoir pas vécu une seconde depuis le matin », écrit-elle dans *Un certain sourire.*

Comme Stendhal, Françoise Sagan, qui n'était pas belle, a peuplé ses romans de beautés ravageuses et cruelles, pas forcément intelligentes, mais douées pour faire souffrir les hommes. Béatrice, de *Dans un mois, dans un an*, Paule de *Aimez-vous Brahms...*, Lucile de *La Chamade.*

Au fil de ses expériences, ses personnages évoluent. Dès son troisième roman, les gamines perverses (Cécile, Dominique) cèdent la place aux vamps expertes et cruelles. Elle a rencontré son Mosca : Guy Schoeller.

— Françoise a fait beaucoup d'histoires pour épouser Guy, mais une fois mariée elle ne l'a jamais vu, dit Bernard Frank. Je l'ai connu avant elle. J'avais avec lui des rapports intéressés : nous faisions d'agréables déjeuners. Schoeller, fine gueule, ne mégotait pas sur les vins et les bons bistrots. Nous allions Chez Benoît, chez Maxim's, à L'Ami Louis ou au Véfour de Raymond Oliver, le premier chef à enregistrer une émission de gastronomie.

À propos duquel Bernard a écrit dans une chronique qu'on ne pouvait à la fois être au four et à la télévision. Riposte lettrée du chef, par la poste : « Et quand tu entends Ducon dans la rue, tu te retournes ? »

Pour placer les arrivants, les serveurs bougent tables, nappes, verres et clients comme les pièces d'un Rubik's cube. En un clin d'œil, nos voisins ont été déportés au fond de la salle et le gros bras à portable dernier cri accompagné d'une caille de l'Est installé dans la diagonale. Le patron, un vieux monsieur tricoté main, contemple cette farandole d'un œil navré : son fils a pris la relève et maximise les profits. Nous dînons Au Gourmet des Ternes où Bernard a réservé pour manger une viande, ou plutôt nous essayons de dîner. Le voilà de retour dans « l'ingrate beauté minérale du dix-septième arrondissement », sa patrie et celle de Sagan. J'ai dîné dans ce restaurant il y a quelques années, la carte ronéotée à l'encre violette, le décor sont les mêmes, un poil plus chichiteux. Téléporté au milieu d'un puzzle disparate de locaux identifiables à un loden vert, à une chemise Cyrillus, de jeunes yuppies de la mondialisation, Bernard semble un extraterrestre égaré dans le décor d'Amélie Poulain. Imperturbable, il a passé la commande après un long examen de la carte tandis que nos voisins anglo-saxons disséquaient des soles profilées. La présence déplumée de Bernard donne à ce dîner quelque chose d'insolite et d'extraordinairement gai. S'il n'existait pas, on ne pourrait pas l'inventer.

— Ils ne formaient pas un vrai couple, Schoeller et Françoise.

C'est quoi, un vrai couple ? Stoïque au milieu du tourbillon, Bernard expertise son assiette avec solennité. Le décret tombe : la pièce de bœuf n'est pas généreuse, la maison lésine, remarque-t-il d'un air précautionneux. La viande a la taille d'un dictionnaire, mais peut-être espérait-il une encyclopédie en vingt volumes. Et ça, demande-t-il, vous avez vu ? Oui, des frites. Là, je reconnais que la portion est congrue tandis qu'il travaille du couteau. Il aime les navarins longuement mijotés, les daubes roboratives, la diététique d'avant les sushis. Il commande une seconde bouteille de bordeaux.

— Au moment de son accident de voiture, il lui avait promis de l'épouser si elle s'en tirait. Il faisait le faraud, Schoeller. « Faut pas être quelqu'un de très propre, mon vieux, pour être un éditeur », me disait Schoeller. Un homme à femmes. Et Françoise, une femme à femmes. Vous devriez aller voir Bettina, « le » mannequin de l'époque. Elle l'a bien connue.

Si Françoise Sagan a aimé un seul homme,

c'est lui, Guy Schoeller. Brillant, intelligent, discipliné, Guy Schoeller ne lui ressemble pas. Excellent élève du lycée Louis-le-Grand, il collectionne les diplômes universitaires : licence de droit, doctorats d'histoire et de sciences politiques. Grâce à un cadeau de son père, le fondateur des Grandes Messageries de Presse et de Librairie, il a voyagé en Asie après ses études, ce qui est rare. Guy Schoeller a un frère, Jacques, aussi séduisant que lui, qui partage ses goûts de grand bourgeois : chasse en Afrique de l'Est, littérature, chevaux, grands crus et belles femmes. Admirateur de Casanova, et de son complice, le cardinal de Bernis, Schoeller fait siennes les mœurs du grand aventurier vénitien.

Françoise l'a d'abord rêvé : avant même de rencontrer ce séducteur de vingt ans son aîné, Sagan a inventé Raymond, le père de *Bonjour tristesse*, un quadragénaire cynique et sûr de lui. Puis dans son second livre, *Un certain sourire*, l'oncle Luc dont s'éprend la jeune Dominique, une étudiante un peu gauche : « Il me plaît. Il est un peu vieux et il me plaît. »

Des papas sexuels, en quelque sorte.

« C'est après *Un certain sourire* que je rencontrai Guy Schoeller, un éditeur qui, en plus de son humour, avait "les yeux gris, l'air fatigué, presque triste". Et je ne pensai pas alors à m'en méfier. »

L'imagination fabrique le réel, Françoise Sagan en est convaincue. Elle le note, quarante ans après sa rencontre avec Guy Schoeller, dans

Derrière l'épaule, où elle récapitule la longue suite de coïncidences qui ont jalonné son existence : « La vie et la littérature commencèrent à se confondre. »

Sur la photo de leur mariage, Guy Schoeller n'a rien d'un tombeur : le crâne déjà dégarni, il est engoncé dans un pardessus de notable et ses atouts ne sautent pas aux yeux. On comprend mal pourquoi Françoise Sagan fixe sur lui un œil de petite fille éblouie. Sans doute est-elle stupéfaite d'avoir capturé ce chasseur de gros gibier.

— Il y a eu plusieurs étapes dans la vie de Guy, dit pensivement Bettina Graziani.

Svelte et vive, dans un jogging de maille à ramage audacieux comme découpé au ciseau dans le papier peint XVIIIe qui tapisse le salon de son hôtel particulier du faubourg Saint-Germain, Bettina Graziani, à quatre-vingts ans passés, s'affaire à la préparation d'un dîner de bienfaisance.

— Quand j'ai connu Guy, il était encore un petit garçon qui débutait sa vie dans l'édition. Il admirait Gaston Gallimard, avec lequel nous dînions souvent. Cultivé, sensible, aimant la musique, il n'était pas encore un séducteur.

La séductrice, c'était elle, Bettina. Lorsque le mannequin fétiche de Jacques Fath rencontre Schoeller à Deauville en 1950, elle a vingt-cinq ans. Déliée et libre, elle est « le » top model des années cinquante : Hubert de Givenchy, ouvrant sa maison de couture rue Alfred-de-Vigny, en fait sa muse. Née à Laval, Simone Bodin, rebaptisée Bettina par Pierre Balmain, est une fille saine et solide qui décline une nouvelle manière de féminité, fraîche, naturelle. Elle démode d'un coup les mannequins hiératiques de la haute couture. Hubert de Givenchy, lui, dessine la blouse Bettina. Après cinq années de liaison, Bettina plaque Schoeller.

— Il n'était pas facile, et je l'ai quitté. Il a été extrêmement malheureux.

En fait, Bettina vient de faire la conquête du prince Ali Khan, fils de l'Aga Khan. Elle prend la succession de Rita Hayworth dans le cœur du play-boy ismaélien. C'est Bettina, dit-on, qui présenta à Rita Hayworth la robe de mariée en soie bleue dessinée par Jacques Fath, que la star portait lors de son mariage avec Ali Khan.

Françoise Sagan, la petite étudiante androgyne, fagotée comme l'as de pique, doit rivaliser avec une icône de la mode dont les amours font la une de *Paris-Match.* Guy Schoeller est encore dépité par sa rupture lorsqu'il l'accueille à New York, pendant sa tournée américaine. Dirigeant la Librairie Hachette, il est chargé des relations entre éditeurs et diffuseurs, notamment de celles entre Gallimard et Hachette. En quarante-huit heures, Françoise Sagan est devenue la femme la plus célèbre de France. Guy Schoeller n'est pas contre le fait d'ajouter sa conquête à son palmarès. D'ailleurs, il a de la tendresse pour Françoise, qui le touche. Pour elle, c'est moins léger : elle tombe amoureuse. Régner sur un cœur ou un amour-propre éraflé n'est pas une chose facile : Françoise va payer pour Bettina.

— La première fois que je l'ai vue, j'étais avec Guy dans un restaurant de poissons de l'avenue de la Grande-Armée. Elle commençait à remporter ses premiers succès.

Guy, bien que séparé de Bettina, lui a proposé pour la divertir de rencontrer une curiosité, « la fille dont tout le monde parle ». À cette femme très femme, belle et expérimentée, Sagan fait l'effet d'une petite chose amusante.

— J'avais une vie remplie et intéressante, elle m'a paru très jeune.

Ce qui, à l'époque, n'est ni un atout ni une séduction. Les jeunes filles rêvent de ressembler à des femmes, à des épouses, à de grandes bourgeoises bien maquillées et bien coiffées, pas à des garçons manqués ébouriffés. Bettina ne perçoit pas encore l'avance, la modernité de Sagan qui va inspirer la mode des années soixante.

Guy Schoeller, lui, est attiré par l'esprit de Françoise, comme une variante, un trophée piquant dans sa collection bien étoffée. « J'ai toujours dit que Françoise est la femme la plus intelligente que je connaisse. Je ne l'ai jamais entendue dire une sottise », racontera-t-il des années plus tard à Sophie Delassein, venue l'interroger pour une biographie de Sagan. Il venait d'inventer la collection Bouquins, une Pléiade de poche créée en 1979, à plus de soixante-quatre ans, dans laquelle il compila l'œuvre de Françoise.

— Son intelligence sortait d'elle par petites phrases. Elle exerçait une emprise avec son esprit. Et aussi avec sa liberté, sa manière d'être. Françoise aimantait les gens, elle inspirait, tout le monde voulait vivre comme elle, dit Bettina Graziani.

Sagan aurait préféré séduire avec des armes plus efficaces, être désirable, capable de faire souffrir, d'exercer son pouvoir. Grand, fin, lettré et cavaleur, Guy la fascine, parce qu'il est dangereux et sa conquête excitante.

Ils nouent d'abord une intrigue tordue et émoustillante faite de retrouvailles clandestines entre leurs liaisons officielles. Françoise a des amants, Guy, lui, sévit dans la haute couture. Tombeur de première catégorie, il sélectionne les beautés spectaculaires qui flattent son ego.

Son marivaudage cynique avec Françoise est assez perturbant pour qu'elle prenne ses distances. C'est pour échapper à Guy qu'avec une amie elle se réfugie à Milly-la-Forêt, à la veille de son accident de voiture.

« À la clinique, parmi les visites, arriva un mois plus tard Guy Schoeller. Après deux ans de complications sentimentales et un mois de réflexion privée, donc, malgré mes bandages et mes yeux au beurre noir, il venait me demander ma main. Je la lui accordai plus d'un an où nous restâmes mariés, lui étonné par moi, moi fascinée par lui, tous deux heureux ensemble mais malheureux aussi. »

Elle, surtout, est malheureuse. Lui, il a un cœur en peau de zébu.

La cérémonie de mariage, en 1958, est un simulacre. Elle porte un tailleur crème, lui un costume sévère. Ils n'ont même pas apporté d'alliances, faute d'y avoir pensé : ils se marient sans se lier, au fond. Leurs familles ne sont pas invitées, alors que deux cents photographes et journalistes attendent aux abords de la mairie des Batignolles. Hélène et Pierre Lazareff, patrons de *France-Soir* et de *Elle*, donnent le déjeuner de noces dans leur maison de Louveciennes : un mariage de papier, un événement publicitaire plus qu'un rituel conjugal. Satisfait de ce battage, René Julliard, qui va bientôt publier le prochain roman de Françoise, offre au couple une chaîne haute fidélité. Ce qui ne manque pas d'esprit car il connaît les penchants volages de la jeune femme et de son vieux mari.

Françoise Sagan et Guy Schoeller ne changent rien à leurs habitudes : après le déjeuner de noces, Guy file au bureau, Françoise ouvre ses cadeaux avec son frère Jacques dans un duplex qu'a occupé Jeanne Moreau avant eux, rue de l'Université.

— Guy Schoeller vivait selon Guy Schoeller, dit Bettina.

Et Sagan, selon Sagan. Ces deux fortes individualités sont prisonnières de leur personnage : lui un dandy des lettres, raffiné et grand seigneur. Elle, un charmant petit monstre.

Leurs styles de vie sont incompatibles et Françoise ne fait aucun effort. Homme d'affaires, Schoeller se lève tôt pour monter à Maisons-Laffitte un cheval qu'elle lui a offert avant de se rendre à son bureau chez Hachette. Cavalier et cavaleur, il conserve sa garçonnière cours Albert-Ier et n'hésite pas à l'utiliser prétextant un dîner d'affaires. Françoise, elle, fait l'enfant, se lève à midi après une nuit « à faire des bêtises » au New Jimmy's. Les contraintes de la vie bourgeoise l'assomment, elle s'arrange pour leur échapper. Elle fait ce qu'elle veut, quand elle veut. Tout ce qui l'intéresse, c'est de vivre des situations amusantes. Elle ne s'occupe de rien, met Guy en retard à leurs dîners mondains, chez les Rothschild ou les Lazareff, où ils croisent Georges Pompidou ou François Mitterrand, quand elle ne se dérobe pas carrément.

Sa bande de copains, surtout, est envahissante. Jacques Chazot, l'encombrant confident de Françoise, agace Schoeller plus que jamais. L'ancien coryphée de l'Opéra-Comique suit Sagan à la trace. Trois mois avant le mariage, lorsque Guy et Françoise sont descendus à Saint-Tropez pour choisir la villa destinée à leur lune de miel, l'amuseur les accompagnait. Une tête à claques, un cabotin, un produit du parisianisme et un parasite, selon Guy. Et pour Françoise, un de ses amis favoris. Elle l'a baptisé *le plus drôle des hommes drôles de Paris*. « Un homme qui, en quarante ans, ne m'a fait pleurer que de rire. Ses plaisanteries sont réjouissantes, du mot “réjouir” : qui vous réchauffent le cœur d’avoir ri. » Ils ont même songé à se marier : il n’aimait pas les femmes, elle ne raffolait pas plus que ça des hommes...

Guy Schoeller et Françoise Sagan partagent aussi des moments délicieux. Longtemps après, l’éditeur conservait dans sa mémoire des images solaires et puissantes de bonheur et d’innocence. À Jean-Claude Lamy, auteur d’une biographie de Sagan, il a raconté un voyage en voiture de Gassin à Saint-Tropez, vers sept heures du soir en été. « Un moment divin », dit-il. Tandis qu’il conduisait, Françoise lisait à haute voix le manuscrit d’*Aimez-vous Brahms*... Ensuite, elle enclencha une cassette de Billie Holiday. Un souvenir enjolivé, puisque le radiocassette n’a été inventé qu’en 1963, soit quatre ans plus tard. Sagan dédie à son mari deux livres, *Aimez-vous Brahms*... et *Dans un mois, dans un an*.

« Nous nous sommes beaucoup amusés, nous menions une existence distrayante », notait Schoeller. Il trouvait cela moins drôle à l’époque.

Il affiche ses liaisons avec de ravissantes Parisiennes. Cet homme poli, gentil, courtois, délicieux avec ses amis, réserve aux femmes de sa vie goujaterie, cynisme et cruauté. Il trahit sans scrupule, conviant ses conquêtes à dîner les unes avec les autres : la fiancée du moment, celle avec qui il l’a trompée, celle avec qui il la trompera. Il ne sait pas aimer, le séduisant Guy Schoeller. Il appartient à l’espèce épineuse des don Juan qui conjurent par la conquête la peur de l'impuissance : être fort, c'est faire souffrir. Pas facile de vivre l'épée à la main. Françoise, garçonnet confiant concurrencé par des beautés rayonnantes, est écrasée par les vexations. Impassible et pudique, elle n'en parle à personne.

— L'union avec Françoise avait flatté Guy, à cause de sa célébrité. Mais il était un peu sadique, Guy. Intéressant, mais double, triple... Peut-être s'était-il durci avec les femmes, après avoir été lui-même blessé, dit Bettina.

Une image que complète l'avocat et éditeur Jean-Claude Zylberstein, qui a négocié les droits de Sagan pour la collection Bouquins :

— Schoeller était farceur et mythomane avec un côté vieux petit garçon, se voulant plus cynique qu'il n'était en réalité. Ainsi, il prétendait avoir déjà acheté le costume qu'il porterait à l'enterrement de Sagan. Il est mort avant elle, bien entendu. En fait il l'aimait beaucoup, lui vouant une profonde affection, comme la plupart des gens que j'ai rencontrés. C'est étonnant, d'ailleurs, la sympathie qu'elle inspire au monde entier...

Un soir qu'elle dîne en tête à tête avec son mari, Françoise découvre qu'elle n'a même plus envie de lui raconter sa journée. Elle n'a rien à lui dire. C'est brutal et définitif. Aimer un être, pour elle, c'est faire de sa vie un sujet de distraction ou d'enchantement pour l'autre. Une romancière, c'est toujours un peu Shéhérazade. Mais où puiser l'énergie, lorsque l'heureux élu semble intéressé par toutes les femmes, sauf la sienne ? Aussitôt Françoise décide d'éluder les complications : elle n'a pas le goût du malheur. « Je m'en vais », dit-elle à Guy. Le mariage n'a pas duré un an. Très crâne, elle fait son sac à la va-vite et file retrouver au Flore un petit moustachu au physique proustien dont... les hommes autant que les femmes raffolent, Jean-Paul Faure. Petit-fils de l'historien d'art Élie Faure, public relation d'une société de spectacles, Jean-Paul a été le fiancé d'Annabel Buffet, l'amie de Françoise. Maintenant, il est le sien.

— Elle aimait dominer, Françoise, dit Bettina.

Recourant à l'antidote absolu, l'écriture, Françoise file à Klosters, la station de sports d'hiver suisse en vogue, terminer sa première pièce de théâtre, *Château en Suède.* Elle en a rédigé une ébauche à Milly-la-Forêt avant son accident. André Barsacq, le directeur du théâtre de l'Atelier, séduit par des bribes de dialogue publiées dans une revue, souhaite la monter. En trois semaines, elle en achève l'écriture, guidée au téléphone par les indications de Barsacq, qui lui apprend comment construire et rythmer une pièce. Impitoyable, Schoeller lui passe des coups de fil amicaux, où il lui parle de tout, sauf de ce qui l'intéresse, elle. Son chagrin déchirant, elle conserve la force, l'élégance de le taire. Dans sa famille, on lui a appris la retenue. Au ton de sa voix, à un manque d'entrain, ses proches devinent qu'elle accuse le coup, mais elle ne se plaint pas. Françoise, c'est un trait de son style, ne se répand jamais. « Il fallait toujours faire attention, on ne pouvait jamais tout dire à la même personne », dit Paule, dans *Aimez-vous Brahms...* Sagan, elle, garde ses distances, même avec ses amies les plus chères, affectant l'humour enjoué ou le détachement alors même qu'elle est touchée au cœur. Du genre *Never explain, never complain*, elle est profondément solitaire.

Château en Suède est sa revanche. Montée à l'Atelier, la pièce est un succès. François Mauriac, toujours fan de Sagan, signale dans sa chronique « cette aisance légère et faussement négligée qui est au théâtre le comble de l'art le plus rusé ». Seul Jacques Chardonne refuse de voir la pièce à cause d'une réplique qui lui a déplu : « Je voudrais aussi que les pauvres puissent rêver. » En grommelant, il accuse Sagan de jouer les affranchies pour copier Beauvoir, raconte Matthieu Galey dans son journal en mars 1960. Cette bouderie, toutefois, est encore une forme de reconnaissance.

La pièce est jouée et rejouée à Paris puis en province, exportée à Broadway. Vadim en a tiré un film ouaté et poétique, avec une affiche de rêve : Françoise Hardy, Monica Vitti, Curd Jurgens, Jean-Louis Trintignant, Jean-Claude Brialy.

Sur les photos de la première, Françoise Sagan arbore une petite tête triste. Pour ne pas souffrir, elle se gave de barbituriques, Equanil ou Gardénal, dont sa pharmacie déborde. Mais plus tard, elle a transformé son chagrin en source d'inspiration : elle sait parler de la tristesse, de l'abandon. « Une mort snob », une des nouvelles publiée dans le recueil *Des yeux de soie*, semble inspirée de sa rupture avec Guy.

« Il ne fallait pas lui parler de Bruno. Bruno c'était son premier mari, le seul, la déchirure. Celui qu'elle avait perdu, presque délibérément et qu'elle ne supportait pas de savoir perdu. Il était loin, à présent. Néanmoins ce prénom restait insupportable pour elle ; elle qui était censée tout avoir. »

— Vous savez ? Françoise avait des goûts de play-boy : gagner beaucoup d'argent et le dépenser avec la plus grande liberté, faire la fête, jouer, posséder des chevaux, des voitures, de belles femmes. Oui, au fond, C'est cela : elle rêvait d'être un play-boy, dit Bettina, en secouant sa chevelure mousseuse.

Quant à Guy, des années plus tard, il disait qu'avoir épousé Sagan était ce qu'il avait fait de mieux dans sa vie.

Boys and girls

> « Il faut respecter ses effigies, si on les supporte, avec peut-être plus de soin que l'on ne se respecte intrinsèquement soi-même. »
>
> FRANÇOISE SAGAN,
> *Des bleus à l'âme*

> « Il y avait même un homme marié, une autre femme, tout un petit jeu de quatuor qui s'engageait dans un printemps parisien. Je me faisais de tout cela une belle équation sèche, cynique à souhait. »
>
> FRANÇOISE SAGAN,
> *Un certain sourire*

Paola

Je n'ai pas trouvé de photo montrant Paola Sanjust di Teulada et Françoise Sagan main dans la main. Sur un cliché pris à Deauville, à la sortie de l'hôtel de Paris, chacune donne le bras à un homme : Françoise à Jacques Chazot, Paola à Jean-Paul Faure. Elles brouillent les pistes. Si

Françoise aime les femmes, elle cache ses liaisons, qui restent clandestines. Pas d'images amoureuses avec celles qu'elle a aimées ou séduites, Paola, Juliette, Peggy Roche ou Ava Gardner. Au théâtre ou au casino, elle fait son entrée au bras d'un homme pour éviter d'être photographiée avec une amie de cœur.

La vie amoureuse officielle de Françoise Sagan se conforme au cahier des charges de sa légende et se coule dans les formes que lui impose le mythe. La jeune star brillante et déterminée roule en Aston, fait la fête et s'affiche avec des play-boys comme Guy Schoeller, Jean-Paul Faure ou plus tard le bel Américain Bob Westhoff. Elle a de multiples liaisons plus discrètes avec des hommes comme l'écrivain Michel Déon, le compositeur Michel Magne, le psychanalyste Jean-Claude Meyer, le play-boy Massimo Gargia… Et tout un tas d'inconnus. « Françoise n'était pas farouche », dit drôlement Claude Perdriel.

Lorsqu'on le pousse dans ses retranchements, Claude finit par avouer que deux ou trois fois, pas plus, au retour de chez Régine ou Castel, ils ont dû terminer la soirée dans le même lit, « comme tout le monde », précise-t-il.

De ce point de vue, Sagan est très libre : elle fait l'amour pour le plaisir, pour se faire du bien, sans se prendre la tête. Elle n'a aucune notion de la fidélité, mais en retour n'exige pas d'exclusivité. Et elle aime les femmes.

Le mythe ne laisse pas de place à l'être humain qui l'incarne, à ses failles, à sa fragilité, il vampirise la réalité. Françoise Sagan a reproché à la presse de la caricaturer, mais elle s'est prêtée au jeu. Jamais elle n'a évoqué sa bisexualité. Ni en public, ni en privé, même avec ses meilleures amies, Florence ou Charlotte Aillaud. Moins encore avec Bernard Frank. Même si personne n'est dupe. « Il y a toujours eu une femme dans la vie de Françoise, dit Bernard. Elle ne le cachait pas vraiment, mais c'était une chose secrète, intime. »

D'ailleurs elle ne parle jamais d'elle-même, Françoise. Par pudeur, par retenue, par élégance, disent ses amis. Peut-être. Mais pas seulement.

La célébrité ne fait pas le bonheur, elle creuse la solitude. La bisexualité n'est pas un argument de marketing : elle agace les homosexuels et inquiète les hétérosexuels. C'est pourtant avec une femme que Françoise est enterrée au cimetière de Cajarc, s'appartenant enfin : Peggy Roche, un des êtres qui ont le plus compté pour elle. « Françoise avait besoin de la tendresse des dames comme de l'affection de son frère. Cela n'excluait pas des passions pour des hommes, j'imagine », note Bernard.

Paola Sanjust di Teulada a remplacé Guy dans la vie de Françoise. Après le grand amour avec un homme, une liaison avec une femme.

De sept ans son aînée, Paola est jolie, sans être une beauté, avec un beau regard bleu. « C'était une Stern par sa grand-mère, et une Rothschild par je ne sais qui, dit Bernard Frank. Elle était riche, donc. Et cela facilitait pas mal les choses. » À la même époque, Bernard lui aussi recrute ses fiancées dans le Bottin mondain : Marie-Odette de Rochechouart, par exemple, à laquelle il dédie *Un siècle débordé*. Par une sorte de snobisme littéraire, parce que la femme du monde avec son nom romanesque semble sortie des pages de *À la recherche du temps perdu*. Au début des années soixante, dans une France encore rurale, Paris reste une ville provinciale cloisonnée. Être reçu chez Marie-Hélène de Rothschild est un indicateur de réussite sociale. Un jeune couturier aussi doué qu'Yves Saint Laurent n'ambitionne que d'habiller les baronnes, dont Marie-Hélène de Rothschild est la jeune et belle souveraine. Comme Sagan et peut-être converti par elle, il voue un culte à Proust et aux mêmes femmes du Gotha.

Avant la fin de la décennie, la femme du monde va être remplacée par la fille à la mode, plus jeune, plus allurée, qui invente son style. La grande aristocratie parisienne perd son pouvoir de séduction. La jeunesse et la célébrité, que Sagan incarne avec panache, la poussent vers la sortie.

En attendant, Françoise aime Paola Sanjust di Teulada, qui a de la classe, avec la grâce, la mobilité, la sécurité d'une personne sûre de sa position. La grand-mère de Paola, propriétaire d'une écurie de course, éponge ses dettes au casino car comme Françoise, Paola est joueuse. Ensemble, elles misent au casino de Deauville ou de Trouville, la fréquentation des tables de jeu électrisant leurs séjours champêtres. «Les femmes de Françoise étaient des affaires assez importantes», note drôlement son amie Bettina Graziani.

Elle sait de quoi elle parle, Bettina. La nuit du 12 mai 1960, lorsque le prince Ali Khan se tue au volant d'une Lancia Sport, Bettina est à ses côtés. La presse évoque une passagère sublimement belle, en robe du soir, qui crie au secours dans la nuit. Bettina et Ali Khan se rendaient à un dîner chez Lorraine Bonnet, dans sa propriété de Ville-d'Avray. Leur hôtesse, héritière des apéritifs Dubonnet, attendait André Malraux, le baron et la baronne Guy de Rothschild, Stavros Niarchos, Porfirio Rubirosa, les Arturo Lopez-Willshaw, la princesse de Polignac. Dans la côte de Suresnes, la voiture d'Ali Khan a percuté une Aronde. Transporté d'urgence à l'hôpital de Saint-Cloud, il n'a pas survécu à ses blessures. Le prince laisse plusieurs veuves derrière lui.

En effet, le lendemain matin, lorsque Françoise apprend la nouvelle au manoir du Breuil où elle passe le week-end avec des amis, elle demande à Bernard d'éloigner Paola, le temps d'en savoir plus. Car si Bettina espérait qu'Ali Khan l'épouserait, il a semble-t-il fait la même promesse à Paola, que Bernard entraîne au marché d'Honfleur pour faire diversion.

«En revenant, dans la côte juste avant le manoir, la nouvelle est tombée à la radio. Paola a eu une réaction tout à fait bizarre. “Oh, le con!” J'ai assisté à un déphasage en direct : elle ne réalisait pas qu'Ali Khan était mort. Heureusement, nous arrivions. Car, avec une lâcheté bien compréhensible, je souhaitais que Françoise s'occupe d'elle», raconte Bernard Frank.

Paola et Françoise entremêlent leurs destins d'une façon toute saganesque. À Équemauville, elles partagent la maison avec Bernard, Jacques Chazot, Pierre Bergé, Yves Saint Laurent, et toute une bande de copains plus ou moins choisis ou désirés. Saint Laurent vit dans l'appartement de Bergé sur l'île Saint-Louis, ils passent leurs week-ends chez Françoise avant d'acheter leur propre maison en Normandie. Les deux hommes sont les premiers, en France, à avoir formé un couple à la ville, un couple qui travaille et vit ensemble, et à l'avoir assumé. Ami de Cocteau et de Jean Giono, Pierre Bergé n'a jamais dissimulé ses préférences.

«Françoise n'a jamais caché qu'elle aimait les femmes. Elle ne l'a jamais affiché non plus», dit Pierre Bergé. Un mensonge par omission? «On peut aimer les femmes, se droguer, et être profondément conventionnel. Françoise avait un côté plaine Monceau, vous savez.»

Une sorte de raideur provinciale, un côté Cajarc, en somme. Françoise a grandi dans un milieu conservateur, c'est une fille du Sud-Ouest, dont elle a intégré les codes, bien qu'elle-même ne soit pas convenue. Elle prend toutes les libertés, suivies de bouffées de conventions. Si elle n'a pas de tabous personnels, elle respecte l'étiquette de son milieu. Une femme ne sort pas sans rouge à lèvres, n'assiste pas à un dîner sans un passage chez le coiffeur, ne montre pas ses bras nus, le soir. La bisexualité, on la garde pour soi.

« Je vais vous montrer une photo de Paola. » Pierre Bergé monte et descend les couloirs et corridors compliqués de la fondation Yves Saint Laurent, 5, avenue Marceau.

Il rencontre Françoise Sagan en 1957, alors qu'elle lance avec le compositeur Michel Magne un spectacle musical, *Le Rendez-vous manqué*. La mise en scène est de Roger Vadim, les costumes et les décors sont de Bernard Buffet, dont Pierre Bergé est l'agent-amant. Sagan, Magne, Vadim, Buffet, les enfants terribles de l'après-guerre refont les années vingt, jouant à être Diaghilev, Picasso, Satie et Cocteau. Selon Pierre Bergé, *Le Rendez-vous* était vraiment *manqué*. Mais le Tout-Paris assiste à la première, au théâtre des Champs-Élysées : Jean Cocteau, Brigitte Bardot, Abel Gance, François Mauriac... Le spectacle fait scandale, d'autant qu'il est subventionné par le ministère de l'Éducation nationale.

Pierre Bergé traverse un salon tapissé d'agrandissements : admirables fêtes baroques des années cinquante, bals costumés donnés par Alexis de

Rédé à l'hôtel Lambert ou par Charles de Beistegui dans son palais de Venise. Ces féeries semblent remonter à plusieurs siècles, tant cette folle dépense est devenue impensable. Si Louis XIV vivait aujourd'hui, il défiscaliserait sa fortune aux Bahamas, et ne construirait pas Versailles. « Vous allez voir, C'est là-bas. » Pierre Bergé se plante devant un grand tirage d'André Ostier. Une photo de bal, en noir et blanc. Le visage de Paola est coupé en deux.

Durant l'hiver 1961, Françoise loue une nouvelle fois un chalet à Klosters pour terminer *Les Merveilleux Nuages.* Chazot, Bernard et Paola sont du séjour. Chez Régine, Paola et Françoise rencontrent Charles de Rohan-Chabot, accompagné de son petit ami américain, Bob Westhoff, qu'elles invitent en week-end. En avril, Françoise fête chez le coiffeur Alexandre son premier cheveu blanc, une coupe de champagne à la main. En juin, elle est hospitalisée dans une clinique pour une dépression : déjà, elle traverse de grandes plages de désolation.

Elle part se reposer à Capri avec Paola. En août, celle-ci épouse Charles de Rohan-Chabot. Françoise invite ses amis en voyage de noces au manoir, où Charles vient en compagnie de Bob. Curieux quadrille à Équemauville.

« Bob était beau, dans le genre américain. Françoise l'a épousé parce qu'elle désirait un beau type pour faire des enfants... », dit Bernard, faussement jaloux. Le 10 janvier 1962, Françoise et

Bob se marient à la mairie de Barneville, à côté du manoir.

Bob Westhoff est un personnage attachant, avec un destin curieux et flottant de brindille ballottée par l'histoire. Né à Minneapolis, dans une famille de onze enfants, il s'engage à dix-sept ans dans l'armée avec des papiers falsifiés pour fuir un père autoritaire et détestable. Lorsqu'il obtient le grade d'officier un an plus tard, la supercherie est découverte, il est exclu de l'US Air Force. Il fait la guerre d'Indochine dans l'armée française, patine pour Holiday on Ice, traîne aux Philippines, en Alaska, avant d'étudier les arts plastiques à Mexico.

Grand garçon aux yeux verts, très charmant, il débarque dans la capitale à la fin des années cinquante en touriste. Il l'est resté, étranger à lui-même, n'occupant aucune place, traversant l'existence sans laisser plus d'empreintes qu'un chat de gouttière. Toute sa vie, il a prétendu travailler à une traduction de *Voyage au bout de la nuit* qui n'était pas terminée lorsque son propre voyage s'est achevé. Lorsque Françoise le rencontre, il se dit céramiste. Avec l'arrivée de Picasso à Vallauris et son étonnante production réalisée à l'atelier Madoura, c'est un métier en vogue.

Le 27 juin 1962, Françoise donne naissance à leur fils Denis. Lorsque Bob vient rendre visite à sa femme à la clinique, il est accompagné de son nouvel ami, l'avocat François Gibault, qu'il vient de rencontrer chez Régine, au bar.

« La chambre de Françoise débordait de gerbes de fleurs blanches, un véritable reposoir. J'ai vu Denis dans sa couveuse, une espèce de boîte en plastique. Avec Françoise, nous nous sommes intimidés mutuellement. Elle était un mythe vivant », raconte François Gibault.

Jacques Chazot est le parrain de Denis et Paola sa marraine. Cette dernière mourra jeune et assez isolée, quelques années plus tard, après avoir publié un roman, *Le Pli de l'eau.* « C'est une des seules femmes avec laquelle Françoise n'a pas été malheureuse », dit son amie Charlotte Aillaud.

La photo possède un charme gracile, mélancolique. Elle a été prise dans Paris la nuit par un photographe de *Paris-Match.* Effondrée au pied d'un feu tricolore, enveloppée d'un manteau de panthère comme d'un peignoir de bain, lasse et décoiffée, Françoise a calé sa joue sur le coude de Bob Westhoff, qui la regarde avec tendresse. Elle ressemble à une punkette new wave avant l'heure. Se reposant l'un sur l'autre, ils semblent largués, à la dérive : deux oiseaux égarés.

« Je me suis mariée la seconde fois par tendresse, par réel goût et aussi par sens des responsabilités. J'attendais un enfant, Bob était fou de joie à l'idée d'avoir un enfant et ma mère se désolait d'avoir une fille mère », écrit Françoise

Sagan. Un mariage libre, pour faire reconnaître le nouveau-né.

Bob, qui dépend matériellement de Françoise, est un mari plus accommodant que ne l'était Guy. Françoise et lui sont indépendants. Lorsqu'ils se querellent, il se réfugie avec une valise (petite) chez François Gibault où il a sa chambre. « Elle m'a foutu à la porte, je suis fauché. » Il se moque du lendemain, il sculpte dans son atelier de Montmartre. Surtout des cendriers, selon Bernard Frank. « Bob était un type extraordinaire, d'une élégance rare, très cultivé, paresseux et alcoolique », dit François Gibault.

Tout en étant heureuse avec Bob, Françoise a d'autres aventures et parfois, c'est elle qui fugue.

« Minou, je suis fatiguée, excédée, j'en ai assez de voir tous ces gens, je m'en vais deux, trois jours, seule, je ne sais où. Dans Paris sans doute. Ce n'est pas grave mais nécessaire à ma bonne humeur. Décommande Régine and Co pour moi ou vas y avec quelqu'un d'autre. Je reviens vite, je t'embrasse. Ne te fais pas de soucis, ne bois pas, à très bientôt », lui écrit-elle.

Guy Schoeller excepté, Françoise Sagan n'a jamais souffert que par les femmes. Donjuanesque, c'est elle qui décide, relance, menace, écrit, combine, très sûre de sa séduction. Bettina a sans doute raison, la conduite de Sagan ressemble à celle d'un play-boy des années soixante, dont elle a adopté les attributs. Bénéficier d'une célébrité internationale. Gagner sa vie luxueusement, brûler l'argent sans avoir l'air d'y toucher. Faire la fête dans les boîtes de nuit. Posséder un cheval de course. Jouer au casino. Rouler en voiture de sport. Avoir des accidents. Faire un enfant à un mannequin. Collectionner les belles femmes.

Boulevard Saint-Germain, Bob et Françoise partagent un appartement avec Bernard Frank qui bougonne, parce que l'ascenseur tombe souvent en panne. Françoise y reçoit la café society dont elle raconte les mœurs dans ses livres : Rothschild, mannequins, journalistes ou photographes, couturiers, hommes politiques, limonadiers, milliardaires, célébrités.

Un jour, Brigitte Bardot et son amoureux Bob Zaguri viennent lui rendre visite. Jacques Lanzmann, le directeur de *Lui*, a commandé à Sagan une interview de Bardot. Bardot est belle comme tout dans sa robe-tablier en daim gris, pense Bernard, bien qu'Antonio, le valet de chambre espagnol, qui a mis sa belle veste blanche pour l'occasion, se déclare un peu déçu.

La conversation de Bardot ressemble à celle de Sagan lorsqu'elle ne veut pas parler, note Bernard : « Ben quoi ! Ben oui ! Faut pas compliquer ! Faut dire les choses comme elles sont. On aime et puis on aime plus. »

L'interview tombe à l'eau. Bernard Frank remarque que Françoise, alors qu'elle n'a jamais faim, parle tout de suite d'aller dîner. Très vite elle trouve ses clés, son chapeau, et plante là Bernard sans le convier. Il ne reverra plus Bardot.

Bonne copine, Françoise Sagan, mais elle ne prête pas ses admirateurs.

Juliette Gréco

« Il n'y avait pas plus léger, plus gai, plus tendre, plus intelligent que Françoise Sagan. Il n'y avait pas de plus merveilleuse personne. Elle n'en faisait qu'à sa tête », a dit Juliette Gréco au *Monde.*

En janvier 1964, Gréco est la vedette de *Bonheur, impair et passe*, la quatrième pièce de Sagan, au théâtre Édouard-VII. Les répétitions ont été calamiteuses : par défi, par curiosité, Françoise a décidé de s'occuper elle-même de la mise en scène, et comme tous les comédiens sont des copains, sa direction d'acteurs est confuse. Un après-midi, un jeune étudiant en médecine, Jean-Claude Meyer, entre au Harry's Bar. Gréco et Sagan gazouillent dans une alcôve. Avec l'arrogance de ses vingt-trois ans, Jean-Claude Meyer, qui a vu la pièce la veille, les interpelle : « Une bonne pièce. Dommage que la mise en scène soit si mauvaise. » Sagan lui propose de revenir voir le spectacle dix jours plus tard : elle a finalement engagé un véritable metteur en scène, Claude Régy, qui fera de *Bonheur, impair et passe* un succès.

Entre Meyer et Sagan, c'est le début d'une amitié amoureuse en pointillé. Sagan a quatre ans de plus que l'étudiant, elle a déjà divorcé de Guy Schoeller qu'elle traitait comme son papa, et son mariage avec Bob, qu'elle traite comme un frère, n'est pas exclusif.

Elle est une star, désormais, avec tous les privilèges dus à son rang. Comme convoquer les caméras de l'ORTF, le 2 octobre 1964, parce qu'elle a perdu son chien à Deauville. En chic petite robe noire, regard malicieux, elle lance un avis de recherche au journal télévisé, « c'est un bâtard marron et noir, avec un plastron blanc comme un maître d'hôtel »...

Jean-Claude Meyer et elle s'entendent bien, elle ne le prend pas au sérieux, elle ne prend rien au sérieux d'ailleurs. New York, Venise, Capri, Rome, ils écument les destinations de paresse. « Nous avons fait les nigauds, comme elle disait », se souvient Jean-Claude Meyer. Insomniaques l'un et l'autre, ils lisent une partie de la nuit, dorment la matinée, ne déjeunent jamais. « Françoise avait beaucoup de grâce et de légèreté. Elle ne posait jamais de questions. Et ne supportait pas qu'on lui en pose. » Devenu psychiatre, Jean-Claude Meyer lui raconte ses mésaventures avec ses patients, ce qui amuse son amie.

« Elle avait les plus beaux seins que j'aie jamais vus, dit Jean-Claude Meyer. Une maigrichonne avec des seins somptueux. » Avec les hommes, elle pratique l'amour-amitié, reste libre et détachée.

La même année, Françoise rencontre Massimo Gargia lors d'un dîner mondain chez Betty, l'épouse du couturier cubain Luis Estevez. Après un échange de regards, Massimo demande qui est cette petite blonde fluette avec de grands yeux, on se récrie devant son ignorance. C'est son premier soir à Paris et Massimo ne connaît personne. Sagan, elle, est le chef du gang le plus swinging de Paris. Malgré la présence de Bob, Massimo propose un rendez-vous que Françoise accepte, car le jeune inconnu est beau. « La trahison est la seule façon d'assurer la survie d'un mariage », confie-t-elle à son nouvel ami.

Le lendemain, elle l'invite à déjeuner au Relais Plaza, avenue Montaigne, dont l'excellent barman leur prépare des Rob Roy : scotch, vermouth rouge, trait d'angostura, cerise à l'eau-de-vie. Françoise Sagan aime le théâtral décor Art déco du Relais Plaza, une de ses cantines favorites. Enchantés du déjeuner, ils approfondissent la découverte à l'hôtel Raphaël, dans une chambrette sans salle de bains, qu'un concierge a prêtée au jeune Napolitain pour son séjour parisien.

Mais le lendemain, lorsque Massimo téléphone chez Françoise, elle a repris ses distances. À la sortie de l'hôtel, une grappe de photographes attendait sur le perron. Fâchée d'avoir été prise au piège, Françoise a cru à une indiscrétion de

Massimo. En fait, les reporters planquaient la femme du colonel Nhu, un dignitaire vietnamien qui venait de se réfugier à Paris. « Françoise était nue dans ma chambre et madame Nhu arrivait à l'hôtel... », se souvient Massimo. Le malaise se dissipe, ils redeviennent proches.

Grâce à son prestige, à sa célébrité valant sauf-conduit, Sagan introduit dans la bonne société un beau garçon certes, mais ni riche ni célèbre, à la réputation un brin sulfureuse. Pour tout autre qu'elle, ce serait une faute de goût, mais l'artiste est autorisé aux franchissements de ligne (de coke).

Sous sa protection, le carnet d'adresses de Massimo s'étoffe. Ainsi, il l'escorte à la fête donnée par le baron et la baronne Guy de Rothschild en l'honneur de Françoise, après la première de sa pièce *Il fait beau jour et nuit*. Ensemble, ils se moquent des cadeaux que Marie-Hélène de Rothschild offre à la romancière : chandeliers en cristal et couvertures en fausse fourrure. Les amis milliardaires offrent toujours les objets les plus improbables.

« Personnellement, je préfère les chèques », commente Massimo.

Ce qui amuse son amie.

Charlotte chez Régine

Sa grande copine de night-clubbing, c'est Charlotte Aillaud, la sœur aînée de Juliette Gréco, qu'elle a connue au New Jimmy's. Lorsque Françoise n'écrit pas, elle a beaucoup de temps libre et recherche des amis oisifs. Comme le dit Charlotte Aillaud, « à l'époque, je ne faisais rien. Et si j'avais fait quelque chose, je n'aurais pu avoir cette amitié avec Françoise ». Maintien impeccable, habillée avec soin d'un joli pull en cachemire chocolat sur une jupe crayon assortie, maquillée, Charlotte est élégante et féminine à soixante-dix ans passés. Elle me reçoit chez elle, rue Jacob, dans un grand salon orné de photos de ses amis, de livres, de coussins et d'objets précieux. Elle me montre un souvenir précieux de Françoise : un morceau de bois flotté que celle-ci a transformé en poupée, en y ajoutant des yeux. Elle parle très bien, Charlotte. Non seulement ce qu'elle dit est précis, mais elle s'exprime dans une langue choisie, avec une parfaite diction.

C'est le soir, chez Régine, qu'avec Françoise elles se retrouvent, qu'elles parlent, qu'elles dansent et qu'elles draguent. « Les gens que l'on rencontre la nuit n'ont pas de rendez-vous dans dix minutes, ils sont libres. Et puis ils ont envie de parler, de s'expliquer, de vous mentir ou de vous dire la vérité, d'établir des rapports gratuits », dit Françoise Sagan dans *Lire* en 1979. Jamais elles ne déjeunent ou ne se montrent avant le milieu de l'après-midi : il faut du temps pour réparer les excès nocturnes.

Françoise se lève vers midi, avale un vague truc vers les deux heures. Charlotte est à peine plus matinale. Son mari, l'architecte Émile Aillaud, construit les logements sociaux de l'après-guerre, grâce aux nouveaux procédés de construction industriels : il est l'auteur de La Grande Borne, à Grigny, Essonne. Charlotte tient salon dans un hôtel particulier de la rue du Dragon décoré par les Lalanne. Françoise Sagan a dépeint sa chambre à coucher dans *La Chamade.* Charlotte sort après le dîner. Sexagénaire, son mari ne l'accompagne pas en boîte.

À Montparnasse, au New Jimmy's, Régine leur réserve une table dans l'angle, à droite. Lorsqu'on est ami de Françoise, on entre sans difficulté, et l'on ne paye jamais. Pendant des années, des copains comme l'avocat François Gibault ont fréquenté Régine sans régler la moindre note. Le nom de Sagan est un mot de passe, il suffit qu'elle entre dans une boîte pour en assurer la notoriété.

Plus tard, elle colonise Castel, rue Princesse.

« Un de ces endroits à la mode où, d'après les chroniqueurs de l'an 2000, nous nous sommes follement amusés entre 1960 et 1970. C'est bien possible. Je n'y ai jamais fait attention » écrit Bernard Frank, dans *Un siècle débordé.* Sauf qu'il y est tous les soirs.

Charlotte et Françoise retrouvent Hélène Rochas et son ami Kim d'Estainville, Yves Saint Laurent et Pierre Bergé, Sophie Litvak.

Charlotte se souvient parfaitement de leur première conversation : « Nous avons parlé d'une tierce personne et Françoise m'a dit : "Elle n'a aucun sens de la gratuité." Cette phrase a scellé notre amitié. » La tête enfouie dans ses cheveux, Françoise danse peu, elle parle. En 1961, Charlotte, elle, twiste sur Chubby Checker dans une robe Saint Laurent, le jeune couturier qui monte. Le dress code est impeccable. Les hommes jerkent en costume-cravate et, sous leurs robes griffées, les femmes portent des combinaisons de soie, des porte-jarretelles et des bas couleur chair. Même lorsqu'elles dansent sur *Satisfaction*, leurs mises en plis glacées à la laque Elnett restent nickel. Les pochettes en soie où elles rangent leurs cigarettes, les escarpins Séducta, tout est sous contrôle.

Parfois, Charlotte donne une fête.

« Soirée superbe chez les Aillaud. Le jardin est tendu de toile admirablement drapée, et beaucoup de monde tortille des jerks là-dessous... Sagan, vilaine mais gentille, me demande pourquoi je n'écris pas. Comme si c'était un sort enviable ! Sorti à l'aube dans cette rue du Dragon déserte. Impression d'être de dix ans plus jeune, perdu dans cette légèreté cotonneuse de l'extrême fatigue trompée d'un peu d'alcool », raconte Matthieu Galey dans son journal de mai 1966. L'année suivante, il remet ça : « Sagan, jaunâtre et gentille. » Elle, perspicace, n'ignore pas l'effet qu'elle produit.

« Tous ces endroits se valent ; une table, une chaise, une marche d'escalier, un verre à la main, et des gens qui ont l'air si excités d'être là qu'on a presque envie de leur demander s'il y a fête ce soir ou quoi », écrit Bernard Frank. Un soir, un client britannique, découvrant son teckel Jock sous la banquette, s'indigne de la présence du pauvre animal dans un lieu si enfumé. « Monsieur, s'interpose Bob Westhoff. La seule fois où j'ai essayé de promener Jock de bon matin au Champ-de-Mars, il s'est évanoui. J'ai dû ramener la pauvre bête dans mes bras. »

Françoise, elle, ne tient pas en place. « Elle avait le goût du jeu : chiche qu'on va prendre un verre à Orly et qu'on revient dans vingt minutes, m'a-t-elle proposé un soir chez Régine », se souvient Charlotte. Luxueux et moderne, l'aéroport d'Orly, qui vient d'être inauguré par le général de Gaulle, est le monument le plus visité de France : trois millions de badauds en 1963, quatre en 1965. « Si jamais un ouvrage justifia la fierté de ceux qui l'ont fait, c'est bien celui que voilà, qui va à la rencontre de la terre et du ciel », a dit le Général. Gilbert Bécaud chante *Dimanche à Orly* et Chico Buarque, *Samba de Orly*.

Quant à Sagan, avec un art de la description net, traversé de séduisants élans lyriques, d'un éclat mat, brossé, de photographe, elle écrit dans *La Chamade*, son nouveau best-seller :

« Orly était inondé d'un soleil froid qui se reflétait dans les vitres, sur les dos argentés des avions, sur les flaques de la piste en mille éclats brillants et gris, éblouissants pour les yeux. »

Cette fois-là, Charlotte et Françoise y vont de nuit, par l'autoroute du Sud. « On l'a fait en temps record, reprend Charlotte. Nos amis étaient terrifiés. Pour dire la vérité, on n'a pas pris de verre car tout était fermé lorsque nous sommes arrivées. Mais Régine n'a jamais voulu croire que nous étions allés jusqu'à Orly. » Le compteur de la Ferrari California grimpe à 280 km/h.

Vers quatre heures du matin, Régine fait préparer un chaudron de spaghettis par son remarquable cuisinier. « C'est la seule fois où j'ai vu Françoise manger », dit Charlotte. Quant à Bernard Frank, il a surtout descendu du J & B. Il partage alors avec Claude Perdriel, qui l'a pris en charge, un appartement rue des Saints-Pères. Un matin, il a tellement bu qu'il rentre en traînant derrière lui une laisse et un collier, vide. Jock le suit, à distance.

Ava Gardner

« Même s'il est vrai qu'Ava Gardner et moi nous nous soyons rencontrées, parlé, amusées, même s'il est vrai que nous ayons partagé des après-midi oisives, des nuits blanches et des petits scandales, des points de vue et des fous rires. Bref, que nous ayons été un peu complices pendant un mois il y a belle lurette, lorsqu'elle tournait *Mayerling*», écrit-elle dans *L'Égoïste*.

En 1968, Ava Gardner tourne le film de Terence Young, avec Catherine Deneuve et Omar Sharif, aux studios de Boulogne. C'est au bistrot en face du studio qu'elle et Françoise se rencontrent et se murgent, un jour où Ava boude l'équipe de tournage. Françoise l'invite à réveillonner chez elle, dans son appartement de l'avenue de Suffren. «Je pourrais juste dire qu'elle était belle, et seule, et généreuse, et qu'elle riait parfois», raconte Sagan, longtemps après. Ava Gardner aime les femmes. Sa liaison avec Lana Turner a été dénoncée publiquement par Frank Sinatra, vexé d'être trompé avec le sexe faible. À Londres où elle vient de s'installer, Ava ne fréquente que des homosexuels. Avant de la rejoindre au Raphaël, Françoise téléphone à Jean-Claude Meyer : «Cette pauvre Ava a un coup de blues, Minou, tu gardes la maison.» Françoise disparaît quelques jours : «On écoute Billie Holiday, on boit de grands coups», raconte-t-elle à Meyer.

À quarante-six ans, Ava Gardner est un «animal très beau et très digne de ce fait, et très étranger», hantée par le désespoir. Elle raconte à Sagan qu'enfant, dans la ferme où elle a été élevée, sa mère lui tournait le dos : elle épluchait les pommes de terre. Son père, lui aussi, lui tournait le dos : il cassait du bois, dehors. Jusqu'à l'âge de quinze ans et des poussières, Ava n'a vu que des dos. Benjamine d'une famille de sept enfants, elle ne supporte pas qu'on ne la regarde pas.

Sa beauté émerveille Françoise, qui la comprend. Au même âge, elle désespérait de jamais séduire. « J'appuie mon visage à la fenêtre, je me dis que je ne grandirai jamais, que la pluie ne cessera jamais. Je n'ai plus envie de jouer à cache-cache, j'ai envie au contraire de me montrer, mais il me semble que personne ne me regarde », écrit-elle dans ... *Et toute ma sympathie.*

Sagan aime les belles femmes, elle qui ne l'est pas. Elle a pris sa première cuite lorsqu'elle a compris qu'elle ne serait jamais aussi jolie que sa grande sœur, de treize ans plus âgée : pour se consoler, elle a plongé dans le placard à liqueurs de sa grand-mère, à Cajarc. Tous les témoins que j'ai rencontrés m'ont confirmé que Suzanne impressionnait Françoise et ses amies. À l'héroïne de son premier roman, *Bonjour tristesse*, Françoise a d'ailleurs donné le prénom de la fille de Suzanne, Cécile.

« Toute sa vie, Françoise a fait un complexe vis-à-vis de Suzanne, la belle fille blonde qui avait fait un riche mariage », dit Jean-Claude Meyer. Physiquement, Françoise ne s'aimait pas. « Les femmes que je suppose avoir été avec Françoise étaient infiniment féminines, et toutes un peu sa grande sœur », ajoute le psychanalyste.

Françoise Sagan est irrésistible, elle charme par son intelligence et ses manières libres. De son beau regard tendre et pétillant, elle aimante les gens. « Sous la frange, de larges gouttes d'yeux reflètent la mélancolie habitée des flaques de pluie », écrit Antoine Blondin dans *Ma vie entre les lignes.*

Elle donne le ton avec sa vitalité. « Elle avait de très belles mains, fortes et qui correspondaient à sa personnalité », dit Bettina Graziani. Sagan, sans doute, aurait aimé avoir l'air voluptueux, sensuel. Être une vamp, plutôt qu'un bon copain. Comme son héroïne Dominique dans *Un certain sourire*, dont la propre image lui déplaît tant qu'elle est odieuse toute la journée si elle se décide à sortir.

Quant à la conquête d'Ava Gardner, en vieux play-boy malicieux qui se vante de ses bonnes fortunes, elle la racontait volontiers, plus tard. Par la force de l'esprit, elle avait séduit une des plus belles femmes du monde.

La Fêlure

« De toute façon, à trente-cinq ans, on a forcément raté quelque chose. Une histoire d'amour, une idée de soi-même. Après, ça va en s'accélérant. »

FRANÇOISE SAGAN,
Le Piano dans l'herbe, 1970

C'est Florence Malraux qui me l'a donné. Avant de nous séparer, après un déjeuner au Meurice, elle est entrée à la librairie Galignani, rue de Rivoli, et m'en a offert un exemplaire. Puis, sous les arcades, elle a disparu de son pas ailé. Elle sait sans doute voler, Florence, et si elle marche, c'est par pure modestie. Au fil des semaines, elle sème sur ma route des petits cailloux destinés à m'orienter dans cette chasse énigmatique qu'est une biographie. Il m'a fallu un certain temps pour entrevoir la signification de ce présent.

À la fin de sa vie, Francis Scott Fitzgerald ne parvient plus à écrire. Le rédacteur en chef d'un magazine auquel il doit une série d'articles exige qu'il remplisse son contrat coûte que coûte :

Fitzgerald n'a qu'à recopier cinq cents fois « je ne peux pas écrire » sur un manuscrit, de façon à justifier les avances versées par le journal.

« C'est bon, répondit Scott. Je vais écrire tout ce que je peux écrire sur le fait que je ne peux pas écrire. »

Ce texte, c'est *The Crack-up* (*La Fêlure*).

Bernard Frank estimait ces quelques pages mille fois supérieures à *La Chute*, de Camus. *The Crack-up* est le texte désolé d'un homme que la douleur rend humble. Il a la force du récit autobiographique. Dans ce carnet de plongée dans la dépression et le désespoir, Fitzgerald descend au plus profond de sa conscience. Passé la stupéfaction enfantine — pourquoi cela fait-il si mal ? — il fait une découverte : il n'est pas mort, mais il ne sera plus jamais le même.

Ce récit a été une révélation pour Florence. « J'ai su aussitôt qu'il m'accompagnerait toute ma vie. » Elle l'a découvert dans la revue *Les Temps modernes*, traduit avec élégance par Dominique Aury. Cependant le texte est plus mordant en anglais. Une phrase touche Florence par sa vigueur désenchantée. « On devrait par exemple comprendre que les choses sont sans espoir, et cependant être décidé à les changer. »

Une ligne de conduite. C'est pourquoi, en 1961, comme Bernard et Françoise, elle a signé le manifeste des 121 en faveur de l'insoumission des jeunes appelés en Algérie. Contestant la guerre d'Algérie, dénonçant le militarisme et la torture, cette pétition légitimait le droit à l'insoumission et au refus de prendre les armes contre le peuple algérien. Émue par le drame de Djamila Boupacha, Françoise avait signé dans *L'Express* un article où elle en appelait à l'intercession de De Gaulle. «Je ne pensais pas qu'il puisse y avoir des limites à l'indifférence générale sur certains sujets — et surtout à la mienne. Je ne pensais pas qu'un simple récit pourrait m'arracher à ce confort douteux que donne le sentiment de l'impuissance...» L'OAS déposa une bombe devant le domicile de ses parents. Quant au père de Florence, ministre du général de Gaulle, il refusa de parler à sa fille durant sept ans.

Florence offre *La Fêlure* aux gens qui comptent pour elle.

La première est Françoise, en 1952. Ni l'une ni l'autre n'ont encore jamais entendu parler de Fitzgerald, célèbre et riche à vingt-trois ans pour avoir publié *L'Envers du paradis*, la bombe littéraire de l'année 1920. Manifeste d'une génération, celle de l'ère du jazz dont Fitzgerald est le porte-parole, le livre dépeint la nouvelle vie libre et hardie de la jeunesse des Années folles.

Sa lecture suscite aujourd'hui une impression proche de celle qui se dégage de *Bonjour tristesse* : l'œuvre semble bien innocente et le scandale éventé, mais le parfum en reste frais. «Il n'oublie pas d'être vivant», note Edmund Wilson, l'ami de Fitzgerald. Météore des années vingt, le grand écrivain américain est mort oublié en 1940, âgé de quarante-quatre ans. Son chef-d'œuvre, *Gatsby le Magnifique*, fut un flop. Un an après l'avoir découvert, Françoise Sagan achève *Bonjour tristesse*, dont le titre est emprunté à un poème comme celui de *L'Envers du paradis*.

Françoise Sagan est une héroïne littéraire, dont la vie prolonge et dépasse l'œuvre romanesque. Une création qui lui échappe, batifolant en marge de ses cahiers Clairefontaine, une middle-class hero dont les postures et les prédilections stylisent et anticipent les rêves d'une société. Il y a eu le coup de maître du premier roman, la gloire à dix-huit ans, les voitures de rêve, les mariages, le night-clubbing, les vacances à Saint-Tropez, autant de chapitres de l'épopée d'une teenager prodige.

Or, vingt ans après *Bonjour tristesse*, c'est la dépression nerveuse taille XXL. Lors d'un défilé chez Yves Saint Laurent, ses amies, médusées, voient Françoise, assise au premier rang, grimper sur le podium et se joindre aux mannequins, un béret vissé sur le crâne. De la part d'une femme si retenue, si timide, une telle incongruité est stupéfiante. Après le défilé, elle ordonne à Pierre Bergé, qui dirige la maison de couture, de livrer la quasi-totalité des modèles présentés à ses amies Charlotte et Florence. Très courtois, Pierre Bergé la raccompagne en l'assurant que ce sera fait. Garde-malade d'un Yves Saint Laurent fragile, Pierre Bergé n'est pas facile à impressionner.

Quelques jours plus tard, Françoise donne une réception dans son appartement, rue Guynemer. D'habitude, ses fêtes sont aussi chic qu'excitantes. Dans son petit hôtel particulier du 25, rue Henri-Heine, à Passy, elle a offert une grande soirée en l'honneur de Fellini pour la première de *Satyricon* à laquelle ont participé Jeanne Moreau et Giulietta Massina. Tout s'est passé à merveille. Sauf pour l'ego de Bernard, son colocataire, qui dans une chambre de service a tenté de renouer bibliquement avec une amie, fort riche naturellement. Sans y parvenir, à sa grande honte. « On n'avait pas encore inventé les bêtabloquants », dit-il. En bas, dans le salon, Giulietta Massina chantait *La Vie en rose*, accompagnée au piano par le compositeur Frédéric Botton, sous l'œil de Melina Mercouri et de Jules Dassin.

Cette fois, Françoise a invité sa nouvelle complice, Manouche, la « veuve » de Paul Bonaventure Carbone, le gangster marseillais, avec laquelle elle s'est liée depuis que celle-ci a publié ses Mémoires. Manouche a été une ravissante jeune femme peinte par Van Dongen, mais de sa beauté ne subsiste qu'une paire de jambes graciles, inattendues chez une personne de si gros tonnage — Manouche pèse plus de cent kilos. Poivrote et bruyante, elle est interdite de séjour chez Régine, qui la trouve vulgaire, c'est dire. Dès son arrivée, elle réclame un bain de pieds et se fait apporter par le maître d'hôtel une poubelle remplie d'eau au milieu du salon où elle baigne ses gros orteils.

Effarée par la situation, la section jet-set des copines de Françoise, Marie-Hélène de Rothschild, Hélène Rochas et Charlotte Aillaud, tourne les talons. Reine de Paris, Marie-Hélène de Rothschild est une sorte d'enchanteresse qui domine son monde avec des fêtes d'anthologie, comme cette année le bal Proust, dans son château de Ferrières, pour célébrer le centenaire de la naissance de l'écrivain.

Marie-Hélène a de la tendresse pour Françoise, dont elle s'inquiète lorsqu'elle ne va pas bien. « Elle a ce côté blond, rose et bleu que Proust attribuait aux Guermantes », dit d'elle Sagan. Marie-Hélène est son Oriane de Guermantes. Mais là, c'est trop. Marie-Hélène, Hélène Rochas et Charlotte abandonnent le terrain à Manouche, elles aiment la fête pour la fête, comme une parenthèse souriante, pas la face sordide, avilissante, de l'excès. Et malheureusement Elke, la magnifique Munichoise dont Françoise est éprise depuis leur rencontre à Saint-Tropez, leur emboîte le pas.

Belle brune à peau très blanche, la jeune héritière de la famille Mercedes craint Françoise, et les virées dans son manège désenchanté. Elle a rompu, il y a plusieurs mois, lui laissant *une longue égratignure à côté du cœur*, mais elles se voient toujours.

Les deux jeunes femmes ont fait connaissance

à Saint-Tropez, au mariage d'Albert Debarge, le patron des laboratoires Debarge. Dans son entreprise pharmaceutique, il a recruté Jacques Quoirez, le frère de Françoise. Un barge, Debarge, en pleine crise d'adolescence. Jusque-là, cet homme d'affaires vertueux, père de famille et industriel, s'est comporté de façon exemplaire. Lorsqu'il a appris que sa femme le trompait, il a décidé, pour se venger, de prendre le contre-pied de son existence précédente.

Son remariage à Saint-Tropez avec une jeune fille de vingt-quatre ans a été l'occasion d'une fête fastueuse. Pour transporter ses invités parisiens dans le Midi, il a affrété deux avions Caravelle et accroché un wagon spécial au Train bleu. La noce a duré deux jours. Gardians montés sur des chevaux blancs, essaims de majorettes, fanfare, escort girls de Madame Claude.

Debarge est propriétaire de L'Épi-Plage, au bout de la plage de Pampelone, où il tient table ouverte. Mais ce nouveau roi de la nuit est féroce. Toxicomane, il fait du prosélytisme. Outre sa femme Josyane, il a la réputation d'accrocher à l'héroïne les filles qu'il loue à Madame Claude. L'une d'entre elles, Françoise Jeanmaire, une belle fille saine et enfantine, est une loque de vingt-cinq ans terriblement marquée. Recueillie par Françoise, elle habite rue Guynemer.

Lorsque le petit ami de Françoise Jeanmaire est découvert mort d'une overdose dans les toilettes de l'Alcazar, la boîte de la rue Mazarine, la brigade mondaine débarque chez Françoise et perquisitionne.

Noblesse (et curiosité) oblige, le patron de la Mondaine, le commissaire Le Taillanter — qui ensuite écrira des best-sellers, lui aussi —, vient en personne interroger Françoise. Ils descendent une bouteille de whisky et tombent d'accord : la drogue est un fléau.

Albert Debarge est arrêté alors qu'il envoie sa femme chercher du LSD et des cachets de méthadone à Amsterdam. Après trois mois de prison, il se suicide dans son appartement parisien.

Huit ans plus tard, guérie en apparence, Françoise Jeanmaire se donnera la mort à son tour.

Charlotte, Elke et les autres enfuies, la fête ratée, Françoise abandonne la rue Guynemer et, de bar en bar, finit la nuit avec l'ogresse Manouche et Claude Dalla Torre, l'attachée de presse de Flammarion, avalant de colossales quantités d'alcool. Du Johnnie Walker, du gin, de la vodka, des bloody mary, des stringers. C'est fascinant la quantité d'alcool que les gens supportent à cette époque.

Le parcours des trois copines suit la fermeture des établissements : le 7, de Fabrice Eamer, le Colony de Gérald Nanty, avant de *se faire une petite éponge* avec un plat de pâtes au minuscule Zanzibar, un bar de la rue Sainte-Anne tenu par un vieil homosexuel appelé la Comtesse, dont elles font la fermeture. Elles ne veulent plus se quitter : la vie nocturne favorise l'intimité instantanée, on fait partie d'une bande, on a tous quelque chose en commun, l'alcool circule et dissout les peines.

— J'ai connu Françoise chez Julliard, mais surtout chez Flammarion, où je m'occupais d'elle, raconte Claude Dalla Torre. On commençait au Pouilly Club avec Boubal, le patron du Flore, à partir de 11 h 30, nous occupions les deux tables à gauche derrière la vitrine. Puis on traversait et on continuait, chez Lipp. On allait chez Régine, on finissait à deux heures du matin. À l'époque, je buvais une bouteille de whisky par jour. Et on recommençait le lendemain. C'est rien, une bouteille de whisky. Dans les années soixante, je n'aurais pas pénétré ce milieu sans alcool : les gens ne vous considéraient pas. Et puis c'est merveilleux, de boire. J'ai arrêté en 1993.

Le jour de notre entretien, au bar du Lutétia, l'ancienne attachée de presse descendait compulsivement des bouteilles d'Évian. Comment faisaient ces gens, alors ? Ils travaillaient moins qu'aujourd'hui, sans doute, en tout cas pas avec le même rendement. Le quotidien était moins contraignant. Ils avaient du temps, en un mot.

Elke s'éloigne. Incapable de se résigner, d'accepter la séparation, Françoise la poursuit, roulant d'une traite jusqu'à Munich, au volant de la

Maserati, pour voir sa belle amie. En vain. Un peu don Juan, Elke a été amusée, flattée, de séduire une romancière en vogue, une vedette de la littérature. Mais le mode de vie de Françoise horrifie la grande bourgeoise allemande. Et puis Françoise, dominatrice, peut se montrer puérilement cruelle et manipulatrice, par goût du jeu. À sa jolie nièce Cécile Defforey, qu'on surnomme Mimosa, qui habite avec elle rue Guynemer, Françoise confie simplement : « Il y a des gens que tu adores, tu les fais tant souffrir qu'un jour, ils disparaissent. Ton monde alors s'effondre… » Elle n'en dit pas plus, mais Mimosa sait à qui elle fait allusion.

« Françoise était une intoxiquée dans l'âme : d'alcool, de drogue, de gens », dit Charlotte Aillaud. Une nouvelle fois, elle devine que son amie est malheureuse, même si Sagan ne se confie pas. Comme toujours, sa bibliothèque est son refuge. La relecture d'*Albertine disparue*, dont les notations ultra-fines résonnent en écho à sa propre vie intérieure, apaise Françoise. Les souffrances du narrateur abandonné *irrévocablement* par Albertine, dont la figure se confond avec celle d'Elke, sont les siennes. Le reflet de l'amante allemande miroite à chaque page d'*Albertine disparue*, échographie d'un cœur abandonné. Françoise a pour le monde proustien un attachement d'adolescente narcissique qui ne trouve dans le roman qu'elle-même. Mais le miracle de la lecture, c'est qu'elle arrache à la solitude aussitôt que nos propres peines sont dépeintes et donc partagées par un autre.

Et puis il y a l'écriture. C'est à Charlotte que Françoise Sagan dédie *Des bleus à l'âme*, composé pour conjurer la perte d'Elke qui lui a causé la *longue égratignure près du cœur*.

La citation de Walt Whitman, en exergue, donne le ton :

« Quiconque fait deux cents mètres sans amour va à ses propres funérailles vêtu de son linceul. »

Une sorte de work in progress, *Des bleus à l'âme*, dans lequel la narratrice invite le lecteur à se glisser backstage, les personnages s'inventent au fil des pages tandis qu'en coulisses Sagan tire les ficelles et fait des confidences.

« Ce n'est pas de la littérature, ce n'est pas une vraie confession, c'est quelqu'une qui tape à la machine parce qu'elle a peur d'elle-même et de la machine et des matins et des soirs. »

C'est la première et l'unique fois dans son œuvre qu'elle parle d'elle-même à la première personne. Dans ce beau livre, elle dépeint l'ennui, la perte de l'élan vital, la fatigue d'être qui caractérisent la dépression, « un sujet un peu trop à la mode mais néanmoins fascinant ».

« Ce qui m'a toujours séduite, c'est de brûler ma vie, de boire, de m'étourdir. Et si ça me plaît, à moi, ce jeu dérisoire et gratuit à notre époque mesquine, sordide et cruelle ? »

Mais le chagrin s'incruste. Pour faire diversion, il y a les remontants pharmaceutiques. La sournoise crise sentimentale se doublant d'un redressement fiscal, Françoise abuse des anxiolytiques pour effacer l'angoisse. Elle est, de longue date, une cliente boulimique de l'industrie pharmaceutique, y compris dans ses bricolages les plus approximatifs. Elle avale les cachets comme des poignées de Smarties, tranquillisants pour s'assoupir, excitants pour se réveiller, amphétamines pour se stimuler, aspirine à tout hasard. Ne pas souffrir, surtout.

Comme le marché automobile dans la décennie précédente, celui des benzodiazépines est en plein boom. Françoise Sagan se drogue sur ordonnance. La médecine est la nouvelle croyance. Le médicament est vécu comme le progrès absolu qui délivre miraculeusement de toutes les difficultés existentielles. Valium, Temesta, Tranxène, Ludiomil, l'industrie propose sans cesse de nouveaux produits aux effets secondaires prétendument inoffensifs : les consommateurs sont des cobayes. La pharmacie, glaciale maman de substitution, offre réparation avec ses brevets magiques. Une mère abusive qui jette ses protégés dans les bras de la dépendance, où toujours les attend la nouvelle substance sensationnelle à essayer. C'est la spirale infernale décrite par l'écrivain William Styron. Dans le remarquable et généreux livre *Face aux ténèbres*, il accuse formellement un tranquillisant, l'Halcion des laboratoires Pfizer, d'être le responsable des gravissimes tendances suicidaires qui l'ont conduit à l'hôpital psychiatrique. Sagan croit se soigner, elle s'empoisonne.

De ces différentes substances, elle attend aussi qu'elles l'aident à écrire. Tel un coureur cycliste, Françoise Sagan se dope aux amphétamines pour travailler : Maxiton dans les années cinquante, Corydrane dans les années soixante, avant de découvrir la cocaïne. Dans un journal intime rédigé en 1968, alors qu'elle écrivait *Le Garde du cœur*, elle dit : « Ce qu'il y a de délicieux, c'est de retrouver ce goût d'écrire, même si la Corydrane a été pour quelque chose au départ. De toute façon, ce policier sera un livre Corydrane. » Si les contrôles antidopage avaient existé, Françoise Sagan aurait été interdite de circuit.

C'est qu'elle est condamnée au succès depuis l'attaque-éclair de *Bonjour tristesse*, projectile lumineux qui a impacté son époque. Elle publie depuis dix-huit ans un livre tous les dix-huit mois en moyenne. Ses lecteurs la vampirisent : elle leur a rendu l'appétit de vivre, ils en redemandent. À chaque roman, ils exigent la montée d'adrénaline, l'euphorie qui les a stimulés en 1954.

« Quand on y pense, c'est assez confondant ce mélange d'ingénuité, de grossièreté et de gentillesse avec lequel les gens vous parlent de ce qu'on a fait », écrit-elle.

Elle dresse d'eux une typologie décourageante. Il y a les lectrices à l'air réjoui qui ont 1) beaucoup aimé *Bonjour tristesse* et 2) *Château en Suède*.

Même si l'intention est bonne, la remarque est déprimante pour un écrivain dont l'œuvre compte huit autres textes, pièces ou roman... Elle a l'impression d'avoir eu deux beaux enfants, et ensuite, une file de canards boiteux. Il y a, tout aussi déprimants, ceux qui ont « vu » ses livres, et qui lui parlent d'Ingrid Bergman dans *Aimez-vous Brahms*... ou bien le lecteur raffiné : « Vous savez, cette pièce était techniquement mal montée. » Là, Sagan baisse les yeux : c'est elle qui l'a montée. Et puis le lecteur spécialisé, qui n'aime qu'un seul livre, *Les Merveilleux Nuages*. Ou ceux qui vous trouvent feignasse.

« Pourquoi bâclez-vous vos livres ? lui a demandé un critique de la Télévision suisse romande.

— Par paresse.

— Mais c'est un métier sérieux, le métier d'écrivain.

— Je sais. Je suis un écrivain sérieusement paresseux. »

Elle n'a pas une haute opinion d'elle-même. Elle aimerait faire mieux. Elle n'y arrive pas.

« C'est décevant, une vie d'écrivain, dit Bernard Frank. On sait qu'on pourrait faire mieux. Si on s'en était donné la peine. » Il sait de quoi il parle. Depuis 1967, il se la coule douce auprès de son amie Barbara Skelton, à Grimaud. Un matin, à l'aube, Barbara a entendu des cailloux lancés à sa fenêtre. Elle est descendue en robe de chambre : Bernard attendait en smoking sur la terrasse, à la fin d'une nuit blanche à Saint-

Tropez avec Sagan. « Il ressemblait à un ours en peluche ; même sa tignasse était laineuse. »

Il reste treize ans à Grimaud, escapades comprises, « utilisant plus ou moins ma maison comme sa résidence secondaire », note Barbara Skelton. Sauf que Bernard Frank n'a pas de résidence principale. Il n'a rien publié depuis dix ans et ne travaille plus à force d'incruster ses amis qui réussissent, Françoise, son ami l'éditeur François Michel ou Claude Perdriel.

Lorsqu'il songe à racheter *France-Observateur*, petit journal en difficulté qui diffuse à peine 15 000 exemplaires, Claude Perdriel se rend à Équemauville et demande à Bernard et Françoise ce qu'ils en pensent : ils le lui déconseillent en lui prédisant la ruine. Comme tout le monde autour de Claude, d'ailleurs. Industriel, le jeune polytechnicien ne connaît rien aux journaux. Seule Florence, qui croit en son talent d'homme de presse, l'encourage car elle devine que son désir est profond. Mieux, elle le soutient en devenant la première actionnaire du journal. Un geste rare, car Florence, par discrétion à l'égard de son père, fait un usage mesuré de son patronyme. Grâce à elle, Claude Perdriel peut rassurer et convaincre les actionnaires suivants.

Comme Françoise, Perdriel héberge souvent Bernard, dans les grands appartements vides de célibataire qu'il loue ici et là. En 1964, il a proposé à ce dernier de s'occuper de *France-Observateur*. « Mais non, laisse donc ça à Jean Daniel ! » répond l'intéressé. Néanmoins, avec Françoise, Bernard a collaboré aux premiers numéros avant de se faire éjecter par un Jean Daniel, directeur du journal, plus sensible aux sciences humaines qu'à la littérature. Un après-midi, Claude Perdriel est appelé de toute urgence rue des Pyramides, dans les locaux du journal. Accompagné de Jean-Claude Fasquelle, Bernard menace de faire la peau de Jean Daniel. Claude exfiltre les deux teigneux qui n'ont pas bu que de l'eau. Quelques heures plus tard, Fasquelle et Frank réalisent qu'ils ont oublié leurs compagnes au bar du Régina sans un sou pour régler les consommations. C'est Claude, de nouveau, qui délivre les deux otages du barman.

À vrai dire, l'équipe de *France-Observateur* n'a pas vu arriver ces deux francs-tireurs sans méfiance. Transfuges de *L'Express*, la plupart ne se font pas d'illusion sur leur sérieux et leur discipline : ces deux-là sont trop indociles, trop individualistes pour ce jeu collectif qu'est le journalisme. Aujourd'hui, ils seraient déclarés « ingérables ». En 1960, introduite à *L'Express* par Florence, Françoise avait sévi quelques mois à la rubrique « cinéma » avant de renoncer, découragée par un emploi astreignant et le nombre astronomique de navets dont il lui fallait subir les projections.

Son sens critique stimulant combinait pourtant vivacité et justesse. On lit aujourd'hui avec plaisir ses chroniques. Les chefs-d'œuvre de la Nouvelle Vague ne l'intimidaient pas le moins du monde. Ainsi, à la sortie de *L'Avventura*, tout en reconnaissant que le film était très beau et fait par quelqu'un qu'elle admirait, elle nota qu'il était par moments rudement ennuyeux. « Il y a dans *L'Avventura* dix fois trois minutes de trop », écrit-elle. Ce qui n'est pas faux.

Elle réitéra avec *Moderato Cantabile*, film « faux, arbitraire et ennuyeux ».

Décaniller Duras ou Antonioni, deux effigies de la Nouvelle Vague et du magazine qui l'employait, c'est diablement périlleux pour qui rêve d'un avenir dans la presse.

Trop indépendants, trop brillants, trop artistes, pas assez intellectuels, Bernard et Françoise n'ont pas leur place dans la presse de gauche. Bernard trouve refuge chez Barbara.

Veuve de l'écrivain Cyril Connolly, plus âgée que Bernard, Barbara Skelton vient de quitter un milliardaire. Son nouvel invité n'est pas commode. Un mufle, tel son modèle Drieu la Rochelle. Pour son anniversaire, Bernard offre à Barbara… un de ses vieux pull-overs. Il lui tape de l'argent. Proteste-t-elle ? Il la traite de radine. Et part bouder dans sa chambre, plusieurs jours, avec ses bouquins : il se croit encore à Aurillac sous l'Occupation. « Je crois que je m'attache à lui », note cependant Barbara dans son journal. Fait-elle transformer pour lui le garage en studio, Bernard, inspecteur des travaux finis, lève le nez de ses livres pour exiger des rapports de chantier : il veut savoir à quoi ressemblera sa garçonnière, réclame des murs peints en gris. Barbara constate qu'il ne s'intéresse qu'à deux choses : la littérature et la politique. Et à lui-même, bien sûr. Mais elle est sous le charme de son teddy bear.

De sa retraite, Bernard a échappé aux événements de Mai 68. À Paris, les étudiants ont achevé le travail commencé par la génération de Sagan, balayant le reste d'autorité laissé aux adultes, comme toute forme d'autorité, qu'elle soit politique, civile, morale ou religieuse. Les enfants font de la résistance, celle que leurs parents ont dédaignée. Ce n'est ni une crise d'adolescence ni une révolution, mais une révolte contre une génération, celle de la défaite. En trois semaines, la rhétorique désabusée de Sagan est dépassée par les revendications de la jeunesse.

Née après la guerre, la nouvelle génération clame ses mots d'ordre au mégaphone : « Interdit d'interdire » ou « Prenez vos désirs pour la réalité ». Le général de Gaulle est évincé, remplacé par un sexagénaire que Françoise Sagan a fréquenté chez Guy de Rothschild en compagnie de Guy Schoeller : Georges Pompidou.

Pendant que les voitures brûlent sur le boulevard Saint-Michel, à cinq cents mètres de là, les vétérans de la bande à Sagan débattent : Castel, rue Princesse ou Régine's, rue du Four ? Chez Castel, il y a trop d'hommes d'affaires, paraît-il... Leur attitude désenchantée et paresseuse, qui ne croit en rien, ne transforme rien, semble soudain désuète, bourgeoise, millésimée. Sagan a quarante ans bientôt : elle n'est plus la petite sœur déconneuse, mais la tante excentrique. Les jeunes d'aujourd'hui sont les vieux de demain.

En 1973, peu après la murge d'anthologie en compagnie de Manouche, Françoise divague de nouveau. elle achète la quasi-totalité d'une galerie d'art avenue Matignon. Le marchand a livré les toiles : alerté par des amis, un Pierre Bergé glacial et ferme somme le galeriste de les reprendre. Heureusement, il y a dans l'entourage de Françoise de super-papas responsables, prêts à réparer les bêtises. Les excès ne sont drôles que sans conséquences.

Lorsqu'elle confie son dernier manuscrit à Charlotte Aillaud, celle-ci découvre un cahier illisible, graphité de gribouillis incompréhensibles. Elle apprend que Françoise distribue les billets de banque autour d'elle, qu'elle a signé un chèque d'un million de centimes à un clochard. La cellule de crise se réunit, constate qu'il faut la soigner. Seule sa nouvelle secrétaire, Isabelle Held, en adoration devant Sagan, reste impassible. Une nuit, rue Guynemer, elle se lève en entendant la voix de Françoise dans le salon. Face à la fenêtre, la jeune femme parle à un être invisible installé au sommet d'un arbre du Luxembourg. Surprise mais respectueuse, Isabelle retourne se coucher sans bruit. L'état bizarre dans lequel Françoise sombre parfois depuis quelque temps, les infirmiers qui l'emmènent lui donnent un nom : delirium tremens.

La dépression de Françoise Sagan, l'été 1973, fait la une de l'actualité. Les journaux n'y vont pas de main morte. Le plus violent est l'hebdomadaire d'extrême droite *Minute*, qui évoque le delirium et l'intervention musclée des infirmiers. Le quotidien populaire *France-Soir* opte, lui, pour la déception sentimentale soignée en cure de sommeil.

Françoise Sagan fait un premier séjour dans une maison de repos, la clinique Jeanne-d'Arc à Saint-Mandé. Chaque jour, elle reçoit la visite de la belle Charlotte, qu'un chauffeur conduit jusqu'à l'établissement psychiatrique. Mais ces visites effraient Charlotte : entourée de vrais fous, Françoise n'est plus elle-même.

À sa sortie, la télévision filme sa détresse en gros plan. Son petit visage dévasté et marqué semble celui d'une vieillarde. Assommée d'Equanil, cet écrivain civilisé pour qui « l'impassibilité est une manière polie de se tenir » se répand d'une voix morne et pâteuse. Elle détaille ses démêlés avec le fisc et annonce qu'elle quitte la France pour l'Irlande, un paradis fiscal. C'est poignant, pathétique, insupportable. La figure emblématique des années soixante a la gueule de bois.

Il faut une grande santé mentale, une éducation solide pour résister sans s'y perdre à la brutalité du succès. Brigitte Bardot, Yves Saint Laurent et Françoise Sagan, vedettes de leur génération, vivent la même succession de désordres psychiques et d'hospitalisations. On les soigne avec les mêmes médicaments, dans les mêmes cliniques.

Certes, le déséquilibre a son origine secrète quelque part dans la psyché de chacun. D'ailleurs la célébrité est une quête de reconnaissance, la revanche d'êtres qui ne s'aiment guère. Mais elle est une puissance diabolique, féroce, vénéneuse : elle fait de ses proies sa chose et les plie à sa volonté. Si la star n'obéit pas aux lois communes, c'est en sacrifice de sa vie privée — et la vie est-elle autre chose que privée ? Elle ne s'appartient pas : elle s'imagine anoblie, elle est asservie. Un dracula borgne la possède : le grand public, qui élit et disqualifie à sa guise. Un jour ou l'autre, il finit par se demander si la vedette mérite bien son fabuleux train de vie.

La gloire a fondu sur ces jeunes âmes friables avec la férocité d'un rapace, elle les a perturbées. Sagace et instinctive, Brigitte Bardot, qui a l'âge de Sagan, renonce au cinéma, et elle s'y tient. Elle met sa popularité au service d'une force positive, l'amour des animaux. Avec celle des bébés phoques, elle sauve sa peau.

Sagan, elle, tente vaguement une retraite en Irlande, avant de renoncer. En juillet 1973, elle annonce sur les ondes de France Inter qu'elle s'apprête à épouser Massimo Gargia. La disponibilité de son ami — sauf lorsqu'une dame éprise requiert ses services — et sa gaieté en font un compagnon idéal. Il possède un hors-bord et des voitures rapides, ses jouets préférés. Il tente de la consoler. À bord du MG 50, le bateau de Massimo ancré Porto Ercole, ils naviguent jusqu'à l'île del Giglio, ou se retrouvent à Capri pour des pique-niques en mer à cinq heures du soir.

La même année, elle est réhospitalisée à la Salpêtrière dans le service de neurologie, en grande pompe médiatique. L'alcool et les psychotropes, le contrôle fiscal, les peines de cœur creusent la fêlure et la poussent au bord d'une crevasse. Son équilibre est ébranlé. Elle se défait.

Deux décennies durant, Sagan a incarné un mode de vie solaire : bronzer, s'amuser, dépenser, une certaine idée optimiste du bonheur. À la fin des années soixante-dix, c'est une femme triste, entourée de gens suicidaires.

« En elle, l'ironie avait remplacé le bonheur. Ce souvenir ressemblait à une promesse mal tenue », écrit-elle dans *Aimez-vous Brahms…*

Pendant les années Pompidou, la France a vécu une période d'insouciance qu'on n'imagine pas aujourd'hui. Georges Pompidou, un Français comme les autres, petit-fils de paysans auvergnats né à Montboudif, fils d'instituteur, est devenu Premier ministre après avoir été professeur de lettres, puis banquier chez Guy de Rothschild dont il a été le bras droit et sans l'avoir prémédité, ce qui semble à peine croyable. Plus stupéfiant encore : à défaut de faire des prouesses, il tient ses promesses. Le pompidolisme est un âge d'or : pas de chômage, un homme politique pas menteur, un ascenseur social qui fonctionne à peu près.

Paysan, robuste, pragmatique, Pompidou a des habitudes de nouveau riche. Comme beaucoup de gens de sa génération, lui et sa femme Claude sont influencés par le style de Françoise. Il y a une manière Sagan de faire la fête, de conduire une voiture, de fréquenter les Rothschild ou Bernard Buffet, de passer l'automne à Cajarc. Georges Pompidou quitte l'hôtel Matignon au volant de sa Porsche, fume des Winston et collectionne l'art contemporain, Nicolas de Staël ou Soulages. Claude, sa femme, a adopté le casual chic de Sagan : pantalon cigarette blanc, pieds nus dans des mocassins. Le mimétisme est tel que le couple Pompidou prend ses vacances à Saint-Tropez, avant d'acheter une bergerie à Cajarc, la ville natale de Françoise.

1973, c'est l'année où Georges Pompidou tombe malade.

1973, c'est l'année où Robert Paxton publie

La France de Vichy, balayant l'illusion d'une France de résistants. L'année où Harris et Sédouy questionnent, eux aussi, la mémoire nationale avec leur documentaire *Français, si vous saviez*, qui décape les sentiments refoulés de la guerre de 1914 à la guerre d'Algérie. Les Français commencent à se regarder en face.

1973, c'est la première crise du pétrole. Conséquence de la guerre du Kippour au Proche-Orient, l'Opep (Organisation des pays exportateurs de pétrole) augmente massivement les prix du baril de brut et frappe d'embargo les pays pro-israéliens. La France réalise l'ampleur de sa dépendance à l'égard des hydrocarbures qu'elle importe dans leur quasi-totalité.

Avec la mort de Georges Pompidou disparaît la France terrienne : faux et fourches deviennent des objets de décoration, Paris inaugure deux gratte-ciel, la tour Pleyel et la tour Montparnasse, autoroutes et banlieues prolifèrent, l'économie mondiale dépend de plus en plus des matières fossiles importées. La France est morose, commente le nouveau président de la République, un jeune technocrate nommé Valéry Giscard d'Estaing. La langue française s'enrichit de mots puisés dans les manuels d'économie : stagnation, inflation, stagflation. La fête est finie.

— Françoise a été le dernier personnage de Fitzgerald, dit Florence.

Le bonheur d'expression

« Et à travers ces trois mots studieux et plats : "une expression heureuse", Édouard reconnaissait l'incroyable bonheur de s'exprimer et la chance, la folle chance d'être compris. »

FRANÇOISE SAGAN,
Le Lit défait, 1977

— Je suis dévastée par son départ.

Le petit appartement d'Isabelle Held, situé dans une barre d'immeubles du treizième arrondissement, semble l'image même du chagrin. Une couche épaisse de poussière couvre les meubles et les vitres, que peut-être Isabelle ne remarque pas, le regard estompé par des verres opaques taillés dans des culs de bouteille. Isabelle Held a été la secrétaire de Françoise pendant près de trente ans. Elles se sont rencontrées en 1970, alors que Françoise, qui aidait Jules Dassin à écrire sa biographie, cherchait une sténodactylo. Profondément solitaire, handicapée par sa mauvaise vue, Isabelle Held fut subjuguée.

Pour leur premier travail sur *Des bleus à l'âme*, Sagan lui confie des cahiers et des cassettes à décrypter. Ce n'est pas simple, car l'écriture de Sagan est indéchiffrable. Et puis, rapidement, elle a l'idée surprenante d'improviser à voix haute tandis que la secrétaire prend en dictée.

La première fois, cela ne marche pas. Sagan se sent impudique. Dans son fauteuil, Isabelle retient son souffle. Elles bavardent alors de choses et d'autres jusqu'à ce qu'Isabelle rentre chez elle. Sagan habite alors le petit hôtel de la rue Henri-Heine pourvu d'un ascenseur intérieur, luxe qui stupéfie la secrétaire, qui partage un petit appartement avec sa mère du côté de Montmartre.

Sagan a des remords de renvoyer Isabelle à l'autre bout de Paris, sans même avoir travaillé alors qu'elle la paie à l'heure. Aussi la fois suivante, par respect pour la secrétaire qu'elle a dérangée, avale-t-elle quelques whiskies et du Maxiton. Après avoir lu ses notes, et sans regarder Isabelle, elle se met à arpenter la pièce de long en large, fumant et buvant pour se stimuler.

« Il m'arrive d'écrire en ayant bu pas mal. L'esprit se libère mieux, comme si c'était une espèce… de confession. »

La secrétaire, elle aussi, prend un verre. Elle en prendra d'autres.

En marchant dans la pièce, Sagan parvient à composer devant Isabelle Held, « la seule personne à qui j'ai pu dicter quoi que ce soit », dit-elle dans *Derrière l'épaule.* Peut-être parce que les verres teintés qui masquent le regard de la secrétaire lui donnent une attitude neutre, impassible. « Il est très difficile de prononcer à voix haute une phrase comme "il posa ses lèvres sur ses lèvres à elle" », note encore Françoise Sagan dans *Derrière l'épaule.* C'est pourtant ce qu'elle a fait pendant des années, durant ces séances qui émerveillaient Isabelle.

— Nous étions toutes deux peureuses et angoissées. Ce fut une découverte extraordinaire pour moi. Un cadeau inestimable. J'étais aux portes de la création. Quel bonheur ! dit Isabelle.

La dictée devient la méthode de travail de Sagan. Insomniaque, elle convoque Isabelle la nuit. Elle aime l'atmosphère nocturne de Paris, les longues heures devant soi, la capitale aussi assoupie et vide qu'une ville de province et les moments délectables consacrés à l'écriture. Parcourant les notes prises sur un cahier Clairefontaine à petits carreaux, elle élabore, improvise, parle jusqu'à l'aube devant Isabelle qui note en sténo jusqu'à vingt pages en une heure. Avant d'être écrite, chaque phrase a été dite, prononcée à voix haute, ce qui explique peut-être la vivacité de l'écriture de Françoise Sagan, son ton si particulier.

— J'avais mal au poignet. C'était merveilleux.

À l'heure du déjeuner, Isabelle, employée de bureau aux Champs-Élysées, tape le manuscrit. Impatiente, Sagan exige une disponibilité totale.

[illegible], la secrétaire retourne chez l'écrivain [illegible]ne nouvelle séance de travail. Sagan com[illegible]par lui dicter des corrections, changeant quelques mots, une tournure de phrase, supprimant ou développant des paragraphes.

Isabelle Held va chercher des copies de travail intermédiaires, pour m'en montrer les étapes. Des pages dactylographiées sur un papier un peu décoloré. Un mot, parfois, est biffé à la main et remplacé par un terme plus précis, une expression plus concise. C'est rare. Il y a peu de corrections. La réécriture a dû intervenir en amont, sur les petits cahiers Clairefontaine qui se sont évanouis dans la nature, subtilisés au fil des années par les uns ou les autres. Même le manuscrit de *Bonjour tristesse*, que Françoise avait offert à Paola, n'a jamais été retrouvé.

Une fois les corrections achevées, Françoise Sagan poursuit l'avancement du récit. À un certain point, l'histoire prend forme, ce qui éveille chez elle une sensation grisante, une allégresse. Un livre tel que *Le Lit défait* lui procure une grande excitation de la première à la dernière ligne. Excitation, c'est son mot à elle. L'émotion qu'elle a le plus recherchée. Un matin très gai, à cinq heures, après la séance de travail, elle raccompagne sa secrétaire à Montmartre voir le jour qui se lève. Dans la rue d'Alésia les fleurs d'acacia pleuvent en giboulées.

— La connaître, travailler pour elle, est la plus belle chose qui me soit arrivée dans la vie.

Alors qu'approche la fin d'un roman, Françoise s'attriste. Et Isabelle Held plus encore : lorsque Sagan achève *Le Lit défait*, Isabelle lui demande si l'ouvrage est vraiment terminé. « Oui, je le crains », répond Sagan. Bouleversée, la secrétaire s'enferme dans sa chambre, où elle éclate en sanglots. Françoise lui dédiera le livre.

— Françoise m'a terriblement aidée. Repliée sur moi-même, j'étais d'une atroce timidité. Grâce à elle, j'ai découvert que je n'étais pas si moche. Elle me disait que nous étions pareilles.

Un vent frais a soufflé sur mon front. J'ai adoré cette femme.

Le bègue pop

> « Françoise Sagan, c'est un peu la mademoiselle Chanel de notre littérature. On aime ou on n'aime pas ses petits tailleurs tout simples, ses pulls, cette élégance négligée. »
>
> BERNARD FRANK,
> *France-Observateur*

Sur la porte, il y a écrit : « Cours de civilisation française de la Sorbonne ».

Depuis quelques jours, Jean-Louis de Boissieu, grammairien, examine un échantillon de la langue saganesque. Je compte sur ses observations pour n'en révéler la formule génétique. Le style d'un écrivain, la façon dont il respire ses phrases, est une donnée aussi physiologique que son ADN. Pour arriver chez Jean-Louis de Boissieu, j'ai traversé la cour d'honneur crépusculaire où fumaient des étudiants, contourné l'amphithéâtre Richelieu sculpté dans le bois, longé une galerie mal éclairée avec l'impression vague de me glisser derrière la clôture d'un cloître. Jean-

Louis de Boissieu n'attend dans une cellule tapissée de dictionnaires étymologiques. Avant mon arrivée, il a examiné les fichiers du département de Lettres modernes sans trouver la moindre trace de recherches consacrées à Sagan. Il y en a peut-être, mais drôlement bien cachées. L'Université étudie François Mauriac, Marguerite Duras, Alain Robbe-Grillet mais pas Sagan. Pour les universitaires, c'est de la gnognote, du pipi de chat, de la littérature pour teenagers. Sur un sous-main de plastique s'alignent deux exemplaires de Sagan en Pocket, collection populaire aussi incongrue à la Sorbonne qu'un string dans la poche d'un rabbin ou un pot de Nutella dans le Caddie de Karl Lagerfeld.

Jean-Louis de Boissieu n'a pas ces réticences. Le stylisticien aime Sagan, il aime son écriture tout en finesse réjouissante, il l'aime pour elle-même. Dix-septiémiste, spécialiste de La Fontaine, il a publié des *Commentaires stylistiques* consacrés à la littérature du XVIIe et du XVIIIe siècle. Il a de l'oreille, en somme.

L'expérience se déroule selon un protocole rigoureux. Le grammairien a prélevé trente pages au hasard dans des romans de trois périodes différentes et un recueil d'interviews : *Le Miroir égaré*, le dernier livre de Sagan publié en 1996, l'atypique *Un orage immobile*, *Dans un mois, dans un an* par gourmandise et puis *Répliques*, recueil d'interviews publié en 1992. Son équipement se compose d'un unique porte-mine de graphite en aluminium de la marque Criterium, avec gomme et taille-mine intégrés.

Par ailleurs, Jean-Louis de Boissieu s'est procuré un échantillon de critiques, afin d'en vérifier la pertinence. Ou plutôt sa jeune assistante a cherché pour lui, en googlant « Sagan » et « langue », bien que Jean-Louis de Boissieu réprouve une telle méthode d'investigation qu'il assimile à du tri de déchets dans une poubelle radioactive. D'ailleurs, il ne sait pas manier une souris, Jean-Louis. Les mots que hasarde la critique pour qualifier le style de Sagan sont, en gros : *légèreté, fluidité, transparence, dépouillement, parti pris de simplicité, négligé...*

Il a suffi à Jean-Louis de Boissieu de quelques heures de lecture, Criterium à la main, pour faire voler trente ans de clichés. Une petite liasse de notes manuscrites, serrées et denses, atteste de ses observations.

Et franchement, ça valait le coup.

— *Le Miroir égaré*, je me suis d'abord amusé à repérer les procédés d'écriture... Puis je l'ai lu tout entier. C'est bizarre. Au début, c'est plat, très *roman de gare*, comme on le lui reproche. Puis ça s'améliore, et je me suis dit que Sagan était un écrivain.

— C'est quoi un écrivain ?

— Ah... C'est personnel. Quand vous avez envie de relire. De recopier sur un carnet personnel, de prendre des notes au crayon. Tenez, ce passage, sur les étoiles.

« Il y a une heure, un instant — le même — où beaucoup d'humains cèdent aux séductions des étoiles. Ils lèvent la tête, la renversent pour les regarder. En août, surtout, où elles pleuvent sans cesse, où il fait chaud, où toute la terre est odorante, et où des gens renseignés les appellent "météorites", s'étonnant presque le matin de ne pas en trouver les formes inscrites ou les éclats dans leurs prés. »

— Voyez-vous, j'ai cherché, et j'ai trouvé, un air de famille avec La Fontaine. Un air léger... Le classicisme, naturellement, mais aussi l'indolence, la sensualité. Et une certaine mélancolie très la fontainienne.

La Fontaine, le précepteur royal, dont les fables forment l'oreille française depuis quatre siècles, le familier et musical La Fontaine dont les rythmes sont métabolisés dès le berceau... Il a forcément été un des maîtres de Françoise.

— Je ne peux vous offrir qu'un peu de stylistique à l'emporte-pièce, s'excuse Jean de Boissieu.

Puis avec méthode et précision, il m'explique ce qu'il a trouvé. Nous plongeons dans le vif du sujet : le texte de Sagan. Lorsque nous relevons la tête, la nuit est tombée derrière les vitres opaques. Les assistantes ont quitté leur box et les ordinateurs sont éteints. Trois heures se sont écoulées dans le petit bureau studieux.

— C'est simple. Lorsque la critique parle du style de Sagan, elle parle de son mode de vie. Pas de sa langue. La connaissance que nous avons de sa biographie déborde sur notre lecture. Parce que ses personnages mènent des vies oisives dans un certain milieu, nous ne pouvons nous empêcher de les identifier à elle. Mais c'est une erreur.

Légèreté, fluidité, transparence, parti pris de simplicité, style relâché, désinvolte négligé, phrases d'écolières fichues comme l'as de pique... La critique lui décerne les qualificatifs juvéniles de l'adolescence, alors qu'elle n'écrit pas comme une teenager.

Rien de moins négligé que la langue de Sagan, qui n'emploie jamais le style parlé contemporain. La rigueur qui manque à sa vie, elle la met dans son œuvre. Classique, sa langue avec ses imparfaits du subjonctif est de Mauriac plutôt que de Céline. Elle a de la vivacité, un sens de l'ellipse, une acuité, mais pas de laisser-aller : elle noue son foulard avant de sortir. Sa plume duveteuse court sur la feuille, l'effleure, fait voile sur le sentiment, l'émotion exacts. Sagan use d'un lexique simple, néglige le mot insolite ou pittoresque, l'audace, l'effet de beau style. Jamais elle n'est désinvolte. Pas de trouvailles, de formules clinquantes, de ces *bonheurs d'expression*, contrairement à ce qu'a dit Blondin. Mais une ribambelle de tours naturels et heureux.

Légèreté, alors ? Eh bien, non. Ce qui est léger, chez Sagan, c'est la retenue. Ses personnages ne nous bassinent pas avec leurs ennuis : nous avons les nôtres. Au lecteur de faire de la psychologie si ça lui chante. Sagan est un écrivain moraliste qui se surveille, d'ailleurs le catalogue de ses sentences est maigre. S'il y a une légèreté, c'est dans son humour, dans sa façon d'intervenir dans le récit. Sa légèreté est une morale et une esthétique, pas un style.

— Était-elle bègue ? demande Jean-Louis de Boissieu.

Il sourit, puis récite l'incipit de *Bonjour tristesse.*

« Sur ce sentiment dont l'ennui, la douceur m'obsèdent, j'hésite à apposer le nom, le beau nom grave de tristesse. »

Oui, la phrase commence, tâtonne le nom, le beau nom, répète et bafouille par petites touches délicates, qui rythment l'incipit comme du morse musical. Il a relevé plusieurs exemples de ce genre.

— Ce bégaiement, cette façon de faire des phrases gigognes, à coulisse, c'est très fin, très astucieux. Très personnel, aussi, je pense, car je ne connais pas d'autres exemples.

À l'opposé du style minimaliste, la phrase se déploie avec des effets de rallonges, une réouverture par un ou deux mots qui sonnent moderne, journalistique. Elle peut couler en cascades de subordonnées sur une demi-page, scander des adverbes par un, deux ou trois d'un coup, ce qui n'est pas *exactement, précisément, réellement* light.

Légèreté, fluidité, transparence, parti pris de simplicité, négligé, non, décidément, ça ne colle pas.

Des phrases gigognes, le stylisticien en a démonté à foison, dégageant le mécanisme pièce à pièce, aussi subtil qu'un rouage d'horlogerie — Sagan, du reste, raffolait des montres. La cadence, les allitérations, les assonances, les jeux de consonances, les anaphores — répétition d'un mot ou d'un segment de discours —, l'emboîtage des pièces, il en a coché pas mal : tout concourt à rendre la lecture musicale. Sagan s'amuse avec la phrase, comme un jeune chat pousse une souris en carton pour en faire tinter le grelot. Elle ne joue pas au hasard, mais fabrique sa phrase en finesse astucieuse, la déconstruit grammaticalement puis la rattrape d'un coup de patte habile, la coulisse, la fait glisser par retouches légères, avec un rythme souple qui semble épouser celui de la pensée, d'une pensée vive. C'est peut-être cela, le style *d'une force douce et insensible* dont parle Sartre.

— Cette rythmique, cette musique d'attaque de la phrase, peu d'auteurs les pratiquent.

La french touch, au football, en littérature ou en musique, c'est une allégresse intelligente, une euphorie ludique. Sagan est le pur écrivain français qui fredonne en bémol la partition de la langue maternelle, c'est Françoise Hardy sans la mélancolie. On dit *petite musique* de Françoise Sagan, musique d'accord, mais une musique juste. Écrivain délicat, elle fait vibrer un français d'exception, et c'est sans doute pourquoi elle est aimée du public, qui y retrouve sa langue, et le plaisir de sa langue. Sagan, on l'aime à l'oreille.

Je raconte à Jean-Louis de Boissieu une mésaventure de Bernard Frank. L'ami de Françoise s'est aperçu tardivement qu'un roman de Sagan, ce n'était pas « rien ». En panne, Françoise a confié le manuscrit bancal du *Miroir égaré* à Florence pour qu'elle l'aide à avancer. Florence, à son tour, se fait assister par Bernard. Lequel tente de réécrire le texte. En vain. Son diagnostic a beau être pertinent, il n'y parvient pas. La greffe ne prend pas. Leurs styles ne sont pas génétiquement compatibles. Un poète comme Paul Eluard, auquel Françoise a emprunté tant de titres, serait mieux équipé, peut-être : il a l'oreille magique. L'admiration de Bernard s'approfondit.

D'autres écrivains ont plus de profondeur, plus de complexité, plus d'ambition que Sagan. Mais nul n'a cette monte de jockey enlevé au-dessus de la selle, la rêne si légère que les mots à peine se posent sur la page et déjà musiquent dans la tête. On peut pasticher l'autre vedette des lettres de cette époque, Marguerite Duras — Christine Angot fait ça très bien, la grandiloquence égarée, la ponctuation pontifiante, la syntaxe emphatique... Duras, c'est du Angot light. Mais Sagan est impossible à pasticher.

Quant à Jean-Louis de Boissieu, il a sombré dans le vice. Avec *Répliques*, qui introduit dans les coulisses du travail littéraire, le grammairien était encore boutonné : on y est entouré d'écrivains, Sagan parle de l'inspiration, du problème du style, des rencontres, de la politesse, de l'existence. Du *Nouveau Dictionnaire analogique* Tchou, dont elle se servait.

— Avec *Dans un mois, dans un an*, il y a une continuelle aisance, une sorte de miracle, je ne savais plus qui était qui, ça m'était égal, ça n'importait pas au bonheur de lire… J'ai posé mon Criterium ridicule…

Avant de se débaucher, Jean-Louis de Boissieu s'est livré à un ultime exercice. Ce qui l'a frappé, c'est la justesse musicale de la phrase : le nombre en est travaillé. Il a compté. Il est souvent ternaire, ce rythme. Comme le be-bop. Le style Sagan, c'est le bègue. Le bègue pop.

[illegible]

[illegible] qu'elle [illegible]

[illegible]

Les vitamines de Sagan

« Je ne fais de mal à personne, sauf à moi-même. »

FRANÇOISE SAGAN

À La Maison de thé, notre nouveau QG, à Saint-Germain, nous faisons le point, Florence et moi, en buvant de remarquables thés noirs servis dans une vaisselle de poupée. Au téléphone, elle m'a dit qu'elle venait seulement de replonger dans la correspondance de Françoise : jusqu'à présent, elle avait trop de peine. Je bride ma curiosité.

— Tenez, j'ai trouvé ça pour vous.

Elle n'offre une bande dessinée que Françoise lui a envoyée par fax le 19 mai 1995. À l'intention de ses proches, Sagan griffonnait de petits scénarios cocasses mettant en scène des épisodes de la vie quotidienne. Sagan les a représentées toutes les deux au centre de transfusion sanguine où Florence l'avait accompagnée avant une opération de la hanche. À cinquante ans d'écart, le graphisme enfantin reste très proche de celui des dessins contenus dans le scrapbook d'Équemauville. Chaque image est numérotée afin de suivre le récit.

Sur la première, Françoise est allongée sur un fauteuil tandis que Florence parcourt *Le Monde* dans la salle d'attente. Sur la seconde, entendant les glapissements de Françoise écartelée comme un lapin sur un billot, Florence accourt. Avant de s'évanouir sur l'image suivante.

« Mais les deux amies ont du ressort, et où les retrouve-t-on, une heure après ? » demande la légende, écrite de la main ébouriffée de Sagan : en train de se taper la cloche au Relais Plaza. Sous le dessin, un mot a été biffé : le « Veux-tu déjeuner ? » est devenu « Veux-tu dîner ? ». C'est plus raisonnable... Centres de désintoxication, hôpitaux et cliniques, maisons de repos ou de rééducation, Florence, qui a suivi son amie d'établissement en établissement, pourrait rédiger un guide Michelin des établissements hospitaliers de Paris et des environs.

— Je viens de relire ses lettres, donc. Elle a un vrai naturel d'écriture.

Je retiens mon souffle. Florence me proposera-t-elle de consulter sa correspondance ? Je n'oserais pas, je crois, le lui demander.

— Tout y est si léger, gracieux, incroyable déjà, à dix-huit ans... Pas du tout daté.

De son dernier voyage à New York, Florence m'a rapporté un accessoire farfelu : un gant du MoMa avec ongles rouges et bijoux en strass, pour faire le ménage. Avec Florence, mettre des gants, me dis-je.

— Ses lettres n'auraient pas d'intérêt pour votre biographie : elles sont très personnelles.

La porte est refermée. Et je ne vais pas regarder par le trou de la serrure. D'ailleurs Florence a déjà enchaîné sur un autre sujet.

— Françoise, parce qu'elle était courtoise à l'extrême, prenait la peine de me présenter à son dealer. Une vraie tête de caricature, effrayante, un vieux type à cheveux teints. « Voilà, je vous présente mon amie Florence Malraux... » Je lui disais : « Calme-toi, Françoise, je vais me retrouver sur ses listes. »

Françoise Sagan a cessé de boire en novembre 1975, du jour au lendemain, contrainte et forcée. En novembre, cette année-là, elle passe le week-end à Gien en compagnie de Bettina Graziani et de son ami Jean-Claude Meyer, lorsqu'elle se plaint de douleurs si violentes qu'il faut la rapatrier en ambulance et l'hospitaliser à l'hôpital Broussais. Pancréatite : un kyste énorme s'est développé derrière le pancréas. Depuis vingt ans, elle boit au-delà du raisonnable, mot qui ne figure pas dans son lexique. L'alcool lui est rigoureusement interdit. Elle vient d'avoir quarante ans.

« On dit toujours quand on ne boit pas et qu'on voit des gens qui boivent, on les trouve ridicules, ce n'est pas vrai du tout ! On se trouve soi-même à la traîne, la cousine de province qui n'est pas drôle, qui ne s'amuse pas... On ne se précipite pas pour chercher d'autres amis plus sérieux et plus sobres, on a des amis, on a des amis ! Et c'est comme ça que j'en suis arrivée aux fameuses substances toxiques. »

À l'hôpital Broussais, pour calmer la souffrance, les médecins lui administrent du Palfium, la morphine synthétique dont elle a dû se désintoxiquer après son accident de voiture. Elle redevient aussitôt dépendante. Lors de sa convalescence, Isabelle Held l'accompagne au Palace Hôtel, à Saint-Moritz. Transformée en soigneur, la secrétaire apprend à faire des injections de morphine. Sagan ne décrochera plus.

— Petit à petit, quoiqu'elle fût discrète, je me suis aperçue que de temps à autre, lorsqu'elle me dictait ses manuscrits, sous prétexte de pauses pour se laver les mains, elle s'éclipsait pour prendre quelque chose. De la coke, en fait, dit Isabelle Held.

Depuis qu'elle a commencé à écrire, Sagan n'a jamais cessé de se droguer. Elle avait commencé avec des amphétamines, en écrivant *Bonjour tristesse.* Maxiton et Corydrane, au début. Pour imiter Sartre, idole de la jeunesse existentialiste, dont tout le monde savait qu'il carburait à la Corydrane. « Elle pensait que ça l'aidait. Elle a pris à peu près tout ce qui existait », dit Isabelle.

Elle se persuade qu'elle ne peut écrire sans stimulants et, à force, cela devient vrai.

Maxiton, Corydrane : ces spécialités ne figurent pas dans le *Dictionnaire des médicaments* publié dans la collection Bouquins créée par Guy Schoeller. Elles ont été interdites. Comme le Luminax, le Leviton, le Tranquidex, le Psychotron, des listes entières de noms électrisants. Tiens, Lidepran : une substance dont m'a parlé Florence. Son père en était amateur. Pour me documenter, je google ces noms sur Internet, et les vois apparaître, non pas associés à ceux de génies de la littérature, mais… de martyrs des vélodromes. Knut Enemark Jensen, mort aux jeux Olympiques de Rome, en 1950, d'une overdose d'amphétamines. Tom Simpson, mort pendant l'escalade du mont Ventoux, lors du Tour de France 67, tué par des amphétamines. Ou plutôt mort de soif, les amphétamines lui ayant sorti de la tête la nécessité de boire. Sous amphétamines, on ne se sent littéralement plus pisser. Elles sont un euphorisant, elles désinhibent, font oublier la souffrance et musellent la peur, donnent de l'énergie.

Apparues dans les années trente, les amphétamines se sont propagées pendant la Seconde Guerre mondiale : les pilotes de la Royal Air Force en auraient follement abusé au cours de leurs raids de nuit sur l'Allemagne nazie : 70 millions de comprimés de benzédrine auraient été distribués aux troupes britanniques.

Jusqu'en 1955, ces substances sont en vente libre en France. Sartre et Malraux en sont les clients de prestige, mais c'est au monde cycliste qu'elles doivent leurs surnoms affectueux : Max pour le Maxiton, La petite Lili pour le Lidepran, Tonton pour le Tonedron...

Si les grands écrivains se dopent autant que des athlètes, c'est pour les mêmes raisons : au pied du mur, transcender ses limites. Aux uns le dopage permet de courir le Tour de France, aux autres de faire le tour de leur chambre. Alcool, caféine, nicotine, amphétamines, cocaïne, qu'importe la nature des *vitamines*, comme dit Raymond Poulidor, pourvu qu'elles donnent l'ivresse. La page blanche est rebutante. Y bâtir un château en Espagne exige un courage aussi surhumain qu'une ascension à jeun du mont Ventoux.

— Avec un demi-Captagon, même coudre un bouton devient amusant, affirme Florence.

Elle a essayé, forcément, avec des demi-comprimés chipés à son père.

— C'est épatant. La réponse à une pile de courrier reportée depuis des semaines est expédiée à une vitesse extravagante. À tel point qu'un jour, emportée par mon élan, j'ai glissé dans la boîte une liasse d'enveloppes que j'avais oublié de timbrer.

Florence, qui connaît ses limites, n'a jamais abusé de cette diététique.

« Avant de prendre de l'EPO, a dit un coureur, je faisais du vélo. Avec l'EPO, j'ai eu l'impression de faire de la mobylette. » Stimulé par la

Corydrane, le système nerveux central de Françoise fonctionne comme un moteur de Ferrari. À vitesse grand V. Ses neurones connectent de manière inattendue, empruntent des raccourcis inédits. Classée produit toxique en 1971, comme nombre d'amphétamines, la Corydrane est interdite. Il devient alors très difficile de s'en procurer. Françoise les remplace par la coke.

« Si on trouvait encore des amphétamines, je ne prendrais pas de cocaïne », dit Françoise à Florence.

Cocaïne pour se réveiller, morphine pour dormir, tel est son régime « stupéfiants ». La morphine, elle, est prescrite sur ordonnance. Commence alors la période SOS-Médecins de Françoise, qui mime des crises pour obtenir des injections de Palfium, de Vogalen ou de Valium. En juillet 1976, elle dédie un article reconnaissant à ses sauveteurs, publié dans *L'Express*, qui n'y voit que du feu.

« Il y a dans Paris, la nuit, des petites voitures qui sillonnent des rues éclairées ou désertes, avec à leur bord un homme généralement jeune, médecin de son état, et que l'on appelle par téléphone en cas d'urgence. C'est le fameux SOS-Médecins, POR-77-77 ou 707-77-77. L'autre soir, à neuf heures, j'en avais appelé un pour une piqûre et, un peu gênée de l'avoir dérangé pour si peu de chose, je lui offris un rafraîchissement. »

Le petit jeune de SOS-Médecins a pris pension, ses collègues ayant repéré le manège de Françoise et refusant de se déplacer. Mais le jeunot, ça l'amuse, lui. Il vient même à Équemauville avec sa petite amie, et Françoise l'emmène dîner à Honfleur en compagnie d'Isabelle Held, assez énervée par le manège du loustic. La secrétaire finit par engueuler le roué, lui demandant s'il a conscience de ce qu'il fait en prescrivant toutes ces ampoules. Pourtant, un jour, Isabelle craque à son tour alors qu'en manque, Françoise souffre trop. « J'ai téléphoné à son médecin de l'époque qui, à force d'insistance, a fini par délivrer du Palfium. Le maître d'hôtel l'a récupérée à ma demande. Lorsque Peggy Roche, alors amie de Françoise, l'a découvert, je me suis fait engueuler. »

Sagan explique à Isabelle que la cocaïne est une spécialité pharmaceutique comme une autre. Il y a cinquante ans, elle était considérée comme un excellent tonique, on la trouvait dans les officines. Depuis, tout ce qui est Corydrane, etc., dont vivait Sartre qui en prenait vingt par jour pour travailler — « ça ne lui faisait pas tellement mal » —, a été supprimé. La Corydrane était une chose divine, que ses parents lui donnaient pour la grippe, « ça vous rendait frétillant et gai comme un pinson ». Une humeur de rêve et une impression de liberté, créatrice d'ailleurs, qui durait des heures. Toutes ces petites drogues, ces amphétamines qui valaient trois francs cinquante ont été interdites et remplacées par un marché parallèle qui crée des délinquants, regrette Françoise.

Elle n'a pas tout inventé. À la fin du XIXe siècle, la cocaïne était si populaire qu'elle parfumait cigares et cigarettes, chewing-gum et boissons. Son usage, peu à peu réglementé, est réservé à la médecine. Freud lui-même en recommande l'utilisation en traitement des troubles gastriques, du mal de mer, de la neurasthénie ou… de l'addiction à l'opium, à la morphine ou à l'alcool. Il l'a notamment prescrite à l'un de ses amis médecins, Ernst von Fleischl, pour le guérir de sa dépendance à la morphine. Non seulement Fleischl continua à prendre de la morphine, mais il développa une telle dépendance à la cocaïne qu'il fut contacté par le laboratoire Merck à titre de sujet expérimental avant de mourir morphinomane et cocaïnomane.

Dans les années soixante-dix, lorsque les grands cartels de narcotrafiquants colombiens organisent le marché mondial de la cocaïne, celle-ci devient une drogue « récréative ». Puissant stimulant du système nerveux central, elle a des effets voisins de ceux des amphétamines. Son absorption provoque une forte euphorie, un sentiment de confiance en soi et une montée d'énergie. C'est pour toutes ces bonnes raisons que Françoise va en adopter l'usage aussitôt que l'alcool lui devient interdit, et les amphétamines trop rares.

Françoise Sagan n'habite pas son corps, mais sa boîte crânienne. Son cerveau est une mécanique de précision bien fartée, aussi subtile et élégante qu'un joyau de haute horlogerie, où l'information glisse sans frottements. Le reste n'existe pas.

« Cette négation du corps, on appelle cela l'asomatognosie, quand un malade ne sait pas quelle est sa maladie, ni d'où il souffre. Son corps avait sans doute des exigences, mais elle ne le montrait pas », dit son cardiologue, Philippe Abastado. L'intelligence occupe toute la place. Si elle mange à peine, en revanche elle nourrit ses neurones, jouant au gin-rami, lisant, écrivant, gobant des substances psychotropes. « Je ne crois pas que Françoise aimait la vie ; elle aimait les sensations fortes », dit sa nièce, Cécile Defforey.

Françoise a des origines terriennes. Toute mince et fragile qu'elle paraisse, ses épaules sont d'une paysanne. Robuste en haut, fragile en bas, elle n'est jamais malade. Sa constitution lui permet de se maltraiter : effrénée et infatigable, elle tue ses amis par sa résistance. Lorsqu'elle découvre la coke, elle tombe illico accro. Quant aux effets secondaires, elle est trop intrépide pour s'y arrêter.

« Les gens intelligents s'ennuient avec les autres, c'est pourquoi ils prennent la poudre d'escampette », dit avec humour sa nièce Cécile.

Sagan est rapide et le monde lent. Elle devine la pensée de son interlocuteur avant qu'il n'achève sa phrase. La clairvoyance est un isolant. Françoise Sagan écrit parce qu'elle s'ennuie. Elle joue, elle lit, elle se drogue parce qu'elle s'ennuie.

« On se drogue parce que la vie est assommante, que les gens sont fatigants, qu'il n'y a plus tellement d'idées majeures à défendre, qu'on manque d'entrain. On met un petit coton entre la vie et soi. La seule chose que je trouve convenable — si on veut échapper à la vie de manière intelligente —, c'est l'opium », explique-t-elle à son biographe Jean-Claude Lamy.

Les amphétamines et la coke n'étaient pas pour elle des substances récréatives, mais des instruments de travail. La morphine l'aidait à dormir. Elle a essayé l'héroïne, un autre opiacé, mais elle ne le supportait pas. En revanche, elle aimait l'opium qu'elle a fumé avec un ami, Jean-Pierre Lacloche.

— Françoise était boulimique. Elle ne pouvait se passer de drogue, d'alcool, de vitesse, d'amitié... Lorsque l'heure arrivait de se coucher, elle essayait encore de partager votre lit pour ne pas rester seule, dit Florence Malraux.

Elle est intoxiquée de tout, de cocaïne, de whisky, de Kool, de lecture et d'écriture, de compagnie, de casino, d'excès de vitesse. « Une droguée ontologique », a dit Patrick Besson. Elle ne peut pas se passer de ces substances, elle ne supporte pas la frustration, elle ne la connaît même pas. Tout au plus sait-elle faire diversion, remplacer un coquin par un autre, un toxique par un autre, un divertissement par un autre.

Peggy aime Françoise

Nusch tu me manques c'est soudain
Comme si la forêt pouvait manquer à l'arbre.

PAUL ELUARD

« Qui va dormir avec moi, maintenant ? »

Dans les bras de sa secrétaire, Françoise Sagan se défait. Le docteur Philippe Abastado vient de lui apprendre la mort de Peggy Roche, à l'hôpital Broussais. Françoise a attendu les nouvelles à distance en jouant au gin-rami, trop apeurée pour se rendre sur place.

Depuis le mois de mars, Françoise sait que son amie est perdue. Elle l'a découvert par hasard en réceptionnant le compte rendu d'une radio de Peggy, « ces photos-missiles, ces tarots de la mort ». Cancer du foie. « Votre amie, Mme Roche, en a pour six mois. » Peggy, l'indestructible Roche si bien nommée. Aussitôt, Françoise a décidé que Peggy n'en saurait rien et elle a foncé chez Cartier lui choisir une montre. Le même jour, sa secrétaire lui a appris que le manoir d'Équemauville avait brûlé : des ouvriers avaient oublié d'éteindre un chalumeau. La nouvelle lui est passée au-dessus de la tête. Elle a offert la montre à Peggy. Devant le sourire de son amie, elle est retournée le lendemain place Vendôme pour lui en offrir une autre.

« Ça lui fait tellement plaisir... »

Et une troisième, le surlendemain. Trois montres en trois jours, pour jouer contre la montre.

Françoise fait tout son possible pour rendre les derniers mois supportables à Peggy qui se croit atteinte d'une simple pancréatite. Durant l'été, elle loue une maison à Verderonne, près de Senlis, où elle emmène Peggy en hélicoptère. Florence et Charlotte les rejoignent. Impeccablement maquillée, intégralement désespérée, Peggy descend dîner chaque soir, plus magnifique que jamais, un turban de soie drapé autour de la tête. Françoise prend conscience qu'elle aura du mal à se passer de sa compagne.

Lorsqu'elle quitte la rue du Cherche-Midi pour la dernière fois, Peggy descend les marches du duplex soutenue par deux infirmiers. En haut de l'escalier, son regard croise celui de Florence, qui la regarde partir : « Tu prendras soin de Françoise, n'est-ce pas ? » De l'affection, jusqu'au bout.

Élégante et hardie, Peggy Roche partage la vie de Françoise depuis des années. Une figure de réussite, une belle prise, un trophée que Peggy Roche. Pommettes saillantes, visage de beauté inca — Peggy a des origines sud-américaines —, elle est grande pour l'époque (1,71 mètre). Bouche très rouge dans un visage très blanc, chevelure noire et lustrée, elle est une incarnation iconique de la mode des seventies. À la grande époque de *Elle*, Peggy a régné sur les pages « mode » du magazine. Avec la complicité du directeur artistique Peter Knapp, elle a été une « faiseuse de cover-girls », après avoir été elle-même mannequin chez Givenchy et mariée à l'acteur Claude Brasseur : elle a lancé Nicole de Lamargé, Twiggy, Jean Shrimpton.

Après Paola, l'héritière Stern ou Elke, l'héritière Mercedes Benz, Françoise a une nouvelle fois jeté son dévolu sur une grosse affaire, comme dit Bettina. Peggy possède l'aplomb dégagé, l'aisance verticale des femmes de la mode, qui maîtrisent et régentent les codes. Son chic, son abattage, épatent secrètement Françoise, peu assurée de son apparence. Élégante, Peggy Roche ne s'habille qu'en pantalon, même le soir, ce qui est nouveau à l'époque. « D'un pantalon et d'un chemisier, elle faisait la tenue la plus belle », dit son ami le couturier Jacques Delahaye. Elle féminisait le pantalon à tel point que Suzanne Lulling, la directrice des salons de Christian Dior, disait avec admiration ne l'avoir jamais vue qu'en robe. « Peggy avait une silhouette extraordinaire, avec un talent instinctif pour s'habiller », dit Jacques Delahaye.

Peggy adore Françoise. Elle admire son talent,

le personnage la fascine. Saine et droite, Peggy peut se montrer brutale, parce qu'elle dit ce qu'elle pense, même si on ne lui demande pas. Si elle est possessive, elle respecte assez Françoise pour ne pas la couper de ses amis. Elle est sa colonne vertébrale, son tuteur. Elle l'habille : les tenues Yves Saint Laurent des plateaux de télévision, les chemisiers en mousseline de soie à col cravate qui vont à Sagan aussi bien que des mocassins à un lapin, c'est Peggy qui les a choisis. Être élégant, c'est habiter ses vêtements : un jean et un chandail suffisent à Sagan, petite, souple, menue, qui a une classe naturelle, de jolis gestes, une gracieuse façon d'occuper l'espace. Coquette, l'écrivain a subi assez tôt une intervention de chirurgie esthétique, parce que son visage devenait comme du papier froissé, et elle ne se montre pas si elle est décoiffée, ou pas maquillée. Mais elle s'habille avec ce qui lui tombe sous la main, et son rouge à lèvres n'est pas toujours bien posé. Elle vide un jet de fond de teint dans le lavabo, y trempe une petite éponge, s'en tapote le visage grosso modo.

Peggy la nourrit, aux heures des repas, sur des tables joliment dressées. Sous son septennat, la maison est nette et vivante, ornée de fleurs fraîches. Elle s'occupe de Denis, le fils de Françoise, qui vit entre la rue du Cherche-Midi et l'appartement de sa grand-mère qui l'a élevé à la plaine Monceau. Denis, adolescent, fait les quatre cents coups, il fréquente l'Élysée-Matignon avec une bande de copains aux parents aussi déjantés que les siens et refuse de se lever le matin pour aller en cours.

Le verdict de Françoise tombe : son fils a besoin de discipline et de limites... Venant d'elle, c'est assez cocasse. Elle téléphone aussitôt à un père Fouettard de sa connaissance, Charles Hernu, le ministre de la Défense : Denis doit faire son service militaire, être confronté aux horaires, à la France d'en bas.

Au bout de six mois, ayant appris à faire son lit au carré et à lancer des grenades, Denis est réformé. Peggy tente de rapprocher la mère et le fils, qui ont des difficultés à se parler. Ça marche plus ou moins.

Peggy préserve Françoise des mauvais génies attirés par son aura, les parasites, les profiteurs, les dealers, tous les plus ou moins bien intentionnés. Certains, d'ailleurs, qui craignent cette femme à poigne, la surnomment « la lionne ». Peggy surveille la santé de Françoise — dans la mesure du possible —, et vide dans les toilettes les tubes d'Upsa remplis de coke. Cris et larmes.

« Le 20 janvier 1986, alors que nous devions partir à Megève, il y a eu une descente de police, rue du Cherche-Midi, raconte Marie-Thérèse Bartoli, sa secrétaire. L'Office central pour la répression du trafic illicite de stupéfiants démantelait un réseau qui alimentait en cocaïne une partie de l'intelligentsia et du show-business. » Tête en l'air, Françoise a signé au dealer un chèque de caution. 17 000 francs (2 800 euros) pour une livraison de 30 grammes d'héroïne et autant de cocaïne, signé de sa main. On lui livrait en moyenne cinq grammes de poudre par semaine, moitié coke, moitié héroïne. Elle a remis aux policiers deux petits sachets, en disant « pour usage personnel ». Quatre ans plus tard, elle sera condamnée à six mois de prison avec sursis et à une amende de 10 000 francs (1 500 euros) pour détention et usage de stupéfiants.

Autour d'elle, son entourage apprend à ruser avec la brigade des stups. Lorsque la justice contraint Sagan à un dépistage toxicologique, la femme de chambre ou la secrétaire fournissent l'échantillon d'urine innocent. Rue du Four, un jour, Françoise Sagan se croit suivie. Elle entre à la Bagagerie et planque le sachet délictueux dans un sac à main de la boutique. De retour rue du Cherche-Midi, elle demande à Marie-Thérèse Bartoli de se rendre dans le magasin afin de demander à revoir le sac qui a tant plu à Mme Sagan. « Je me suis dégonflée, c'est Mme Denise, la femme de ménage, notre Mme Sans-Gêne, qui y est allée… »

Sagan est irrésistible, nul ne songe à l'envoyer balader. « Un jour, Françoise me téléphone de Cajarc, où elle séjournait avec Peggy, et me propose de venir passer quelques jours dans le Lot. Et d'apporter son pull-over beige. Pépita, la femme de chambre, me signale qu'il y a quelque chose dans le pull-over… J'ai pris le train en tremblant… Ne pas lui apporter le pull ? Non. Je ne pouvais pas lui faire ça. » Mais que Peggy s'en aperçoive et c'est la scène garantie.

Enfantine et perverse, Françoise s'amuse à rendre Peggy jalouse : elle part à New York en compagnie d'un *coquin* et s'arrange pour que Peggy l'apprenne fortuitement (ainsi que la femme du *coquin* puisque les deux couples partagent la même femme de ménage). « Françoise est l'être le plus manipulateur que j'aie jamais connu, dit Charlotte Aillaud en souriant. Elle emmenait Peggy dans des fureurs qui ne lui déplaisaient pas. Peggy rugissait, mais Françoise avait le dessus. » Peggy sort ses griffes avant de les rentrer, désarmée par le regard contrit de Françoise qui dicte sa loi, l'œil démesurément écarquillé sous la frange. Si Peggy est le fauve, Françoise est le moucheron.

À La Closerie avec Sartre

Fragile et patient, il l'attend dans l'entrée, déjà vêtu de son duffle-coat. Elle est passée le chercher, au dixième étage d'un appartement du boulevard Edgar-Quinet. Elle l'emmène à La Closerie des Lilas, pas loin de chez lui. Depuis un an, ils dînent en tête à tête tous les dix jours. Avant de partir, Françoise lui glisse une bouteille de scotch, qu'elle lui apporte en cachette de ses femmes, Simone de Beauvoir, Liliane Siegel, Arlette Elkaïm Sartre, qui le surveillent de près. Depuis qu'il est aveugle, il manque de marge de manœuvre. À la suite d'un accident cérébral dû, selon certains, à l'abus de Corydrane, le philosophe a perdu la vue. Trois fois par semaine, l'ancien chef des maos Benny Lévy lui fait la lecture. Ses femmes s'occupent de Sartre, un peu trop. Françoise, c'est sa récréation.

Elle qui n'a jamais recherché la compagnie des êtres brillants fait le premier pas parce qu'elle a croisé Jean-Paul Sartre et constaté son affaiblissement.

Elle a attendu qu'il soit aveugle pour l'approcher et le cajoler, lui, le héros de son adolescence : elle cite *L'Âge de raison* dès *Bonjour tristesse.*

Entre Sagan et Sartre, c'est une pure amitié, tardive et brève, faite d'estime et d'affection. Françoise donne et sait donner, d'une façon désintéressée que notre époque prendrait aujourd'hui pour de la faiblesse ou du remords, elle dépense et se dépense pour rien, sans escompter d'agios.

Elle lui a adressé un message admirable, « Lettre d'amour à Jean-Paul Sartre », que deux journaux, *Le Matin de Paris* et la revue *Égoïste*, dirigée par son amie Nicole Wisniak, ont publié. Cette lettre, on l'a lue à Sartre, qui n'en a pas été mécontent. Par pudeur, pour ne pas faire le vaniteux, il n'a pas osé exiger une seconde lecture. Mais à elle, Françoise, il a osé…

C'est un des plus affectueux courriers qu'un écrivain ait adressé à un autre. Sagan respecte l'auteur, elle aime l'homme, elle le lui dit avec une force étincelante. En disciple récapitulant les grandes heures d'un maître, elle trace de lui un portrait inspirant. Sartre a été le grand homme de sa génération. Elle admire sa générosité, elle l'admire d'avoir mis sa plume à la disposition des plus faibles, d'avoir refusé le prix Nobel richement doté (1,1 million d'euros aujourd'hui) alors qu'il manquait de tout, d'avoir préféré l'important à l'importance, dit-elle. Contrairement à son image, Sartre est « simple et bon », comme l'a écrit Merleau-Ponty, et Sagan l'a deviné.

Ce soir, elle lui tient la main jusqu'à leur table.

« Nous formions, je crois, le plus curieux duo des lettres françaises, et les maîtres d'hôtel voletaient devant nous comme des corbeaux effrayés », écrit-elle.

Tandis que le pianiste joue *Les Feuilles mortes*, elle lui lit la carte. Il commande un steak au poivre et des frites. Il la surnomme « l'espiègle Lili », ils sont nés le même jour, un 21 juin, elle trente ans après lui. Le père de Françoise vient de mourir, Sartre lui ressemble, dit-elle : les deux hommes sont gais « comme un pinson ». Un pinson mazouté, Sartre, mais qui conserve un bon coup de fourchette.

Dans l'assiette, elle lui coupe la viande. Les morceaux sont trop gros, il proteste : « Le respect se perd. » Comme elle s'affaire de nouveau sur son plat, il se met à rire et lui dit : « Vous êtes quelqu'un de très gentil, non ? C'est bon signe. Les gens intelligents sont toujours gentils. Je n'ai connu qu'un seul type à la fois très intelligent et méchant, c'était un pédéraste qui vivait dans le désert ! » Françoise Sagan se souvient-elle, ce soir-là, avoir autrefois écrit, dans *La Chamade* : « Il n'y avait pour elle aucune possibilité de coexistence entre la méchanceté gratuite et l'intelligence » ?

Françoise n'est pas gentille, elle est trop lucide pour ça : elle est bienveillante. L'un et l'autre ont l'intelligence absolue, comme on a l'oreille absolue, la clairvoyance suprême qu'on appelle aussi la bonté. Celle qui s'abstient de juger, qui ne perd pas de temps à s'agacer de ce qui ne peut être changé. Un entendement qui comprend et prend du recul, plutôt que la perspicacité, qui s'acquiert à force d'épier autrui.

« — C'est quoi, être intelligent, pour toi ?

— Je ne sais pas... Peut-être avoir sur une question le plus grand nombre de points de vue possibles... et en changer... et apprendre... » (*Un chagrin de passage.*)

La bêtise est un manque d'imagination, la méchanceté, un *a priori* de sottise. Avec un respect souverain de la liberté d'autrui, Sartre comme Sagan voient l'être humain tel qu'il est, avec sa dignité et ses blessures. Aucun des deux n'est croyant, ils pratiquent pourtant avec authenticité l'amour du prochain. Ils ont le cœur intelligent.

Elle avale trois fois rien, il mange comme dix. « Nos appétits étaient sensiblement égaux aux poids de nos œuvres », écrit-elle dans *Répliques.* Elle aime sa voix, courageuse, gaie, virile. Bien que malade, jamais pleurnichard, il est marrant comme tout. Quelles que soient les vicissitudes de leur existence, aucun des deux ne geint. Ils sont contents de se voir, de se prodiguer des marques d'affection, de passer ensemble un moment léger et malicieux. Ils ne parlent pas de leurs livres, mais de la vie, des femmes principalement, d'ailleurs ils les aiment autant l'un que l'autre. Elles ont recherché la compagnie tonique du philosophe, moins son lit. De Sartre, autrefois, le cinéaste John Huston a dit qu'il était l'homme le plus laid qu'il ait jamais vu. Le philosophe a d'autres atouts.

« J'aimais le tenir par la main, et qu'il me tînt par l'esprit. »

Leur amitié est délicate et sensible. Jamais, par exemple, ils ne parlent de leurs amis communs, ne ragotent. Mais ils évoquent les livres qu'ils auraient voulu écrire, lui surtout, et qu'il n'écrira pas à cause de la cécité. En dépit de son enfermement tragique, la présence de Sartre est stimulante, pétillante, et Sagan ne l'en admire que plus. Une chose est superbe chez lui, pense-t-elle : il se fiche du ridicule.

Interdite de chéquier

Peggy aime Françoise, la preuve, elle lui fait du bien. Rue du Cherche-Midi, elles sont heureuses. Mais fauchées. Ce n'est pas le luxe qui manque à Françoise, mais la nostalgie de la légèreté. Peggy n'est pas une femme d'argent, et les finances de Françoise s'essoufflent, d'autant que ses relations avec son éditeur se sont détériorées.

Henri Flammarion a succédé à René Julliard, mort brutalement. Françoise Sagan ne sait rien bâtir d'autre que des relations affectives et l'adopte. Il est le clone de Julliard, croit-elle : bel homme, sourire ravageur, manières de grand bourgeois. Henri Flammarion est si entiché de Françoise qu'il a placé sur son bureau une photo d'elle dans un cadre d'argent, marque extrême d'affection, si bien que les autres auteurs de la maison la jalousent. Seul Guy des Cars, auteur lui aussi de best-sellers, prend la défense de Sagan car il l'adore.

Elle confie à Henri Flammarion *Des bleus à l'âme*, son livre le plus personnel. Lui la protège.

Son père avait eu Colette pour danseuse. Lui il a Sagan. C'est un peu de soufre qui fumige la calme maison familiale de la rue Racine, même si au quotidien les rapports paternels et policés que l'éditeur entretient avec Françoise Sagan n'ont rien de sulfureux. Henri Flammarion lui verse une mensualité, règle ses impôts, surveille les comptes des livres qu'elle a publiés chez les autres éditeurs. Sagan est la banquière de l'édition française, la super-liquidité, la stockeuse des transactions de valeur. Mais les choses sont en train de basculer.

Une sorte de magie s'attache à l'argent gagné avec l'esprit, en particulier par la cervelle d'une gamine prodige. Dans la fascination qu'exerce Françoise Sagan, sa fortune et son train de vie fastueux tiennent une place scintillante. « J'aime bien jeter l'argent par les fenêtres », dit-elle dans une interview.

Pourtant, après avoir été milliardaire, elle a quitté la terre plus pauvre qu'elle n'y était arrivée. Elle n'était pas une bourge, sur ce plan : elle n'a rien épargné, elle ne s'est pas épargnée. Sagan n'a jamais possédé un appartement à Paris, ni même une maison à Cajarc, elle dépensait peu d'argent pour elle-même, ni en bijoux, ni en vêtements, ni en rien. « Je ne m'intéressais pas », dit-elle dans une conversation à Guillaume Durand, à la fin de sa vie. Cela semble exagéré dans notre époque matérialiste, mais c'est une réalité que confirment ses proches.

Les voitures exceptées, elle ne se gâtait pas, elle gâtait les autres. Des montres, des tableaux, des bijoux, des vacances, des restaus, des soirées en boîte : elle donnait tout. Aussitôt qu'une rentrée d'argent s'annonçait, elle téléphonait à ses amis, le dépensant par avance en projets de fêtes ou de voyages.

« Tout ce qu'on a dit sur sa générosité était vrai, et au-delà, dit Florence. Si chez elle on remarquait une jolie chose, le lendemain, on le recevait. Et pas pour vous acheter. » Un jour, alors qu'elle se promène avec Françoise à Saint-Germain, Florence remarque une nouvelle chaîne hi-fi dans la vitrine de Bang et Olufsen. Quelques jours plus tard, le modèle lui est livré : un cadeau de son amie. Embarrassée, Florence se promet de tenir sa langue à l'avenir.

Il n'est rien resté à Sagan, à part des dettes. Sa maison d'Équemauville, elle a fini par la perdre. Elle n'a rien légué à son fils Denis, pas même un souvenir personnel, un tableau, un manuscrit : tout a été saisi. Et ce qui ne l'a pas été, caché dans des maisons amies pendant les poursuites fiscales, ne lui a pas été restitué. Sa réussite précoce, elle l'a payée cher.

Longtemps, le baron Élie de Rothschild, que Françoise attendrissait, a veillé sur ses intérêts. Elle lui avait été présentée par Paola Sanjust, lointaine cousine du baron. Il l'a confiée à une administratrice. De 1962 à 1981, Marylène Detcherry a géré l'argent de Françoise Sagan et conservait son chéquier, dont elle seule avait la signature.

— Je lui donnais son argent de poche, une fois payés le fisc et les fournisseurs. Je réglais les factures et les employés : le maître d'hôtel, la cuisinière, la femme de chambre à son service. Au manoir du Breuil, Françoise tenait hôtel et table ouverts. Lorsqu'il y avait trop de monde, elle faisait demi-tour. À Paris, lorsqu'elle ne se sentait plus chez elle, elle s'installait à l'hôtel... Je payais ses contredanses : elle avait trois ou quatre voitures qu'elle prêtait, les amis les rendaient sans régler leurs amendes...

Pour financer ses impôts, j'allais voir son éditeur, Henri Flammarion, et revenais avec l'argent. J'ai dû faire huit ou neuf déménagements avec Françoise. Je me faisais du souci lorsqu'elle devenait trop débitrice : elle y allait fort. Je la bridais en douceur. De son côté, elle me faisait des farces : pour faire des cadeaux aux uns et aux autres, elle passait chez Yves Saint Laurent, Boucheron ou Anam, une superbe et minuscule boutique de l'avenue Victor-Hugo, spécialiste du cachemire, où elle se ruinait en pulls et robes de chambre. Les factures étaient adressées à la banque. Lorsqu'un chèque arrivait directement entre ses mains parce qu'elle avait écrit une chanson ou un article, elle marchandait : « Je vous le remets, si vous m'en donnez 30 %. » Nous faisions des comptes de cuisinière en nous amusant.

Chaleureuse et drôle, Marylène Detcherry parle

de Sagan comme d'une enfant. À cette banquière comme elle originaire du Sud-Ouest, Sagan confie ce qu'elle a de plus précieux, son fils, durant les vacances. Denis Westhoff la considère aujourd'hui comme un membre de sa famille.

— Elle disait qu'elle ne voulait pas grandir. Dans la vie, elle jouait avec l'argent, je la protégeais et elle acceptait ma tutelle. « Je n'ai pas besoin de me faire du souci, vous vous en faites pour moi », me disait-elle. Après 1981, la banque Rothschild devant être nationalisée, je n'ai pu continuer à m'occuper d'elle.

Sagan a entretenu avec l'argent un rapport insouciant, elle en avait une vision dématérialisée : celle d'une joueuse de casino. À la fin de sa vie, après le passage à l'euro, elle continuait à parler en francs, et même en anciens francs.

Gamine, elle avait voulu un cheval à Cajarc : son père lui avait aussitôt offert Poulou. Il ne lui refusait rien : adolescente, il lui glissait du cash en quantité. « Va au restaurant avec ton amie, et achète-toi des disques. » Florence Malraux, qui n'avait jamais vu autant de billets donnés à une lycéenne, en était étonnée. Françoise déjeunait chez Lipp, mettant la note sur le compte de son père. Lorsque le maître d'hôtel lui présentait la facture, Pierre Quoirez s'en amusait. L'intrépidité de sa fille le ravissait.

« Il était un peu fou, et assez peu conventionnel, son père : il était très dépensier, ce qui ne se fait pas dans les familles bourgeoises. Nous aimions passer le mois d'août avec lui, à Paris. Il était ravi de sortir deux filles au restaurant, c'était vaguement incestueux », dit Florence.

Sagan a gagné des sommes folles que Pierre Quoirez au début l'a poussée à dépenser. « C'est très dangereux, tout cet argent, à ton âge. Claque-le. » Pas seulement parce qu'elle était très jeune mais pour l'encourager à travailler. Elle le brûlait comme de l'argent de poche, assurée qu'il était inépuisable. Il l'a été, longtemps.

Les éditeurs, qui lui versaient de fabuleux à-valoir, ont pris le relais de ses parents. Son père lui avait offert Poulou, Henri Flammarion se chargea de l'acquisition d'Hasty Flag, un cheval de course flegmatique. Françoise Sagan a gagné plus d'argent que les autres écrivains : elle vendait beaucoup, et son pourcentage de droits d'auteur s'élevait à 20 % du prix du livre, alors qu'il excède rarement 14 % dans le monde de l'édition. Aujourd'hui, une cash machine comme l'écrivain belge à chapeau claque Amélie Nothomb, réputée vorace, ne perçoit que 15 % de droits d'auteur. Certains éditeurs, comme Jean-Claude Fasquelle, chez Grasset, n'ont jamais fait affaire avec Françoise à cause de ses exigences financières.

Henri Flammarion lui-même finit par se lasser, d'autant que les romans de Sagan, dont les droits ne se vendent plus à l'étranger, rapportent moins qu'autrefois. En 1979, le flegmatique Hasty Flag finit par emporter à Auteuil le Grand Prix de la course de printemps, sous les couleurs de Sagan : casaque bleue, épaulettes et toque noires. William Styron, que Françoise a initié au PMU — selon Jérôme Garcin dans *Cavalier seul* —, assiste à l'arrivée.

Les 25 000 francs remportés par Hasty Flag servent à racheter la liberté de sa propriétaire : Sagan utilise les gains pour s'offrir les services d'un avocat. Les relations avec son éditeur se sont tendues car il la juge trop dépensière. Un geste un tantinet désinvolte provoque la rupture. Françoise passe une semaine à Chamonix, dans la plus jolie suite de l'auberge du Bois Prin, un petit Relais et Châteaux. Extravagante facture de téléphone, notes de taxi jusqu'à Genève, room-service…

« Je ne m'occupe jamais d'argent. Envoyez la note à M. Henri Flammarion », dit-elle à l'hôtelière en partant.

De mauvaise grâce, Flammarion règle la facture mais il retient le montant sur les droits d'auteur de Françoise. Sagan, jusque-là gâtée, est ulcérée. René Julliard épongeait ses dettes de casino, et même celles de Bernard. À la sortie du second livre de Sagan, il lui fit même porter un chèque d'à-valoir sans avoir encore signé de contrat : elle aurait pu l'encaisser et revendre son roman ailleurs. Grand écrivain, grand éditeur : Julliard a publié le meilleur de Sagan. L'ère des seigneurs est révolue. Sans les idéaliser — nombre d'auteurs, à commencer par Céline, se sont chargés de leur tailler des costumes —, Bernard Grasset, Gaston Gallimard ou René Julliard étaient plus proches des écrivains que leurs successeurs, parce qu'ils avaient créé leur maison. L'angoisse, sinon de la page blanche, mais de la faillite ne leur était pas étrangère. Ils étaient retors, malins, intéressés, roublards, mais prenaient des risques avec leur propre argent : ils étaient des travailleurs indépendants, des artisans plus ou moins madrés, libres de se ruiner. Ils aimaient l'argent, mais ils aimaient aussi les auteurs. L'esprit libre d'un écrivain ne leur était pas totalement étranger, ni son égocentrisme : ils avaient ça en commun.

À l'ombre des grands groupes, l'édition est désormais une minuscule principauté dirigée par des représentants de commerce soumis aux lois du management. Pitch du livre, quatrième de couverture, collection, mise en place... Avant même d'avoir achevé son travail, l'auteur doit rédiger l'argumentaire, pendant que l'attachée de presse distribue un brouillon, intitulé « épreuves non corrigées », aux journalistes qui n'en demandent pas tant... L'écrivain, avec ses névroses qui dépassent des rayonnages et sa solitude orgueilleuse, fait figure de caractériel *in-gé-ra-ble.*

Non seulement Françoise se brouille avec Henri Flammarion, mais, pire, elle reprend le contrôle de son chéquier après la nationalisation de la banque Rothschild. Ses propres secrétaires, dépourvues d'autorité, gèrent ses finances foldingues. Lorsque le fisc se manifeste, l'argent est parti en snifette et en cadeaux de tout poil, et les impôts restent impayés. Les ennuis d'argent commencent. Et le beau livre qu'elle dédie à Peggy n'est pas publié par Henri Flammarion. Il n'y a plus d'éditeur à la hauteur.

Un orage immobile

Si on lisait *Un orage immobile* sans connaître l'auteur, on se demanderait quel petit-maître est l'auteur de ce bijou, mais on ne devinerait pas la signature de Sagan. On aimerait Sagan pour elle-même, comme disait Antoine Blondin. Ni l'époque, ni les personnages du livre ne lui ressemblent. Aucun tic ne met sur la piste. Elle a d'abord songé à le publier sous un pseudonyme, comme Romain Gary quelques années auparavant. Elle rêve d'un nouveau départ dans l'anonymat, préservé des préjugés de la critique.

Pourtant, sa signature ici importe peu. Si *Un orage immobile* est un livre réussi, c'est malgré elle. Lorsqu'elle l'évoque plus tard, elle avoue s'être peu intéressée à ses personnages et s'emmêle dans le résumé de l'intrigue. Elle l'a commencé alors qu'elle traversait une dépression. Si ce pur roman 1830 doit aux décors et aux personnages de Stendhal, de Balzac, de Thackeray, de Jane Austen, par sa cruauté et son tranchant l'intrigue est siglée Sagan : deux personnages s'aiment, le troisième les regarde et souffre. Par le sujet et le ton, il rappelle *Vingt-quatre heures d'une femme sensible*, le petit bijou de Constance de Salm, amie de Stendhal. Du 1830 habillé 1983, c'est-à-dire débarrassé des remords et du censeur-auteur jugeant les personnages dans leur dos.

Très romanesque, *Un orage immobile*, dont le titre est emprunté à Eluard, fait d'abord craindre la salle du musée Grévin ou le téléfilm avec belle aristocrate de retour d'exil, notaire d'Angoulême, beau paysan, mais tout s'anime par le naturel d'un récit expert, richement doté en bals, duels, liaisons, scènes noires de sensualité. Avec une grâce cruelle, le narrateur raconte, trente ans après, la passion muette qui l'a détruit : « Il y a déjà trente ans que je suis mort. »

Son nouvel éditeur a exigé qu'elle le publie sous son nom, si vendeur. « Ces irritants petits riens », titre le critique du *Monde*, le *J.O.* de la critique littéraire, à propos d'*Un orage immobile.* « Petits », encore un terme qui minore Sagan. Pourquoi, petits ? À cause de sa taille ? Elle mesurait 1,63 mètre. Et comme si cela ne suffisait pas, « rien ». Sagan, ce n'est ni petit ni rien. Le critique corrige la copie, relève les répétitions, les maladresses, les impropriétés, les phrases d'éternelle écolière fichues comme l'as de pique, le style relâché, désinvolte. C'est le grand dadais malin qui cherche la faute, le truc qui cloche, pour bien montrer qu'à lui, on ne la fait pas, c'est l'esprit scolaire français qui aime prendre en défaut, boudant son plaisir avec des chicaneries de pion. Encore un qui ne sait pas aimer, se dit-on. Avec Sagan, la critique est toujours ou trop dure ou trop tendre : elle la glorifie ou l'éreinte.

Bernard Frank, dans *Le Matin de Paris*, défend son amie. Sauf qu'il n'a pas lu le livre, cela se sent. Il ne prend pas Sagan au sérieux, lui non plus. « Lorsque le grand public la lit, il se dit que, si elle n'était pas Sagan, on ne la lirait pas, et il oublie de dire que, s'il la lit, c'est parce qu'elle est Sagan », écrit-il dans *En soixantaine.* Un compliment ambigu. Elle ne lui en veut pas : Françoise est modeste. Plus consciente de ses limites que de son talent, elle est totalement dépourvue de vanité.

Un orage immobile est publié par l'éditeur Jean-Jacques Pauvert, chez Julliard. Une couverture orange avec une fenêtre crème, 231 pages, 60 francs (12 euros), achevé d'imprimer en février 1983. Juste avant, elle a publié *La Femme fardée*, son roman le plus dodu, mille-feuille vaudevillesque lesté de coïncidences invraisemblables mais contenant quelques pages brillantes. Sagan a écrit quelques livres calamiteux sauf que dans le plus bâclé de Sagan fulgurent toujours des pépites. L'orpailleur qui, un jour, collectera dans son tamis les brillantes maximes qu'elle a semées derrière elle au hasard de ses romans ou de ses entretiens éditera un chef-d'œuvre. Elle y distille une morale sans sermon, un art de vivre tendre, généreux, narquois, élégant. Le plus beau recueil de Sagan est à venir.

Dormir seule

« Qui va dormir avec moi, maintenant ? »

Cette question hante Françoise. Plus de repos. Plus d'abandon au sommeil. Plus de consolation. Le cri de révolte traduit un effroi d'enfant, la peur de la séparation, de la solitude toute crue. La longue nuit à traverser, seule, sans un flanc tiède à portée de main, un rempart contre le vide. Un homme ou un enfant, n'importe, qui ait besoin d'elle, de sa chaleur, pour dormir et s'éveiller.

Françoise Sagan a de la solitude une terreur quasi cellulaire. Petite fille, elle se réfugiait dans le lit de ses parents, refusant farouchement de passer la nuit seule. Le succès a prolongé le privilège, lui offrant de vivre en chef de bande avec des gens qu'elle respecte plus ou moins mais qui la garantissent contre l'isolement. L'autre absent, elle neutralise la solitude avec le roman à écrire, le livre à lire. Dans le caisson sous-oxygéné de la célébrité, sa maturation s'est interrompue, elle ne s'est pas développée, elle a toujours dix-huit ans. En 1991 comme en 1954, incapable de se suffire à elle-même, de se tenir compagnie, de vivre seule, elle est prisonnière de l'autre, la compagnie fût-elle hasardeuse : escrocs à casier judiciaire, femmes du monde, rothschildieux, chef d'État, branleurs, paparazzi, gigs, la bande de Pieds Nickelés pas toujours glamour qu'agglomère la gloire autour des stars. Tous ont eu de l'affection pour elle et lui ont offert le meilleur d'eux-mêmes (et de leurs arnaques, parfois). Certains, peut-être, l'ont bringuebalée sur des pistes cahoteuses, voire dans des culs-de-sac. Mais jamais elle n'a passé plus de deux jours en tête à tête avec elle-même.

Bernard Frank, lui, s'est marié. Il a bien sûr rencontré sa femme chez Françoise, où il habitait après la fin de la période Barbara Skelton. Claudine Vernier-Palliez, jolie journaliste à *Paris-Match*, avait rendez-vous avec Sagan rue d'Alésia pour visionner au magnétoscope *Encore un hiver*, un court-métrage de l'écrivain, une conversation sur l'amour entre une vieille dame et un jeune homme sur un banc filmé au Champ-de-Mars. Un grand ébouriffé est descendu de sa chambre un yaourt à la main et l'a invitée à dîner. Il déménage chez la jeune femme qui habite une maisonnette rue des Marronniers, puis la demande en mariage. Claudine raconte qu'elle hésite à l'épouser jusqu'à leur voyage à Belle-Île où il se laisse conduire tout en récriminant contre la vieille Lancia de sa jeune amie, lui qui n'apprécie que les grosses cylindrées. À l'arrivée, exaspérée Claudine pile devant une maison et exige qu'il se renseigne sur leur chemin. Une Belliloise coiffée d'un tuyau de macramé leur ouvre la porte, tenant à la main un napperon qu'elle tricote au crochet. « Note ce qu'elle te dit », ordonne Claudine, méfiante. Arrachant le crochet à dentelle des mains de la vieille femme, le secouant pour faire venir l'encre, Bernard griffonne des indications invisibles sur une feuille de papier. « Il était craquant. À cet instant, j'ai décidé de l'épouser », dit Claudine Vernier-Palliez.

Cheveux courts et blonds, silhouette longiligne, Claudine a quelque chose de Françoise : une vivacité joyeuse, une désinvolture.

À la naissance de sa fille Jeanne, Bernard se plante devant le berceau et lui fait : « Psss, pss », comme à un chat. Bernard, papa ! Avec Claudine et ses filles il s'installe dans une maison à Choisy-le-Roi, ce qui pour un Parisien vaut le Cantal ou le Loir-et-Cher. Il nourrit les chats Essuie-Plume et Médor de purées haricots verts-steak haché qu'il prépare amoureusement. Barbara, elle aussi, s'installe à Choisy. À cinquante ans passés, il travaille pour la première fois, à regret. Pour un ami, il est vrai. Claude Perdriel a lancé *Le Matin de Paris* où il lui confie une chronique hebdomadaire.

« Il m'a fallu toute la sauvagerie de l'existence actuelle qui ne peut plus piffer l'oisiveté, l'amateurisme, qui ne comprend que le langage du

Jrssaf, de la Sécurité sociale, des péna-
ıxes, du faut ce qu'il faut pour que je
à partir de 1980, un an après la mort
mère, un an après avoir salué mes cinquante ans, à prendre mes affaires en main, à faire semblant », écrit-il dans *Les Rues de ma vie.*

Bernard recommence à produire. Dix ans après *Un siècle débordé*, écrit à Grimaud et dédié à Marie-Odette de Rochechouart, Bernard Frank publie *Solde*, écrit à Grimaud et dédié à Barbara, qui dépasse les dix mille exemplaires vendus. La dédicace est sans doute son cadeau de rupture. « Quand donc les femmes sauront-elles que nous ne pouvons les aimer indéfiniment ? » écrit-il dans *Le Matin.*

On réédite tous les livres de sa jeunesse. *Les Rats* atteignent même les 50 000 exemplaires, ce qui ne lui est jamais arrivé : une génération de jeunes lecteurs le découvre, grâce à des cadets admiratifs comme Patrick Besson, Éric Neuhoff ou Jean-Paul Kauffmann, alors journaliste au *Matin*, qui a suggéré à Claude Perdriel d'engager Bernard. C'est à ce moment-là que je l'ai rencontré. Chaque semaine, il passe devant nos deux bureaux, à Jean-Paul et moi, le salue avant d'ouvrir son courrier. Parfois, ils partent ensemble déjeuner. À chaque visite, je me promets de lui dire un mot, de lier connaissance. Il n'a pas l'air commode. J'achète *Solde*, 70 francs. Je le lis. Impressionnée, je remets à plus tard mon envie de lui parler.

Il ne vit plus avec Françoise, ne passe plus de vacances avec elle. Peut-être tente-t-il d'échapper à son emprise, de se sauver du confort et de la paresse qu'elle a organisés autour de lui, de leur existence de grands gosses. Dans *L'Insoutenable Légèreté de l'être* Milan Kundera donne cette définition de la tendresse : « C'est créer un espace artificiel où l'autre doit être traité comme un enfant. » Bernard, une dernière fois, tente de devenir une grande personne.

La solitude est le thème de l'œuvre de Françoise Sagan. La solitude, la fragilité des êtres, et les efforts qu'on fait pour s'en évader. Sagan est un être singulier, incomparable donc seul. Et seul, on n'existe qu'incomplètement. Peu de gens sont aussi doués et rapides qu'elle, peu de gens peuvent partager et comprendre : elle n'a que rarement le sentiment de communiquer. Sagan, trop subtile pour s'accrocher à une cause perdue, quête moins l'intelligence que la disponibilité, et la tendresse.

« Il m'est souvent arrivé, d'ailleurs, de préférer des gens médiocres à des gens dits supérieurs, uniquement à cause de cette fatalité qui les fait se cogner comme des lucioles ou des papillons nocturnes aux quatre coins de ce grand abat-jour qu'est la vie. »

Dans les jours qui suivent la disparition de Peggy, Françoise tente de fuir, de mettre des kilomètres entre elle et la réalité. La mort et sa promiscuité terre à terre font horreur à Sagan, esprit joueur qui échappe aux lois de la gravité. Refusant de se rendre à la chambre mortuaire, de regarder la mort en face, elle s'effondre, feuille arrachée à sa branche.

D'abord, elle cherche à convaincre Jacques Delahaye, le styliste et ami de Peggy Roche qui vit avec elles rue du Cherche-Midi, de partir en voyage, sans même avoir enterré Peggy. Jacques parvient à l'en dissuader : il faut organiser les funérailles de leur amie. Françoise souhaite l'ensevelir à Cajarc, dans sa patrie.

La détresse de Françoise est si grande que le clan des intimes, qui fait bloc pour la soutenir, est dépassé. L'amitié n'est pas un vain mot chez ses proches, mais un synonyme d'intuition, de chaleur, de profondeur. La fidélité, la tendresse, l'amour de l'autre tel qu'il est. Mais Françoise semble inaccessible à l'affection.

Françoise va mal. Avec Peggy, elle ne faisait qu'un. *Comment aurions-nous pu nous penser séparées ?* C'est le plus implacable chagrin de son existence. Elle refuse d'entrer dans l'église, différant le face-à-face avec une réalité irrémédiable. De toutes ses forces, Sagan recule, épouvantée et stupéfaite.

Alors que le cortège avance à pied sur la petite route de Seuzac, en direction du cimetière, soudain Françoise se couche dans un fossé, fauchée par l'angoisse. Funambule privée de son balancier, elle tombe. Elle a perdu ses appuis. Comme un enfant indifférent aux conventions sociales, elle s'oublie devant un public aussi effaré qu'impuissant. Au pied des causses, c'est l'atterrissage forcé d'une femme de plume, touchée au cœur par une loi qu'elle ne peut discuter. Elle ne se relèvera jamais tout à fait.

L'imagination a gouverné l'existence de la romancière. Lorsque le monde lui déplaît, elle le refait. Avec la mort de Peggy, elle prend conscience que quelque chose se brise : la possibilité du bonheur, l'espoir, la sécurité affective. Et puis elle est fière de sa bonne étoile, astre scintillant qui a gouverné ses succès. Le triomphe à vingt ans, ce n'est pas donné à tout le monde. Elle n'attribue pas sa réussite à son mérite, mais à la bonne fortune. Les circonstances lui ont été favorables, Françoise croit en sa chance. Les dés cette fois sont mal tombés. Ses facilités de caisse sont annulées, elle est entrée dans le rouge.

« Nos divertissements sont terminés. Ces acteurs, je vous l'ai dit, déjà, étaient tous des esprits ; ils se sont fondus en air impalpable. Pareillement à l'édifice sans base de cette vision, les tours coiffées de nuages, les palais fastueux, les temples solennels, le grand globe lui-même avec tous ceux qui en ont la jouissance se dissoudront, comme ce cortège insubstantiel s'est évanoui, sans laisser derrière eux la moindre vapeur. Nous sommes faits de la même étoffe que les songes et notre petite vie, en somme, la parachève*. »

Appuyée au bras de Jacques Chazot que fragilise déjà la maladie mais dont Françoise ne remarque pas l'état, elle finit par entrer dans la petite enclave de Seuzac, nécropole miniature qui abrite les êtres qu'elle a le plus chéris, son père et sa mère, son frère Jacques, Bob Westhoff et maintenant Peggy : tous fauchés en quelques années. Qui la laissent seule, elle à qui personne n'a appris à rester seule.

Peggy Roche était son rocher, son ange gardien, elle la protégeait d'elle-même, de la gamine dangereuse qu'elle est, la gamine sans frein qui n'y va pas de main morte. Françoise a perdu son garde du corps. Elle est face à sa pire ennemie, elle-même.

De retour à Paris, Françoise ne se lève plus, elle reste couchée au lit avec le chien Banco, vêtue d'un grand T-shirt d'où dépassent deux jambes en bâton de craie. Chétive, elle s'alimente à peine. Sa diététique, qui tient de l'art conceptuel, figure une œuvre de Robert Ryman : un mono-produit blanc. Période fromage blanc, qu'elle descend par pots entiers, à l'exclusion de toute autre chose. Période yaourts et glaces Häagen-Dazs, Macadamia et noix de pécan. Purée Mousline, les jours fastes. Packs entiers de lait.

*. Shakespeare, *La Tempête*.

Un psy dénoncerait un trouble du comportement alimentaire, voire de l'anorexie. Passer la journée en position allongée réduit sans doute les besoins énergétiques. Désolé, Delahaye lui prépare avec dévouement des assiettes de bouillie. C'est la période Blédina 1er âge. De son côté, Florence tente une diversion consolatrice en l'emmenant à la fondation Maeght voir une exposition Nicolas de Staël en compagnie de son fils Denis et de Jacques Delahaye. L'escapade dans le Midi n'est pas très réussie.

Peggy hante les pensées de Françoise. Chaque fois qu'elle grimpe l'escalier, rue du Cherche-Midi, son amie lui apparaît. Françoise veut déménager. Elle a si peur de la nuit, des nuits interminables qu'elle redoute tellement de traverser seule, qu'elle s'assomme de somnifères. Un jour, elle réveille Jacques Delahaye : elle a fait une mini-tentative de suicide. Son monde bascule dans le malheur de la destruction physique.

Pendant deux ans, après la mort de Peggy en septembre 1991, elle est incapable d'écrire. Ses éditeurs en sont réduits à compiler ses entretiens.

[illegible] qui [illegible]
[illegible]
[illegible]
[illegible]
[illegible]
C'est la période [illegible]
Florence [illegible]
[illegible]
[illegible]
[illegible] de [illegible] Delahaye [illegible]
le [illegible] n'est pas très [illegible]

Pendant tout [illegible] de [illegible]
[illegible]
[illegible]
[illegible]
[illegible]
voyage [illegible] qui [illegible]
et la mort [illegible] Delahaye [illegible]
[illegible] de [illegible]
[illegible] dans le [illegible]
[illegible]

Pendant deux ans, jusqu'à la mort de [illegible]
septembre 1941, [illegible]
[illegible] en [illegible]
tions.

Le prix Nobel de l'interview

— *Qu'est-ce que vous n'aimez pas faire, le matin, en vous levant ?*

Mettre des collants.

— *Alors vous portez des chaussettes ?*

Non, des pantalons ou alors des porte-jarretelles, comme dans les vieux films.

Le Journal du dimanche, 30 mai 1993

L'œuvre de Françoise Sagan ne se compose pas seulement de romans et de pièces de théâtre, mais aussi d'interviews impeccables. Sagan était si balaise en interview que ses éditeurs ont à deux reprises publié des best of qui appartiennent au meilleur de son œuvre. Recueils d'aphorismes incisifs, *Réponses* et *Répliques* sont des exercices brillantissimes, « morceaux choisis » parmi les multiples entretiens qu'elle a accordés. On peut lui décerner le prix Nobel de l'interview. Antoine Blondin voyait dans *Réponses* des éclairs baudelairiens de *Mon cœur mis à nu*, voire même un écho de Montaigne.

Il y a un style Sagan de l'interview : élégant, narquois, allègre. La virtuosité de ses prestations laisse rêveur. Ses répliques sonnent juste, elles sont lucides, vives, sincères, elles pétillent de rieuse acidité et de poésie. Sport très cérébral, l'interview est un exercice qui ne pardonne pas la bêtise. Elle en a beaucoup donné puisque sa carrière a coïncidé avec l'essor de la presse magazine : elle ne dit jamais de sottises. C'est rare.

Son art doit tout à son intelligence, à son habileté. D'emblée, elle a compris quelque chose de très calé et de très simple. La difficulté majeure de ce ping-pong délicat, c'est la question idiote, qui déclenche une réponse d'une égale idiotie. Françoise Sagan ne riposte pas, elle esquive. Elle a un don précoce pour ça. À vingt ans déjà, après la publication de son deuxième roman, elle accorde un entretien à deux critiques américains de la *Paris Review of Books*, Blair Fuller et Robert B. Silvers. « Elle est sincère et serviable, mais les questions pompeuses ou compliquées, ou qui concernent sa vie privée, ont droit à un simple "oui" ou "non" ou "je ne sais pas", "je ne sais pas du tout", suivi d'un sourire amusé et déconcertant », relatent-ils.

À la question crétine, elle a trouvé la parade la plus saine, la plus naturelle : répondre du bout des lèvres. « Oui. » « Non. » « Peut-être. » « Oh là là. » Avec un sourire. Renvoyer la balle d'une pichenette polie mais sans élan, et retourner contre lui la force de l'adversaire. En un mot, Françoise décourage les questions oiseuses, ainsi l'échange reste fluide. Elle désarme ses interlocuteurs avec une remarquable économie de moyens : les questions gênantes disparaissent de la transcription des Américains, comme, on peut l'imaginer, de tous les entretiens qui suivirent. Elle fait cela d'une manière « shy, but casual and friendly » : timide, mais nonchalante et amicale. En un mot, elle allège de bulles la relation, elle lui donne des ailes.

L'entretien fortiche qu'elle accorde à ces deux critiques exigeants est d'une qualité étonnante pour une fille de vingt ans. Pas de pose, pas de pédantisme. Rien de kitsch ou de fabriqué, chez Françoise. Elle n'est pas un chef de produit, comme certains romanciers aujourd'hui. Encore moins un bas-bleu. Elle connaît et assume ses limites. Le risque, devant une question vaine, c'est la réponse compliquée, plus vide encore. Avec son flegme de joueuse et une courtoisie indulgente, elle mène la danse. Si la balle est courte, elle la laisse rebondir, laissant le journaliste tout bête devant le filet. Jamais elle ne moralise. Jamais elle ne juge. Jamais elle ne se montre méchante, même en face des gens énervants.

L'interview la plus tordante lui a été extorquée par Pierre Desproges, alors jeune journaliste inconnu. Alors qu'il tenait à *L'Aurore* une petite chronique quotidienne, la romancière avait écrit au journal : elle ne l'achetait que pour y lire sa rubrique. En 1975, engagé au Petit Rapporteur, une émission de télévision satirique, Desproges réalise un entretien avec Sagan en se faisant passer pour un critique littéraire.

« Alors, comment ça va la petite santé ?

— Très bien merci, ça va très bien.

— Vous allez bien ?

— Oui oui, ça va très bien…

— Y a pas de problème ?

— Non. Un léger rhume comme tout Paris.

— Euh, qu'est-ce que je veux dire. Pas mal la robe, c'est pas mal comme tissu, c'est quoi comme tissu ?

— Un mélange de toile de drap de flanelle, je ne sais pas.

— Ça pluche pas ? »

Desproges se penche vers Sagan et palpe sa jupe.

« Euh non, ça pluche pas, c'est un tissu assez sec.

— Ça se lave comment, à l'eau tiède ?

— Non, c'est plutôt des choses qu'on met chez le tein… chez le teinturier.

— Et les vacances, c'était bien les vacances ?

— J'étais pas en vacances, je travaillais.

— Non mais avant, avant de travailler, vous étiez en vacances ?

— Oui, avant de travailler, j'étais en vacances. Forcément. Il a fait très beau.

— Moi je suis allé… j'ai mon beau-frère près de Limoges. »

Desproges lui raconte ses propres vacances avant de sortir ses photos de vacances.

« Eh bien je ne sais pas, qu'est-ce que je peux faire pour vous ? Vous voulez boire quelque chose ? » demande-t-elle.

Durant cette interview, quoique interloquée, Sagan reste charmante et affable.

En 1977, elle est l'invitée de l'émission littéraire Apostrophes, animée par Bernard Pivot. Thème : « Parlez-moi d'amour ». Elle partage le plateau avec Roland Barthes et la romancière Anne Golon, auteur avec son mari Serge de *Angélique marquise des anges.* Entre Sagan et Barthes, l'échange est pétillant, ces deux intelligences sont à égalité, c'est un festival d'esprit français, de la Chateldon. Les grands yeux de Françoise s'écarquillent de plaisir. Elle porte une blouse de soie rose poudré de Yves Saint Laurent, choisie par Peggy. Elle cite Proust, Barthes cite Gide. À quarante-trois ans, elle a la tête d'une gamine qui lâche des phrases paradoxales et marrantes :

« Les femmes trompent plus facilement les hommes qu'elles aiment et qui les aiment. Il est plus facile, quand on a un capital de bonheur, un chèque énorme sur soi, d'en distribuer un peu à droite à gauche... Plus facilement que si on est trompé, malheureux, qu'on se sent pauvre, misérable, perdu : personne ne peut rien vous prendre... »

Anne Golon veut participer, montrer qu'elle

aussi est maligne, elle balance une nunucherie sur le mode de vie de Françoise, son éloge du libertinage. Celle-ci la regarde avec gentillesse, avec patience, abritée derrière la fumée de sa troisième Kool en vingt et une minutes. Elle tousse, se ronge les ongles, regarde la caméra de ses grands yeux roux de Calimero. La sottise d'Anne Golon roule sous la chaise de Françoise, dont l'escarpin bat la mesure. Ce qui est frappant, c'est qu'on ne sent aucun agacement, aucune lassitude chez Sagan. Elle écoute les jugements abrupts de l'auteur des *Angéliques* comme l'abbé Pierre un enfant pauvre qui aurait marché sur sa cape. Impassible, détachée, Sagan répond avec gentillesse. Celle de l'indulgence, ou de l'indifférence authentique.

Les journalistes lui posent souvent des questions de société, d'art de vivre ; elle est un modèle pour sa génération. Pourtant, trait remarquable en cette époque de gourous au petit pied, jamais elle ne se prend pour un directeur de conscience : elle a trop le respect d'autrui pour ça, et d'élégance.

Elle délivre un pêle-mêle d'aphorismes sur l'alcool, le jeu, la voiture, l'amitié, l'amour, le roman, le mépris de l'argent, la vieillesse, la liberté, la célébrité. Un exemple, à propos du bonheur : « Le bonheur, c'est rond comme un caillou, ça vous tombe sur la tête, ça dure deux, trois heures. »

Ou à propos du suicide : « Je crois que quand

on se tue, c'est pour infliger sa mort aux autres. Il est très rare de voir des suicides élégants. »

Elle évite, cependant, d'énoncer des généralités : toutes, elle le sait, se retournent. Exemple, dans un entretien au magazine *Lire* (septembre 1994) : « La jeunesse est la seule génération raisonnable », dit-elle. Elle corrige aussitôt : « Enfin, elle devrait l'être. Elle le serait, si on la laissait vivre. Je dis ça, je n'en sais rien. Il y a des gens qui naissent jeunes, d'autres qui naissent vieux. Je retire ! Je biffe ! »

De son œuvre, elle parle peu. Elle n'aime pas parler de ses livres, ni de littérature. « L'art doit prendre la réalité par surprise, dit-elle. Il prend ces moments qui sont pour nous à peine un moment, plus un moment, plus un autre moment, et les transforme arbitrairement en une série spéciale de moments liés par une émotion particulière. L'art ne devrait pas poser la question du "réel" comme une préoccupation. Rien n'est plus irréel que certains romans dits "réalistes", ils sont des cauchemars. » (*Derrière l'épaule*.)

Pourquoi raconter le livre qu'on a écrit ? Pis, pourquoi commenter, le paraphraser ? Aussitôt publié, un roman appartient à ses lecteurs. Qu'ils lisent ce qu'ils veulent. Et tant pis pour les malentendus.

Françoise et François

La dernière fois, ils se sont manqués. François Mitterrand a frappé chez Françoise Sagan, rue de l'Université. Mais personne n'a ouvert. « Je voudrais bien dormir jusqu'à quatorze heures, quand vient le président, qu'il se trotte », avait-elle ordonné à Marie-Thérèse Bartoli, sa secrétaire, sur un billet que celle-ci a conservé. Ses petits mots sont des casse-tête pour son entourage. La main est plus lente que la tête, les lettres se bousculent et se chevauchent comme un troupeau de bestioles affolées. L'écriture de Sagan, on la décrypte plus qu'on ne la lit.

Elle lui a posé un lapin, pourtant, elle l'aimait bien, le président de la République. Mais elle se sentait trop mal pour le recevoir. Le chien Fouillis reniflait derrière la porte, François Mitterrand n'a pas été dupe. Ils ne se sont jamais revus. Il était en chimiothérapie, c'était quelques mois avant sa mort. Le 8 janvier 1996, elle lui a rendu une ultime visite avenue Frédéric-Leplay, où reposait sa dépouille. Mais elle n'est pas entrée dans la chambre mortuaire.

Ils ont fait connaissance dans un avion, sur un vol entre la province et Paris, un an avant l'élection de François Mitterrand à la présidence de la République. Ils se croisent à l'aéroport de Tarbes ou de Bayonne, Françoise ne sait plus, seuls l'un et l'autre, ils s'assoient côte à côte dans l'avion, il lui offre le siège à côté du hublot. « Gai comme un pinson », il commente le paysage, les voyageurs. À Orly, ils sont amis : « Je fis un voyage charmant avec un homme intelligent et plein d'humour que j'invitai, pendant le trajet, à prendre le thé chez moi s'il en avait le temps. » Il lui plaît, parce qu'il est cultivé, intéressant, détaché et brillant. Sa grande intelligence, qu'il employa essentiellement à conquérir puis à se maintenir au pouvoir, séduit Françoise. Lui, il est attendri par son charme.

Ça leur va bien, à ces deux provinciaux — le Lot et la Charente —, cette rencontre sur un vol intérieur. Dans les années cinquante, ils s'étaient déjà croisés chez les Lazareff, à Saint-Cloud, mais Mitterrand avait fait mauvaise impression sur la jeune romancière. Il avait les yeux trop brillants, elle l'avait jugé arriviste et arrogant. En 1965, lorsqu'il s'était présenté à l'élection présidentielle, elle avait voté pour son adversaire, le général de Gaulle. En 1974, elle a voté pour Mitterrand, ou plutôt contre Valéry Giscard d'Estaing.

Elle l'invite à prendre le thé chez elle, au 25, rue d'Alésia. À cette époque, Françoise Sagan loue cette maison-atelier assez triste mais pourvue d'un jardin à l'abandon où Bernard Frank et son fils Denis ont leur chambre. Mitterrand a du temps, ses affaires ne marchent pas fort au parti socialiste, il accepte l'invitation. Lorsque François Mitterrand veut séduire, il séduit. Et puis il est rond, rassurant, bourgeois, une sorte d'oncle ou de papa : le père de Françoise est mort en 1978, Jean-Paul Sartre en avril 1980. François Mitterrand la traite en gamine et en écrivain, et elle aime ça. Issus du même monde, la France provinciale, bourgeoise et rustique dont ils connaissent la langue et les codes, ils sont faits pour s'entendre.

« Il a pris le thé, il est resté deux heures et il s'en est allé. Et nous voilà copains ! On s'était beaucoup intéressés ! On avait parlé de choses, il avait cru pendant une nuit entière qu'il allait être fusillé par les Allemands, il s'était dit "Je vais mourir au matin" et moi j'avais passé une nuit folle… on allait m'opérer et tout le monde pensait que c'était un cancer généralisé. Donc on avait passé tous les deux une nuit épouvantable, et on l'a commentée. »

Il l'a embobinée. Enthousiaste, elle participe à ses meetings et signe même un texte dans *L'Unité*, le journal du parti socialiste, la veille de l'élection, sous le titre « En mai, faisons ce qu'il nous plaît ».

Le 10 mai 1981, Sagan remonte en voiture de Cajarc où elle a voté en compagnie de Bernard Frank, et ils dînent chez Lipp en attendant le résultat de l'élection. Puis ils se promènent dans les rues, tout contents. Le 21 mai, elle est aux premières loges lors de la cérémonie au Panthéon. Désormais, le Président s'invite chez elle plusieurs fois par an.

« Je viens déjeuner quand ? » lui demande-t-il.

Ces jours-là, rue d'Alésia ou plus tard 91, rue du Cherche-Midi, c'est le grand branle-bas de combat. Françoise se lève tôt et va chez le coiffeur pour une mise en plis. Elle commande elle-même le menu à Pépita, de la cuisine bourgeoise familiale, des pot-au-feu, des daubes dont l'Élysée prive son ami. Puis elle s'habille en jeune fille de bonne famille : robe noire, rang de perles. Un peu de N° 5 de Chanel, deux flaques de fond de teint Lancôme sur les joues, rouge à lèvres.

Pour ne pas rester en tête à tête avec le président qui l'intimide un peu, elle convie Florence. La veille, celle-ci s'est précipitée au Bon Marché pour acheter des verres car non, le Président ne peut pas utiliser une vaisselle dépareillée. François Mitterrand est heureux de se retrouver avec deux femmes cultivées et lumineuses, qui ne sollicitent rien. Lui-même est désintéressé, il n'instrumentalise pas Sagan, leurs rencontres se déroulent sans photographes. Médusée, Florence regarde son amie transformée pour quelques heures en petite femme bon genre. Au dessert,

Françoise fait servir des confitures. C'est une parenthèse délicieuse, un retour à la province perdue. Et puis soudain, au détour d'une phrase, François Mitterrand pose une question personnelle.

« Alors, Florence, vous êtes amoureuse en ce moment ? »

S'il compte sur Florence pour lui faire des confidences, il restera sur sa faim. Séparée de son mari, Alain Resnais, elle a découvert la légèreté de l'indépendance. Entourée d'amis qui la chérissent, elle voyage et s'est rapprochée de Françoise. Le Président déteste son père, André Malraux, n'appréciant ni l'homme ni l'écrivain, qu'il juge ampoulé. Malraux, il est vrai, l'a autrefois attaqué avec violence dans un discours.

« Je préfère de beaucoup votre mère », dit François Mitterrand à Florence.

Il admire les romanciers, c'est ce qu'il aurait voulu être et il recherche leur compagnie. Jeune homme, lorsqu'il a débarqué d'Angoulême, il a rencontré François Mauriac. Lors de la cérémonie d'investiture à l'Élysée, le nouveau président a convié à sa table William Styron, Gabriel García Márquez, Carlos Fuentes. Pour la période des deux septennats, les archives de l'institut François-Mitterrand signalent plus de deux cents audiences d'écrivains et d'intellectuels à l'Élysée, rencontres privées non comprises. Françoise et lui ont des amis communs, comme William Styron qui, séduit par la personnalité du président français, vient le voir en Concorde. Styron aime Paris, et un homme politique capable de parler de Nabokov, c'est rare dans n'importe quel pays.

Habité par la littérature et l'histoire, François Mitterrand improvise sur tous les registres de la conversation. Il a toujours deux ou trois choses intéressantes à dire. Aujourd'hui encore, on prend plaisir à réécouter ses entretiens — alors qu'on ne le lit plus.

Il subjugue Sagan, dont le bon sens critique bat de l'aile. À Marylène Detcherry, sa banquière, moins enthousiaste que Françoise d'autant que la banque Rothschild va être nationalisée, Françoise Sagan explique qu'elle aura un nouveau patron, beaucoup plus compréhensif grâce à la victoire de la gauche. Et à Marie-Thérèse Bartoli, elle demande un jour : « Vous ne trouvez pas que les gens ont l'air plus heureux, dans la rue ? » Son ami Jean-Paul Scarpitta, un autre proche du Président, qui déjeune avec eux, s'amuse de la naïveté de Françoise : « Elle croyait, la pauvre, qu'on serait tous riches. »

Pour elle, elle ne quémande rien. Pour ses amis, elle ose des requêtes. Elle demande au Président d'accorder la légion d'honneur à l'architecte Émile Aillaud, le mari de Charlotte. Mis sur la touche par Valéry Giscard d'Estaing, qui lui attribue certaines erreurs architecturales des années soixante-dix, Émile Aillaud déprime. Le Président lui rend visite et lui accorde la décoration, enchanté de faire plaisir à Françoise.

À l'automne 1985, lors de son voyage officiel en Colombie, François Mitterrand invite la romancière à l'accompagner. La Colombie, le premier producteur mondial de cocaïne, une des drogues les plus consommées au monde. Et par Françoise. Mais elle n'aura pas l'occasion de visiter les laboratoires de transformation. Le lendemain de son arrivée, elle est découverte par une femme de chambre, inanimée dans sa suite de l'hôtel Intercontinental, alors que le reste de la délégation française soupe avec le président colombien.

Couchée sur la moquette, la petite silhouette fragile et amaigrie est plongée dans le coma. A-t-elle mis le nez dans de la pure ? Overdose de cocaïne. Aggravée par un syndrome de Mendelsohn, des inhalations post-vomissements qui détruisent les poumons. Ce syndrome qui survient généralement au sortir d'une anesthésie est mortel. Pour le prévenir, on couche le malade sur le côte. Or Françoise, avec un instinct de conservation stupéfiant, s'est couchée sur le flanc. La posture lui a miraculeusement sauvé la vie. Encore une fois, elle a eu de la chance, d'autant qu'au même moment l'avion du président de la République atterrissait à Bogotá et qu'il lui a dépêché son médecin, Claude Gubler. Immédiatement, elle est transportée à l'hôpital militaire.

En direct de Bogotá, Jack Lang, le ministre de la Culture, intervient au journal de 20 heures sur Antenne 2 pour affirmer les yeux dans les yeux que Françoise Sagan a été victime d'une crise de… *mal de l'altitude*. Bref, elle s'est envoyée en l'air. François Mitterrand, qui rend visite à son amie, sait à quoi s'en tenir. Lui, il ne touche à rien : il ne fume pas, boit peu, craignant plus que tout la dépendance. Sans cesse il vient aux nouvelles. Ce n'est pas la première fois qu'un invité tombe malade. Yves Navarre, qu'il a emmené au Canada, avait été souffrant. Mais François Mitterrand ne s'était pas montré aussi attentif. Il a de l'amitié pour Yves Navarre, et de la tendresse pour Françoise. Il l'aime drôlement bien, même. Le lendemain soir, le Mystère 50 du Glam équipé en unité de réanimation la rapatrie en France comme une altesse royale*.

Elle a perdu connaissance à l'Intercontinental de Bogotá, elle se réveille à l'hôpital du Val-de-Grâce à Paris. Peggy Roche dort dans sa chambre, car Françoise l'exige. Lorsqu'elle est hospitalisée, elle appelle sans cesse l'infirmière pour s'assurer qu'on ne l'a pas abandonnée. François Mitterrand lui rend visite à son retour de Colombie.

*. Selon Claude Gubler, l'appareil doit être utilisé de temps à autre pour conserver sa certification et le rapatriement de Françoise, invitée présidentielle à la charge de son hôte, a sans doute coûté moins cher avec le Glam qu'avec un appareil affrété par la compagnie Mondial Assistance, à laquelle Françoise n'était pas assurée. Claude Gubler a téléphoné à son frère, Jacques Quoirez, qui ignorait si elle possédait une assurance intercontinentale. L'entourage présidentiel a d'ailleurs hésité à faire ce choix, prévoyant les suites. Si cette dépense mitterrandienne a fait scandale, ce fut en connaissance de cause.

« Vous êtes une fausse maigre », lui dit-il.

Le compliment l'enchante, elle le répète à toutes ses amies.

Rue du Cherche-Midi affluent fleurs et témoignages de sympathie, comme après son accident de voiture. Sa popularité est toujours aussi vive.

Mauvais garçons

Saviez-vous Françoise Sagan amoureuse de vous ?

Marc Francelet passe la main dans ses cheveux gris encore humides. Vêtu ou plutôt dévêtu d'un peignoir en éponge immaculé, il m'a précédée le long du couloir, pieds nus sur le tapis singeant la peau de zèbre. Amoureuse, en fait, je n'en sais rien. Mais il lui plaisait, c'est sûr. Il est revenu sans chaussures, mais il a enfilé un jean et un T-shirt de promo informe et décoloré.

— Amoureuse d'une idée, pas de ma personne physique.

Il se palpe les flancs pour se rassurer.

— Non, il n'y a jamais eu « ça » entre nous… D'ailleurs, il ne faut pas l'écrire, elle n'était pas très belle… J'avais un plaisir fou à être avec elle, plus de plaisir qu'avec Johnny ou Belmondo. Les phrases qu'elle faisait, ses jolis mots, c'était un enchantement.

Aussi exubérant qu'un négociant oriental, Marc Francelet adore les people. Ancien paparazzi, ancien journaliste, il a été l'ami de trois stars des années soixante, le chanteur Johnny Hallyday, l'acteur Jean-Paul Belmondo, l'écrivain Françoise Sagan.

— À une époque, vous avez représenté son idéal masculin. Florence Malraux s'en souvient : en dépit de son scepticisme, Françoise s'évertuait à la convaincre que Francelet était *l'homme idéal.* Ce sont ses propres mots.

— Françoise était fascinée par le portrait que Jean Marvier, un ami commun, lui avait fait de moi. Celui d'un aventurier, d'un touche-à-tout, d'un marginal. Un peu voyou... Je connaissais toutes les pointures du banditisme, à l'époque, Momo Vidal, Gaëtan Zampa, les Zemmour...

Marc Francelet était alors surnommé « l'attaché de presse du milieu lyonnais ».

Deux toiles bornent mon champ de vision. Jean-Michel Basquiat. Un des dix artistes les plus cotés au monde, dont plusieurs toiles ont dépassé le million de dollars. L'écran plasma extra-large sur lequel palpite un épisode muet de *Desperate Housewives*, totem chargé d'animer la pièce, de lui donner une âme, est plus envoûtant encore.

— Héroïnomane, Marvier s'est suicidé à cause de la came. Comme moi, il était journaliste à *Match.* Avec Françoise, on a commencé à se voir après son enterrement. Mes aventures la captivaient. On déjeunait et je la faisais marrer en lui racontant mes histoires...

Avec sa gouaille de titi, ses éclats de rire fripouilles, Francelet n'a pas sa langue dans sa poche. Fils d'une coiffeuse et d'un architecte, il est devenu photographe à dix-sept ans — ou seize, ou seize et demi, selon les jours. Au culot. Travesti en bidasse, il a braconné des images au fort de Vincennes, le jour où Johnny Hallyday passait devant le conseil de révision. Francelet n'est plus paparazzi mais n'a pas renoncé au braconnage. Lorsque Johnny a été accusé de viol, il a mené campagne dans les rédactions parisiennes pour plaider l'innocence de son ami.

As des relations publiques, Francelet a des copains dans de nombreux journaux. Il dîne avec Serge July comme avec Franz-Olivier Giesbert ou Guillaume Durand, a signé trois romans avec François Caviglioli, journaliste au *Nouvel Observateur.* Son répertoire téléphonique couvre le clavier de la société parisienne, show-business, monde des affaires, politique. Il tutoie tout le monde, donc il me tutoie tandis que j'esquive en supprimant la seconde personne de la conversation. Son métier ? Personne ne sait vraiment. Petit débrouillard, monteur de coups vrillés, agent d'ambiance équivoque, intermédiaire rigolard... Il a toujours un stock d'anecdotes ou de ragots rigolos à faire circuler : « Marco les bons tuyaux » est un de ses surnoms.

— Tu vois, aujourd'hui, j'aurais raconté à Françoise que Johnny s'est fait tatouer en chinois le prénom de sa fille jade sur le bras. Même qu'il s'est gouré : l'idéogramme signifie en fait : « La petite maison dans la prairie »…

Les bras grands ouverts sur le dossier du canapé, cet homme débonnaire se fend la pêche, une montre à gros cadran au poignet.

— Au départ, avec Sagan, j'étais surtout fasciné par la star, sa célébrité, sa surface médiatique. T'es content d'être son copain. Après, je ne pouvais plus me passer d'elle. Je lui racontais ma vie.

Ils déjeunent dans des bistrots ou chez Lipp, font un tour au casino d'Enghien dans la Ferrari rouge de Francelet, séjournent à Cajarc.

— Où je me faisais chier.

Lorsqu'elle tombe en amitié, Françoise aime partager. Contrairement à ce qu'on croit, dit-elle, ce n'est pas dans la jeunesse qu'on rencontre ses amis, mais plus tard, quand l'envie de partager a remplacé l'ambition de plaire. Tous ses proches ont droit au pèlerinage à Cajarc.

Un jour d'été, Françoise somnole au manoir avec Florence et sa sœur Suzanne lorsqu'un hélicoptère se pose sur la prairie. S'extraient de l'appareil Marc Francelet, chemisette et pantalon imprimés de vichy très Bardot années cinquante (« Faux. J'ai jamais eu de costume en vichy ! »), et Christophe, un jeune milliardaire, à demi dissimulé sous un chapeau. Ce dernier souhaite produire à Hollywood des films tirés de romans de Françoise et lui propose d'aller faire un tour à Monaco en hélico.

Florence et Suzanne parviennent à l'en dissuader et, quelque temps plus tard, elles découvrent dans *Paris-Match* que le petit jeune homme a été arrêté aux États-Unis pour escroquerie. L'imposteur, tour à tour héritier Rockefeller, fils de Dino de Laurentiis ou pilote de formule 1, c'est Christophe Rocancourt. Un enfant de la Dass, un voisin né à Honfleur.

— Françoise aimait les hors-la-loi, dit Florence.

Une nouvelle fois avec Francelet, Françoise fait une rencontre anticipée dans un livre. Ses romans semblent prouver l'efficacité des techniques de visualisation créatrice : l'imagination est plus forte que la volonté. Car avant cette idylle — platonique, tonitrue l'intéressé — avec son chevalier servant, un nouveau personnage est apparu dans ses fictions : le voyou. Pour l'excitation, pour l'adrénaline, pas pour ses revenus. Dans ses romans, le bad boy consolateur, le gentleman cambrioleur a remplacé le quinquagénaire séduisant des années soixante. Le voyou est à la bourgeoise mûre ce que la lolita est à son époux. Ainsi, dans *La Femme fardée*, publié en 1980, Sagan imagine un personnage d'escroc, Julien Peyrat, avec lequel l'héroïne vit une aventure. Une fripouille idéalisée par un écrivain presque quinquagénaire : « viril, fiable, solide et enfantin à la fois », dit Françoise Sagan dans une interview. En relativisant toutefois, « j'ai connu très peu d'hommes comme cela ».

Car Sagan traverse une mauvaise passe. Les créanciers se bousculent. On lui intente même un procès en contrefaçon : pressée de rendre un roman à Flammarion, elle a repris et bâclé un scénario qu'elle avait travaillé pour le cinéma. Sauf que l'idée d'origine s'inspirait d'une nouvelle de Jean Hougron, qui refuse son autorisation. Flammarion passe outre et publie tout de même *Le Chien couchant.* Non sans culot, Sagan y remercie Hougron pour son concours involontaire. Le jour de la sortie du livre, ce dernier assigne Sagan et son éditeur, lequel se retourne contre elle et la poursuit pour plagiat.

Fuyant ses ennuis, Sagan se réfugie dans une maisonnette de la cité Floréale avec Isabelle Held. « Je me couchais, ravie d'une journée qui aurait paru sinistre à tout un chacun. » Grâce à Julien Peyrat.

Le personnage est en partie inspiré par Alin Marthouret, un génial plagiaire, auteur de nombreux faux qu'il signe Derain, Vlaminck, Utrillo, Modigliani. Le faussaire a commencé sa carrière à vingt ans pour le compte de patrons de night-clubs appartenant au gang des Lyonnais, qui lui commandent des toiles et les écoulent sur le marché de l'art. Pour le marchand Pétridès, il peint de faux Utrillo. Un autre escroc, Fernand Legros, écoule les plagiats, notamment de nombreuses toiles de Marquet qu'il fait authentifier par la veuve du peintre, qui signe les yeux fermés car elle est ruinée. L'affaire, rebaptisée « affaire Legros », fait grand bruit à l'époque.

« Ce livre, auquel je travaillais cinq ou six heures par jour, rendait irréelles les dix-huit autres », écrit Sagan. Elle est si heureuse dans son théâtre de papier que le livre est le plus long (et le plus kitsch) de sa production : 560 pages.

Elle n'est pas loin de l'univers de Marc Francelet qui a bien connu le gang des Lyonnais. En 1982, il est emprisonné à Fleury-Mérogis. Dans la cour de promenade, il remarque un prisonnier maltraité par ses collègues : le beau-père de l'« enfant au placard », un gosse que ses parents ont enfermé huit ans dans un cagibi. Francelet propose au directeur de la prison de prendre l'homme sous sa protection dans sa propre cellule. Là, le justicier enregistre le récit de son protégé. En sortant, ni une ni deux, il vend l'histoire à *Paris-Match*. 400 000 francs de l'époque (60 000 euros). Où qu'il soit, Francelet monte des plans.

Françoise Sagan est une meilleure aubaine encore. Les grands marginaux solitaires la fascinent. Marc Francelet va incarner son rêve, et la réalité va dépasser la fiction, débouchant sur les sables mouvants de l'affaire Elf, dans laquelle Sagan va s'enliser... Ce que ne prévoyait pas le happy end de *La Femme fardée*.

En signe d'affection pour sa nouvelle protégée, Marc Francelet commence par boxer son éditeur. Il lui casse le nez, ce qu'elle trouve épatant.

Françoise a promis des livres à deux maisons différentes, qui veulent publier au même moment. Aux éditions de la Différence, elle a signé en 1983 un contrat avec Harry Jancovici pour un petit livre d'art dans lequel elle doit commenter un tableau du Colombien Fernando Botero. Le contrat prévoit que les termes « roman », « nouvelle » ou « récit » seront bannis de la couverture car les éditions Gallimard publient son prochain roman.

Deux ans plus tard, elle rend à Harry Jancovici une nouvelle bâclée, inspirée (mal) par *La Maison de Raquel Vega*, œuvre de Botero. Lorsque l'ouvrage paraît, l'éditeur inscrit « fiction » sur la couverture et, par un subterfuge typographique, en tire 88 pages. Le nom de Sagan est imprimé en grosses lettres rouges.

Chez Gallimard, l'éditrice Françoise Verny s'énerve. Elle a le sentiment d'avoir été dupée — couillonnée, dans le lexique de Françoise-Fait-Chier-Verny — par un auteur dont elle doit publier le prochain roman, *De guerre lasse*, trois mois plus tard. Françoise Verny ne ressemble pas aux éditeurs old style qui ont jusqu'alors traité Françoise comme un objet, certes, mais un objet de prix.

Chef de produit, Verny ne lance pas des livres ou des écrivains, mais des « auteurs » : le livre comme un produit dérivé de la notoriété. Elle a lancé le « nouveau philosophe » Bernard-Henri Lévy à la télévision, en jouant de son sex-appeal (celui du philosophe, pas le sien), et consolidé la position médiatique de la maison Grasset. Elle prône le formatage des ouvrages et des auteurs. C'est sous son règne que Gallimard s'est ouvert aux romans grand public d'Alexandre Jardin.

Grosse femme alcoolique et malheureuse, elle hypnotise avec un physique hors norme : le visage sans cou repose sur un sac de toile noire qui lui sert de robe. Les mains sont boudinées, le cheveu sale, le regard larmoyant. La voix de rogomme et les manières de mercenaire font le reste. Ivre à partir de dix-huit heures, elle ressemble à Manouche, la femme de Carbone, qui fut l'amie de Françoise dans les années soixante-dix. Verny convoque un conseil de guerre chez Sagan, rue du Cherche-Midi, avec l'avocat Jean-Claude Zylberstein et Marc Francelet.

À l'issue de délibérations bien arrosées, elle assigne à Sagan et Francelet une mission d'urgence : faire signer un protocole à Harry Jancovici, dans lequel les éditions de la Différence s'engagent à surseoir à la publication du bouquin sur Botero. Munis du projet de lettre rédigé par l'avocat, le commando de clampins se rend aussitôt sur zone.

— Je ne sais pas comment j'ai trouvé la combinaison du digicode. Nous montons. Personne. Je trafique la serrure. En rentrant du cinéma avec sa copine, le gars est très surpris de nous trouver dans son salon, Françoise et moi. Comme il se montre insolent, je suis obligé de lui casser le nez et de claquer sa copine qui s'est jetée sur moi. Françoise console la fille. Bref, le gars signe le papier, et nous partons. Mais nous sommes obligés de revenir : Françoise a oublié son sac...

« Faut-il considérer M. Francelet, avec ses méthodes très particulières, habilité à prendre la défense des intérêts des éditions Gallimard ? » demandent les éditions de la Différence dans *Le Matin de Paris*. Imaginer Marc Francelet corrigeant un des éditeurs de Borges, Butor ou Julien Green pour le compte des chic éditions de la rue Sébastien-Bottin est assez savoureux. D'autant que Francelet réplique aussitôt en déclarant qu'une partie de l'à-valoir a été réglée par l'éditeur en... coke.

Quant à Françoise, dont Francelet est le Clint Eastwood, elle est éblouie. Elle n'hésite pas à prendre sa défense en 1986, lorsqu'il a fait de la prison (pour port d'armes prohibées, selon lui). Dans le quotidien *Libération*, elle écrit : « Si Marc Francelet a fait du mal à une mouche, qu'elle se présente. » Francelet, sa spécialité, c'est plutôt les appendices nasaux.

Devenue une protectrice des anciens taulards, Sagan milite et se dévoue pour leur réinsertion dans le Paris mondain.

— Lorsque Massimo est sorti de prison après des ennuis en Italie, Françoise a fait une fête chez elle, quai d'Orsay, pour le réinsérer. À l'époque, Johnny chantait à Bercy. Chaque soir, je l'enfermais dans le coffre de ma voiture pour le sortir de là et on passait la soirée ensemble. Ce soir-là, j'ouvre le coffre, je lui dis, j'ai un truc à faire, une fête surprise chez une amie pour un type qui sort de tôle. Johnny propose de m'accompagner. Arrivés chez Françoise, plein de monde : Jean Daniel, Samir Traboulsi, Gina Lollobrigida et Marie-Hélène de Rothschild, la petite bourrée d'oseille, la mère d'Édouard le banquier. Avec son long manteau de cuir et un béret avec l'étoile de Che Guevara, Johnny a fait sensation. Dès qu'il remuait un cil, les conversations s'arrêtaient… Et Massimo : « Tou es merrrrveilleux dé m'améner Johnny… »

En l'espace de quelques années, Françoise Sagan a perdu les piliers de sa garde rapprochée. En 1989, son frère meurt d'une hémorragie cérébrale. Elle l'a vu à l'hôpital, bardé de tuyaux. L'agonie a duré quinze jours sans qu'il reprenne connaissance. De huit ans plus âgé qu'elle, Jacques assure ses arrières depuis leur enfance. Lorsqu'elle a quitté ses parents, ils ont vécu ensemble à un moment où Jacques était fauché. Plus qu'un frère, il est un complice et un protecteur. L'imprudente Françoise, qui ne sait pas se protéger, a toujours cherché appuis et soutiens. Jacques est un ange gardien, et un mauvais ange, parfois. Il est plus déjanté qu'elle, qui l'est déjà pas mal. Serial lover, il a été marié avec une Anglaise, avec une hôtesse de l'air, avec une

Asiatique, mais a toujours été fidèle à sa petite sœur. Saint-Tropez, Castel, les voitures et... les femmes, Françoise et lui partagent les mêmes goûts dans les années soixante. Il l'emmène au bordel, comme elle le raconte volontiers. Jacques Quoirez apprécie les call-girls tarifées de Madame Claude, à laquelle il a consacré un livre, *Allô oui, ou les mémoires de Madame Claude.*

— Cette femme avait une belle affaire qui rendait bien des services, regrette Philippe Klein, ami d'enfance des Quoirez.

Le livre sera adapté au cinéma par Just Jaeckin, le réalisateur d'*Emmanuelle.*

Touche-à-tout, Jacques Quoirez a travaillé à la Compagnie générale électrique, comme son père. Dans l'entreprise de transports de son oncle, Paul Laubard. Au laboratoire Taraude, propriété d'Albert Debarges. Puis aux côtés de Marcel Jullian, à Antenne 2. C'est à cette époque que Matthieu Galey le croise, au festival d'Avoriaz : « Quoirez, le frère de Sagan, à qui la vie a sculpté une gueule de vieux martin-pêcheur épanoui, jouait l'esthète distancié s'amusant du spectacle du monde... », note-t-il dans son journal le 19 janvier 1980.

Jacques Quoirez a signé avec Françoise le scénario d'un téléfilm, *Le Sang doré des Borgia*, avec l'acteur Maurice Ronet dont il était proche, celui de l'excellent *Bartleby*, mis en scène par Ronet lui-même.

Lorsque ce frère fantasque, mal ancré dans le

réel mais qui réparait ses conneries, disparaît, Françoise perd plus qu'un garde-fou : le clan n'a plus de maître, ce qui n'est pas rien dans une famille de hobereaux du Lot.

Un mois plus tard, elle perd sa mère, Marie Quoirez, atteinte de la maladie d'Alzheimer. Aveugle, celle-ci ne reconnaît plus personne depuis longtemps. Françoise lui rend visite, accompagnée de Florence qui fait la conversation à Marie, tandis qu'elle attend dans le couloir en jouant à la balle avec le chien.

La déchéance et la mort, elle refuse toujours de les regarder en face. Entre ces deux deuils, Bob Westhoff meurt à son tour. Puis c'est au tour de Peggy Roche de disparaître.

C'est fini. Plus personne ne la protège. Pour les obsèques de Peggy, elle descend dans le Lot avec Florence et Charlotte dans l'avion d'affaires mis à leur disposition par Francelet. « Nous avons trouvé cela vraiment aimable de sa part, dit Florence. Je me disais alors : quelle énergie, quelle générosité, quelle gaieté. » Aimable, oui. Comme le vendeur, la prostituée ou le gigolo, le carambouilleur met son moi en veilleuse pour vampiriser le désir d'autrui. C'est son talent, son savoir-faire, sa finesse. Florence ignore que la facture de l'avion est payée par la Générale des eaux.

Je balaie du regard les deux canapés en angle où nous sommes assis, Francelet et moi, la table basse saturée, bouteilles d'alcool, boîtes de chocolats, coffre à cigares en loupe de gros modèle, livres de photos en pile. La décoration de l'appartement, proche de la rue du Ranelagh, est une griffe improbable de bon chic bourgeois — la cheminée avec les bûches dans le panier, les photos d'enfants encadrées, le canapé couvert de plaids en cachemire — et de salle de jeux pour adolescent bloqué au stade anal : le flipper, le canapé en cuir grenadine, le container de DVD, les tableaux. On se croirait dans le pied-à-terre d'un mafieux géorgien fan d'Elvis marié à une Versaillaise.

— Cet appart, c'est Guy Dejouany qui me l'a fait avoir. Il habite en face.

Marc Francelet désigne l'immeuble de l'autre côté de la rue, à Passy. Guy Dejouany, alors patron de la puissante Compagnie générale des eaux, rebaptisée depuis Vivendi. Selon son ami François Caviglioli, Francelet aurait rencontré Dejouany en vendant des maisons Phénix, filiale de la CGE, à Ariel Sharon pour loger les Falachas. Marc Francelet décroche un poste de « directeur de la communication » dans une filiale de Vivendi, la CID, la Compagnie internationale de développement. Une coquille vide qui édite de fausses factures.

— Dejouany a payé la déco.

Les Basquiat aussi ? « Marco les bons tuyaux »

a un téléphone extraplat greffé sur la main, une prothèse dont il relève sans cesse le capot pour répondre à des appels. Une manie, un tic, une compulsion.

La dernière fois qu'il a vu Françoise, c'était à Grandville, dans une clinique où il lui a rendu visite en hélicoptère. Ils commencent à déjeuner, le téléphone sonne, Francelet décroche. Françoise, agacée, se contient. Le téléphone re-sonne, il re-répond. Sagan se lève de table. « Où vas-tu ? » lui demande-t-il. « Allons, un gangster mal élevé, c'est trop ! » répond-elle en riant. Ce jour-là, il coupe son téléphone. Il a beaucoup, beaucoup à se faire pardonner. Mais ce n'est pas difficile avec Sagan : dépourvue de mémoire, elle ignore la rancune. Pourtant, ses proches lui déconseillaient de revoir Francelet.

Cette fois-ci, il entame des dialogues brefs et extravagants au téléphone.

— Non, non, je suis plus dans le pétrole. J'ai revendu mes puits. (C'est Daniel Hechter…)

Ce n'est pas du pipeau. Marc Francelet a vraiment été propriétaire de puits de pétrole. Sa société, la Tanker Oil Gas, exploitait deux champs pétrolifères dans la région de Mossoul. Un cadeau personnel de Saddam Hussein, qui a valu à Francelet une mise en examen pour une histoire compliquée de rétrocommissions à l'État irakien.

Son chauffeur apporte des cafés, que Francelet sucre avec un édulcorant de synthèse, comme tout homme enrobé.

— C'est à cause de moi que Françoise a eu des ennuis.

Ça, il me l'a déjà dit au téléphone.

— Un, je lui présente André Guelfi. Deux, j'ai eu l'idée des travaux. C'est effrayant.

L'air contrit mais l'œil rieur, Marc Francelet devance les questions sensibles. L'histoire qui a précipité Françoise Sagan dans la ruine commence en 1991 comme un album de Tintin. La fin est une tragédie.

Un intermédiaire de la compagnie Elf, André Guelfi, dit Dédé la Sardine, prétend exploiter le pétrole d'une république d'Asie centrale, l'Ouzbékistan. Roland Dumas, le ministre des Affaires étrangères, s'y oppose car l'Ouzbékistan risque de devenir une république islamiste et son président, Islam Karimov, a une image de dictateur. Les ONG dénoncent les tortures, le manque de démocratie, la répression contre l'opposition politique et religieuse, l'absence de liberté de la presse. Pour contourner le ministre des Affaires étrangères et approcher François Mitterrand, André Guelfi a l'idée d'instrumentaliser Sagan en la chargeant de convaincre le Président de rencontrer le tyran ouzbek. Dédé Guelfi s'adresse à Francelet, qu'il fréquente depuis vingt ans.

— André Guelfi était le meilleur ami de Belmondo et son associé avant de se fâcher avec lui.

Si l'affaire se fait, promet-il, ni Francelet ni sa copine n'auront plus jamais besoin de travailler.

Le montant des commissions prévues s'élève à 120 millions de francs (17 000 000 euros), Françoise Sagan en touchera la moitié, à charge pour elle de rémunérer Marc Francelet — comme le racontent Valérie Lecasble et Airy Routier dans leur livre *Forages en eaux profondes*.

— J'ai accepté : l'appât du gain. J'ai fait mousser Guelfi auprès de Françoise, lui ai décrit son train de vie inouï, et elle a accepté de le voir.

André Guelfi garantit cet accord par des contrats signés en leurs noms, aujourd'hui dans les archives de la justice.

Aussitôt, Françoise raconte sa bonne fortune à Florence. « Je vais nous offrir des tonnes de billets d'avion, on va faire le tour du monde. » Comme si elle venait de renvoyer au catalogue des Trois Suisses le coupon du concours « Séjour aux Maldives ». Riche ou célèbre, elle choisit riche : de l'argent, pour gâter ses amis, en gamine qui distribue son œuf de Pâques à la récréation.

D'autant qu'elle a besoin de fonds pour financer la maison de couture de Peggy Roche. Marc Francelet organise même un déjeuner avec Bernard Tapie qui vient de racheter la maison Grès, en espérant qu'il s'intéressera au projet de Peggy.

— Tapie nous a menés en bateau. Sachant que Françoise était la copine du Président, il voulait s'exhiber avec elle chez Lipp…

Vulnérable, Sagan est devenue une proie pour les prédateurs qui chassent dans les marigots fin de règne du mitterrandisme, dans une atmosphère digne de Max Pecas. Dans les années cinquante, André Guelfi a été pilote de formule 1. Il a couru dans l'écurie Gordini, plusieurs fois, au volant de la 24S bleue avant qu'elle ne soit revendue à Françoise. Lors de leur première rencontre, il prétend lui avoir appris à conduire, ce qui agace Françoise qui ne se souvient pas du tout de Guelfi. Mais très vite, conquise par les jouets extraordinaires que l'intermédiaire met à sa disposition, elle refoule sa première impression.

— On a vécu une période d'euphorie totale : nous prenions l'avion de Guelfi comme le RER, il nous le prêtait pour aller dîner à Venise ou je ne sais où. Lorsqu'on allait à Deauville en Falcon 10, on mettait plus de temps pour rejoindre le Bourget que pour arriver en Normandie. Guelfi a toujours possédé les plus beaux jets du monde. Aujourd'hui, il a un Falcon 2000, un splendissime avion d'affaires, raconte Francelet, les orteils enfouis dans la moquette.

Dans un premier temps, Marc est chargé d'organiser un voyage de presse en Ouzbékistan dans le but d'améliorer l'image du pays. Une dizaine de journalistes partent en goguette à bord du Falcon pour une virée de cinq jours en Asie centrale, avec escale à Tachkent et Samarcande. À leur retour, les papiers pleuvent dans la presse française : Karimov en est stupéfait. Une opération de lobbying que Marc Francelet facture 1,5 million de francs à Guelfi.

Françoise Sagan tient sa promesse, elle parle au président Mitterrand, André Guelfi est reçu à l'Élysée, où il demande qu'Elf soit autorisée à prospecter en Ouzbékistan. C'est l'euphorie chez Elf, mais aussi à la Compagnie générale des eaux car Guelfi se fait fort d'obtenir du Comité international olympique, où il est proche du président Juan Antonio Samaranch (il a été son pilote et son homme d'affaires personnel), l'organisation de JO à Tachkent. Les premiers comptent exploiter les gisements hydrocarbures du pays, les seconds y construire des infrastructures.

En guise de récompense, Marc Francelet suggère à la Compagnie générale des eaux de financer la réfection du manoir du Breuil. Le chantier démarre dans la maison délabrée. Lorsque deux ans plus tard les premières informations sur les investissements d'Elf en Ouzbékistan sont publiées dans la presse française, à Équemauville, les travaux sont achevés. Rien de luxueux. Un carrelage industriel rebaptisé par dérision « carrelage Guelfi » a été posé au rez-de-chaussée. Les salles de bains ont été refaites avec des matériaux dignes d'une maison Phénix. La toiture est neuve. Françoise trouve que Francelet est un type épatant qui réalise des miracles.

À Paris, la seconde phase de l'opération doit commencer : il s'agit de convaincre le président de la République de rencontrer Islam Karimov. Cette fois, il semble moins enthousiaste.

« J'ai attendu en vain tout l'été, le nez levé vers les nuages, l'hélicoptère qui devait vous amener visiter mon beau logis de Normandie », écrit Françoise Sagan à François Mitterrand, en septembre 1993. Ce ton enfantin et roué est celui d'une solliciteuse. Françoise demande tout simplement à son ami de rendre visite au président d'Ouzbékistan, lors de son prochain voyage officiel au Kazakhstan. « C'est que j'ai trouvé chez moi, en rentrant, toute une clique d'hommes d'affaires en larmes, parmi lesquels mon ami Marc Francelet que vous avez rencontré ici la dernière fois… »

— Oui, un jour, elle m'a fait déjeuner avec le Président, rue du Cherche-Midi.

Si François Mitterrand a demandé la fiche RG de Francelet, il sait que celui-ci a déjà fait de la prison deux fois. D'ailleurs il demande à Françoise d'arrêter de jouer les Mata Hari.

Un exemplaire de cette lettre, accroché dans le bureau de Francelet, est encadré de… platine. Son disque d'or, sa médaille militaire, ses palmes académiques. Il est vrai que l'aventurier remporte là son Himalaya. Car en avril 1994, lors d'un voyage officiel, François Mitterrand fait un détour par l'Ouzbékistan, une centaine de conseillers et de journalistes sur les talons. Un an plus tard, Karimov est invité en France.

Quatre ans plus tard, André Guelfi est en prison à la Santé, soupçonné d'avoir perçu plus de 40 millions de francs d'honoraires hors des circuits officiels. Devant Éva Joly, l'opiniâtre juge de la brigade financière, il vide son sac. Il raconte qu'il a payé les travaux d'Équemauville et versé 4 millions de francs de commission à Françoise Sagan. Noblebac, sa société d'engineering suisse, a signé le chèque à la CID. La juge transmet le dossier au fisc.

— Je n'avais pas pensé aux impôts, admet Marc Francelet, penaud. C'est une énorme connerie de ma part. Si j'avais demandé à la CID de régler le fisc en même temps, Françoise n'aurait pas eu tous ces ennuis.

La CID a réglé aux entreprises 4 315 569,84 francs de travaux. Un montant intrigant : jamais une telle somme n'a été dépensée à Équemauville, même en incluant la toiture. Les travaux effectués valent au maximum la moitié selon les experts. Pourquoi les entreprises ont-elles surfacturé leur intervention ? Des proches du dossier pensent que quelqu'un, à la CID, a profité de cette opération pour faire refaire sa datcha. Une hypothèse plausible.

— Ni elle ni moi n'étions dans le coup. nous ne savions rien de ces magouilles, dit Marc Francelet.

Une chose est sûre, une bande de vauriens

professionnels a manipulé Françoise, s'appropriant ses cadeaux Bonux.

Car il y a un autre aspect plus surprenant encore. Françoise Sagan n'a jamais perçu les 4 315 569,84 francs. André Guelfi a effectivement versé la somme à la CID, qui l'a reversée sur le compte Carpa d'un avocat de Françoise. Le chèque a disparu dans la nature. Les travaux pharamineux ont été payés par... la compagnie d'assurances AGF. Le lendemain du démarrage du chantier, la maison a brûlé, accidentellement semble-t-il. Où sont passés les 4 millions ?

Enfin, selon deux très proches de Françoise dont Florence, celle-ci possédait en Suisse un compte dont Machin-qu'on-n'a-pas-le-droit-de-nommer-sous-peine-de-poursuites, un des protagonistes de cette (bonne ?) affaire, avait aussi la signature. Lorsque Sagan s'y rend, accompagnée d'une de ses secrétaires, elle découvre que le compte a été vidé.

— Françoise était un peu déconfite, quand même. Je lui ai dit de cesser de voir Machin-qu'on-n'a-pas-le-droit-de-nommer-sous-peine-de-poursuites, qui l'avait complètement plumée. Elle a eu cette réponse qui lui ressemble tant : « Je ne vais quand même pas me brouiller pour une histoire d'argent », raconte Florence.

Sagan reste seule face à l'administration fiscale, qui la poursuit pour soustraction frauduleuse. Car si on lui a piqué son blé, Sagan jusqu'à sa mort va être poursuivie par le fisc.

— Je ne suis pas très fier de moi... C'est moi qui ai entraîné Françoise dans tout ça. Françoise n'a pas touché un centime...

Mais qui, alors ? Qui a empoché les 4 millions de francs ?

— Bon, excuse-moi, je suis en promo pour mon livre.

L'effigie, sur le T-shirt décoloré de Marc Francelet, c'est Jim Morrison.

— Un livre ?

— Ouais, les Mémoires de Sharon. Je sors un livre, tu sais ce que c'est. Tiré à plus de dix millions d'exemplaires. Ça fait rêver, hein ? Héhéhé... Encore un truc de folie... En 1967, quand j'ai fait la guerre des Six-Jours, je me suis fiancé avec Yaguel Dayan, la fille de Moshe Dayan.

Il m'offre un jogging en éponge bleu layette de la marque Van Dutch.

— Tiens, un cadeau. J'ai racheté la licence pour l'Europe. C'est mon fils Dimitri qui s'en occupe.

Lorsque André Guelfi donne à la juge Éva Joly le nom mirobolant de Françoise Sagan, il reste à celle-ci onze années à vivre. Les pires de sa vie.

Sagan a tout perdu. Les êtres qui lui étaient chers. Son manoir. Ses souvenirs d'enfance. Ses droits d'auteur passés et à venir. Elle n'a plus de quoi s'acheter un paquet de cigarettes. Elle dépend de plus en plus de la drogue. Le pire, c'est qu'elle n'arrive pas à écrire. Elle est à bout de ressources, littéralement.

Le 26 février 2002, elle est condamnée à douze mois de prison avec sursis pour fraude fiscale portant sur les 4 millions de francs de travaux à Équemauville. « C'est assommant », dit-elle à son avocat. Elle fait appel.

« Il n'y a pas de vérité, il n'y a que des histoires. » Cette phrase de Jim Harrison, placée en exergue de *Forages en eaux profondes*, dit la complexité du dossier.

Je pense, pour ma part, que Marc Francelet dit la vérité sur un point : Françoise Sagan n'a pas touché grand-chose des commissions versées par André Guelfi.

Casa Ingrid

« Françoise était immatérielle. »

INGRID MECHOULAM

— C'est Massimo. J'ai une surprise pour toi.

En passant avenue Foch, Massimo Gargia a aperçu de la lumière dans l'appartement de son amie Ingrid et lui a téléphoné.

La surprise, c'est Françoise Sagan.

— Au fond, j'ai été son dernier amour. Même lorsqu'elle a été malade, je dînais avec elle. Il y avait toujours cette idée d'amour entre nous, et aussi des rapports physiques de temps en temps. Elle ne rompait jamais ses liens amoureux, sauf avec ses maris, dit Gargia.

Lorsque Françoise est devenue l'amie de Massimo dans les années soixante, il était un jeune play-boy napolitain qui courtisait des dames italiennes d'âge mûr.

Grâce à Françoise, Massimo s'est fait de nouveaux amis riches, mais leur projet de mariage de 1973 a fait long feu, faute d'agendas compatibles. Contrairement à Massimo dont la dévotion aux relations publiques se développe, Françoise en a fini avec le night-clubbing depuis qu'elle ne boit plus. Elle n'aime pas les mondanités, mais elle reste un bon intermédiaire. À New York, elle peut se permettre de téléphoner à Jackie Kennedy, se faire inviter à déjeuner avec Massimo et s'ennuyer à périr parce que la Kennedy veut parler de littérature, piapias que Françoise déteste, surtout avec une personne qui manque de préparation. Mais la plupart du temps, elle reste à l'hôtel, bouquinant au lit, tandis que Massimo vaque à ses affaires.

Très différente des autres femmes qu'il a connues ou cherché à rencontrer, Françoise le captive par sa célébrité. Sa réussite est absolue : elle a fait fortune avec son esprit. Un esprit de gamine, en plus. Massimo l'amuse, car il lui raconte ses déboires (ou plutôt celle de ses victimes) avec une fraîcheur irrésistible. Son métier de play-boy comporte des risques. Les femmes songent parfois à le tuer et toujours à reprendre les « cadeaux » qu'elles lui ont donnés.

Plus tard, Massimo en a fait des livres amusants. Françoise, elle, a glissé des personnages de gigs dans ses romans. Mais ce qui l'enchante, c'est qu'avec elle, Massimo est généreux. Dans sa vie, elle a le sentiment d'occuper une place à part, d'être la préférée, et elle en est flattée. Et puis Massimo est gai et tendre.

Il l'a accompagnée, en 1979, lorsqu'elle a fait scandale en présidant le festival de Cannes. Ils occupaient une suite au Carlton, dans laquelle Francis Ford Coppola vint la trouver pour défendre son film, *Apocalypse Now*. Elle-même présentait son charmant court-métrage de dix minutes, *Encore un hiver*, récompensé au festival international du court-métrage de New York. La sélection officielle 1979 scintillait de prestige. Francis Ford Coppola, Andrzej Wajda, Federico Fellini, Dino Risi, Volker Schlöndorff, Terence Malick, Werner Herzog, Ridley Scott, Rainer Werner Fassbinder, Paul Grimault... Lors de la cérémonie de clôture, la palme d'or fut attribuée, ex aequo, à *Apocalypse Now* et au *Tambour*, de Volker Schlöndorff. Dès le lendemain Françoise Sagan dénonça dans *Le Matin de Paris* les pressions dont elle avait été l'objet. Selon elle, c'était pour de basses raisons économico-stratégiques que Schlöndorff avait dû partager le trophée avec Coppola. En représailles, l'organisation du festival refusa de régler sa note de room-service... Pendant ce temps, Massimo parfaisait son bronzage sur la Croisette.

Loin d'elle, il lui envoie des brassées de roses baccarat — la variété qu'on trouve dans toutes les capitales du monde — dissimulant parfois dans le bouquet un petit paquet enrubanné. Mais Françoise, par paresse, n'ouvre pas ses enveloppes : les roses rouges un peu artificielles, elle sait que c'est Massimo. Elle aussi, elle lui fait des cadeaux à côté de la plaque, comme les huiles impressionnistes qu'elle chine aux puces, au charme desquelles il est fermé. « Elle aimait les tableaux tristes, je ne savais pas où les mettre. » Alors ils se donnent des bijoux, parce que l'or fait toujours plaisir (et qu'on peut le revendre). Elle, un porte-clés en or avec leurs initiales mêlées. Lui, des broches, des montres, mais pas de bagues car elle ne les aime pas. D'épaisses chaînes en or de chez Cartier comme le collier de chien qu'elle porte le soir où elle rencontre Ingrid Mechoulam.

En conduisant Françoise chez Ingrid, Massimo Gargia lui renvoie l'ascenseur (capitonné de cuir) : cette fois, c'est lui qui l'introduit chez les milliardaires, lui qui fait l'intermédiaire, l'entremetteur. Ingrid-Colette Mechoulam est une riche jet-setteuse dont la vie se partage entre ses maisons de New York, Formentera, Paris et la Casa Ingrid d'Acapulco. À dix-huit ans, la jeune Parisienne de bonne famille a épousé Félix Mechoulam de quarante-huit ans son aîné. Milliardaire israélien, propriétaire du *Black Swan*, un yacht rival du *Créole* de Stavros Niarchos et de l'hôtel Quisisana, le très somptueux palace de Capri, Félix n'a pas tous les attributs du Prince charmant mais il sait transformer les citrouilles en carrosses.

Le grand appartement aux murs émeraude, habité par une forêt dense de statuettes précolombiennes, est plongé dans une lumière d'aquarium. Lorsque Ingrid ouvre la porte à ses deux visiteurs nocturnes, les domestiques sont partis et le mari dort. Sur un guéridon trône dans un cadre d'argent la photo officielle du couple : joue contre joue, une lycéenne qui ressemble à Ali Mac Graw et un vieillard au regard intense, une présence à la Pablo Picasso.

« Oui, j'ai un mari un peu ancien », dit-elle.

Françoise Sagan dans l'appartement blindé de marbre et de dorures, c'est un lutin dans le siège social d'une institution bancaire. Elle bredouille quelques paroles courtoises de son élocution saccadée qui n'est pas tout à fait un bégaiement : elle avale des syllabes, l'oreille devine plus qu'elle n'entend.

Pour Ingrid, jeune femme peu sûre d'elle-même qui s'étiole dans un cercle de vieillards fortunés, la rencontre avec Françoise est inespérée. Brillante et fragile, Ingrid manque de confiance en elle : elle se croit sotte, ignorante, indigne d'inspirer l'amour ou le désir. Comme Massimo, le succès immatériel de Sagan fondé sur la grâce de l'esprit, sa culture, la fascinent. Ingrid a abandonné trop tôt des études de philo à la Sorbonne. Il lui en reste une souffrance, un manque. Elle n'a pas lu les livres de Sagan, mais elle connaît le personnage, qui doit autant à son œuvre qu'aux images de Willy Rizzo, Michel Simon, Philippe Le Tellier, François Pagès, Jackie Garofalo, Claude Azoulay, toute la bande des photographes de *Paris-Match* qui ont colorisé sa légende.

Subjuguée par Sagan qu'elle surnomme aussitôt « Le Monument Littéraire », Ingrid jette ses ennuis à la tête de ses visiteurs : son mari souffrant, sa solitude de garde-malade... Le lendemain, regrettant son impudeur, elle fait porter des fleurs rue du Cherche-Midi. Lorsque Françoise l'invite à prendre le thé, Ingrid arrive en retard et invente une excuse puérile. Françoise s'en aperçoit et est conquise par une jeune personne fantasque affabulant comme elle avec culot. Et puis Ingrid est vive et drôle. Elles vont conjuguer leurs extravagances pour le meilleur et pour le pire. D'autant qu'un nouveau malheur, et pas des moindres, frappe Françoise : le chien Banco est mort.

Désormais, dès que Félix Mechoulam est endormi, Françoise rejoint Ingrid et elles jouent au gin-rami au milieu des statuettes précolombiennes.

Avec flegme, Françoise balance la cendre de ses Kool sur le tapis.

« Françoise, tu te crois dans un bistrot !

— Pas du tout. La cendre, c'est bon pour les tapis persans. »

Elles pouffent comme de sales gosses.

Après la disparition de Peggy, Françoise se rapproche de Florence et de Bernard qui ont tous deux divorcé.

« Après diverses péripéties dont nous ne parlons jamais, car nous nous réunissons toujours comme si nous nous étions rencontrés la veille, nous nous sommes redécouverts dans le même état d'esprit... tous trois divorcés, étranges crustacés accrochés pour toujours au même rocher de la littérature. »

Durant son mariage avec Alain Resnais, Florence a vu Françoise moins souvent. Et puis leurs fuseaux horaires sont inverses, comme leurs métabolismes, l'une vit le jour, l'autre la nuit. Florence est mesurée, Françoise excessive.

Florence se lève tôt, elle n'est ni une fan de night-clubbing, ni une adepte de la promiscuité des noctambules. Elle travaille et aux heures normales. Elle est l'assistante réalisatrice de Chris Marker, Alain Cavalier, François Truffaut, Alain Resnais, Orson Welles, Joseph Losey. Assistante réalisatrice. Le titre manque de poésie, mais il est explicite : Florence *assiste* ces grands tordus de cinéastes, qui s'accomplissent, se *réalisent* dans son atmosphère bienveillante.

Elle les enveloppe d'une intuition mystérieuse et délicate dans laquelle leurs œuvres prennent forme. Semblable à la brise pollinisatrice sans laquelle l'arbre ne donne pas de fruits, elle est une circonstance heureuse. Des trésors sont apparus dans son voisinage aérien : *Jules et Jim*, *Eva*, *Providence.* « Elle-même n'a jamais fait une carrière considérable. Elle aurait pu être metteur en scène, mais elle a une pudeur à l'égard de son père, et d'un nom dont elle s'est refusée à exploiter les avantages », dit Claude Perdriel.

Elle a trouvé sa place, cependant. On parle de

l'inspiration de l'artiste, encore faut-il qu'il respire, qu'un air frais ventile son cerveau original, solitaire et angoissé comme celui d'un enfant, dans les hautes solitudes himalayennes où il grimpe sans oxygène. Florence l'assistante à la réalisation qui ne craint pas l'altitude est là, minuscule sherpa capable de porter des fardeaux bien plus lourds qu'elle. Enjouée, rieuse, loyale, endurante, elle grimpe à mains nues. Elle a fait les commandos entre Clara et André. Et elle a survécu. Grâce à l'amitié.

Quand elle est revenue de la guerre, bien vivante mais avec un solide retard scolaire, sa popularité l'a sauvée. Dans un Paris terne et décevant, toute l'École alsacienne recherchait sa compagnie. Florence a une théorie sur les femmes petites : elles suscitent, dit-elle, les protections. C'est possible, une femme grande est facilement soupçonnée d'être hautaine, dominatrice. Sociable et confiante, on se disputait sa compagnie. Très vite, la chanceuse Françoise Quoirez a remporté la mise.

— Florence était essentielle à Françoise, m'a dit Bernard.

Lorsqu'elles se voient, c'est avec Bernard ou en tête à tête. Exceptionnelle, leur amitié l'est par sa durée : plus d'un demi-siècle depuis le lycée. En général, les liens se défont à la faveur de nouvelles préférences. L'une et l'autre sont merveilleusement douées pour l'amitié, elles ont fait d'autres rencontres dans leur vie sans renoncer à leur relation ni l'affaiblir. « Lorsque je les ai connues, je me demandais laquelle était la plus intelligente, la plus drôle, et je crois qu'elles se posaient la même question. Françoise, surtout. Florence était moins inquiète », dit Claude Perdriel.

Françoise en souffrance, Florence l'épaule avec sa distinction naturelle : sans avoir l'air d'y toucher. D'instinct, sans même que Françoise l'appelle, elle devine et se manifeste à propos. Sans rien dire, sans l'accabler d'une vaine compassion, elle l'entoure d'un climat d'affection légère, elle prend soin d'elle et en lui parlant d'autre chose la soulage de ses blessures. La simple présence de Florence, muette mais attentive, est un baume. Elle a le génie de l'amitié. Moi-même, j'en fais l'expérience, alors que j'entre dans une zone de turbulences : mon univers vacille. Bien entendu, je n'y fais pas la moindre allusion. Mais Florence devine d'instinct. Sans me passer à la question, elle m'interroge avec un tact elliptique qui me permet de lui répondre sans me répandre ou me découvrir. La veille d'une déflagration, elle me téléphone : « Demain, je viens vous chercher à la sortie du Palais de Justice. Nous déjeunerons au Meurice. » Grâce à elle, je passe une nuit apaisée. Au Meurice, elle commande du champagne, sans un mot sur ce que je viens de vivre. Mon chagrin s'allège, la gaieté revient. Ce jour-là, je viens de voir du très moche. Comme si la vie m'offrait aussitôt l'antidote, Florence me donne du très tendre. C'est la première fois que je déjeune avec mon ange gardien. Ou sa petite sœur.

Cette année-là, Florence accompagne Françoise à Venise, pour travailler à une adaptation théâtrale de *Sarah Bernhardt, le rire incassable*, une biographie écrite par Sagan dix ans auparavant. Une commande dont Françoise a le plus urgent besoin pour vitaminer son compte bancaire. Après avoir fait le tour de la ville en gondole, elles élisent une pension modeste qui ne figure pas sur la liste des *Small leading hotels of the world.* Françoise est si fauchée qu'elle a à peine de quoi régler la note.

Tôt le matin, Florence se promène dans Venise en vison, enveloppée dans le fastueux blouson que Massimo a offert à Françoise, tandis que celle-ci dort. Elle aime marcher dans cette cité « où la promenade à pied coule, pareille à l'eau », selon Paul Morand. Elle chérit la solitude qui aiguise les sensations en rendant entièrement disponible au monde. Le plaisir de l'intimité avec soi-même, le moment où l'on se saisit, où l'on coïncide avec soi, où l'on retrouve sa propre trace, et le goût de la liberté. Contrairement à Françoise, Florence supporte très bien sa propre compagnie : la plus libre des deux, c'est elle. Françoise est incapable d'assumer sa liberté, même si elle l'incarne.

La douceur de Florence cache une grande force de caractère : « Je ne m'ennuie jamais », m'a-t-elle dit un jour. Elle sait célébrer les moments dérobés aux autres. Elle possède la clé d'un théâtre intérieur, une chambre bien à elle, où elle entre et sort à volonté. Elle a la solitude heureuse.

Le climat de la ville, splendidement froid et brumeux, lui rappelle le tournage d'*Eva*, le film de Joseph Losey, sur lequel elle a travaillé en 1962. L'histoire d'un écrivain (joué par Stanley Baker) de passage à Venise qui se fait détruire par une impitoyable call-girl en vison interprétée par Jeanne Moreau. Après le tournage de *Jules et Jim*, Florence et Jeanne sont devenues amies. C'est par amitié pour Jeanne, pour le plaisir de tourner avec elle que Florence a enchaîné avec Eva, et plus tard *Nathalie Granger* de Marguerite Duras. Elle n'a rien prémédité, les circonstances l'ont portée. Florence songe qu'elle a eu de la chance : toute sa vie, elle a fait des choses avec les gens qu'elle aimait.

Sauf que, cette fois, le travail n'avance pas. Pas du tout. La chambre de Françoise est passée à la centrifugeuse : photos éparses qu'elle a fait tirer à grands frais et qu'on piétine, canettes de Coca renversées, volumes de la Série noire. Elle la partage avec un chien frénétique qui ne se calme qu'en écoutant leurs cassettes de Schumann, qui les accompagne sur toutes leurs îles plus ou moins désertes. Ses compositions fantasques et déchirantes sont la bande-son d'une amitié musicale, qui se passe de mots mais pas de musiques ou de livres partagés. Épatant, ce

Schumann, pense Florence, qui apaise aussi l'âme malade des animaux de compagnie.

La veille de leur départ, Ingrid Mechoulam les rejoint et Françoise en profite pour faire un tour au casino. Décidément, leur séjour vénitien met ses pas dans ceux d'*Eva*, une *Eva* où la coke a remplacé le Johnnie Walker. Florence se couche avec un bouquin.

Le lendemain, avant la balade matinale, elle attrape le vison. Un tapis de billets de banque surgit sous la doublure de soie. De quoi régler la chambre et même plus, ces gains à la roulette. Une mise en scène inventive et drôle à la Sagan qui semble un écho de la scène où Stanley Baker recouvre le corps de Jeanne Moreau de billets. La chance est revenue. Le cœur léger, Florence part en promenade. Ce matin, elle achète à Bernard une paire de chaussons de gondolier, velours noir, semelle de corde.

Ingrid et Françoise se séparent de moins en moins. Lorsque Sagan est hospitalisée pour une fracture, elle téléphone en pleine nuit à Ingrid, qui la rejoint en douce dans sa chambre. En scotchant du papier de soie sur la vitre, elles déjouent la surveillance des infirmières, et tapent le carton une partie de la nuit. Puis Ingrid rentre avenue Foch rejoindre son mari endormi.

Pour varier les plaisirs, la jeune milliardaire tente d'apprendre à la romancière les règles du backgammon. Elle s'y épuise, ça n'entre pas dans le crâne de Françoise. Elle manque de discipline, juge son professeur découragé. En fait, Françoise est rétive aux apprentissages qui s'accommodent mal de sa mobilité. « C'est barbant », dit-elle, devant les modes d'emploi. Ses neurones court-circuitent les idées intermédiaires, elle pense à toute allure. « Maman comprenait avant qu'on finisse l'explication », dit son fils. Au milieu, son attention se trouble. Il lui manque la vitesse de croisière, la persévérance. Fan de jouets électroniques, elle se procure au Drugstore Publicis des Champs-Élysées les premiers gadgets dès leur sortie, téléphones portables ou appareils photo numériques qu'elle jette dès qu'il faut les recharger : compliqué et assommant.

« J'ai un Macintosh, et ce que j'aime bien, c'est les dessins, mais je n'arrive jamais à trouver le coin dessin, je tombe toujours sur le texte. »

Officiellement, c'est pour le traitement de texte qu'elle a acheté le Mac. En réalité, pour jouer au poker, à la roulette ou au baccara. L'affaire ne dure pas plus de trois jours. Domestiquer un mode d'emploi exige qu'on s'opiniâtre : « Je n'ai pas besoin de bouger mes paragraphes, ils sont très bien comme ça. »

Françoise Sagan, c'est la vie immédiate, comme dit Eluard. Le résultat instantané. Ni passé ni avenir, seulement le moment présent. L'attente, la patience, l'effort, l'anticipation, elle en est incapable. Se barber quelques minutes, quelques heures, en anticipant un bénéfice, non. Lorsque Denis était petit, elle a pris avec lui des leçons de piano. Le solfège était trop rebutant, le professeur a été remercié.

Sagan a un rapport singulier au temps, qu'elle vit comme une succession de séquences. Un peu comme dans un roman, au fond : un moment, plus un moment, plus un autre moment. Le temps, pour elle, c'est se faire du bien à court terme. Une sorte d'épicurisme, de passion de l'instantané. Une conception playstation de la vie : tout, tout de suite. En fin d'année, elle jette ses agendas à la corbeille : le passé ne l'intéresse pas.

Avec Ingrid, Françoise s'amuse. Ingrid a de l'humour, et un sens du récit, elle raconte bien. Elle est disponible, sauf lorsqu'elle doit s'occuper de son mari qui a lui aussi adopté Françoise. Les deux femmes ont une même fringale d'effets spéciaux, vitesse, alcool ou drogue. À soixante ans passés, Françoise en rajoute dans les conduites à risque. Pour épater sa jeune amie, elle surjoue son personnage.

Le problème, c'est la coke. Ou plutôt l'argent de la coke que Françoise consomme avec une avidité grandissante. Depuis la mort de Peggy, elle n'arrive plus à écrire. Avec la poudre, elle tente de retrouver son brio. Ses derniers livres sont des recueils d'articles, des compilations d'interviews. *Répliques* mérite l'éloge qu'Antoine Blondin a décerné à *Réponses* vingt ans plus tôt : « Ce livre nous le confirme aujourd'hui, qui possède par moments les accents du "livre de raison" de quelqu'un que beaucoup prirent parfois pour une folle, et à d'autres des éclairs baudelairiens de *Mon cœur mis à nu.* Et, pourquoi pas, un écho de Montaigne. »

Rimbaud, Baudelaire, Montaigne : ce n'est pas rien, mais ça ne se vend pas. Le public préfère les romans de Sagan. Pas de best-seller, pas d'argent. Pas d'argent, pas de coke. Pas de coke, pas de livres.

Ingrid, que son milliardaire de Félix traite en fillette à qui l'on alloue de l'argent de poche, ne roule pas sur l'or. Pour gâter son amie, elle pique en douce des pièces d'argenterie avenue Foch et les revend.

— Tu sais Massimo, Paris est devenu infernal. Nous sommes obligés de changer de domestiques tous les mois parce que notre argenterie disparaît. Nous passons notre temps à en racheter, raconte Massimo Gargia dans *Jet-set : les mémoires d'un play-boy.*

Quant à Françoise Sagan, elle rembourse cash en dédiant aux Mechoulam *Un chagrin de passage.*

Mais le trafic de fourchettes à huîtres ne suffit pas au train de vie de la romancière : le loyer de l'appartement, les domestiques, la secrétaire, les remontants…

Le 1er janvier 1994, le compte bancaire de Françoise Sagan présente un découvert de 1 002 687 francs. Le 7 janvier, il est épongé par un chèque de 1 289 193,87 francs, cadeau d'Ingrid. À l'insu de son mari, elle a vendu un de ses diamants, le remplaçant par une copie.

C'est Ingrid aussi qui subventionne l'emménagement de Françoise au 170, rue de l'Université. Sagan, dans sa vie, a souvent déménagé, dans tous les sens du mot : elle réside en elle-même, au fond. La rive gauche a sa préférence, et les logis qui lui rappellent sa maison natale, à Cajarc. Elle les habite distraitement et les quitte comme on s'exfolie.

Ingrid invite la romancière dans la villa de son mari à Formentera. Françoise Sagan accepte, heureuse de retrouver en Méditerranée le confort d'une vie facile. Les anciens protecteurs puissants, Marie-Hélène de Rothschild ou François Mitterrand, ne sont plus là. Françoise est réduite à jouer la pique-assiette à l'image de ceux qu'elle entretenait naguère. S'en aperçoit-elle ? Peut-être. Si elle se fout de l'argent, celui qu'elle donne comme celui qu'elle prend, la dépendance lui pèse. En quittant Formentera où sa secrétaire Marie-Thérèse Bartoli l'a rejointe avec son mari, elle exige de conduire la voiture qui les ramène à l'aéroport à la place du chauffeur d'Ingrid. Sans doute a-t-elle absorbé un petit remontant avant le départ, parce qu'à l'arrivée ses passagers n'ont plus un poil de sec. Le chauffeur, oubliant le respect auquel il est tenu, injurie « Madame Sagan » en espagnol. Dans l'avion du retour, elle est si agitée que des passagers prennent peur : elle veut ouvrir la porte de l'appareil. Marie-Thérèse Bartoli et son mari l'installent entre eux jusqu'à l'atterrissage.

Lorsqu'en 1996 Félix Mechoulam disparaît, Ingrid et Françoise deviennent inséparables. Françoise déménage quai d'Orsay, dans un appartement plus petit, puis dans un autre, rue de Lille, car elle doit réduire son train de vie. Pendant deux ans, la méthadone remplace la coke. Atteinte d'ostéoporose, elle a de plus en plus de mal à se déplacer. « Une maladie d'os cassé, c'est un truc à douleur ! Les os, c'est très douloureux, et c'est très long, ce que j'ignorais », raconte-t-elle, plus tard, au journaliste Guillaume Durand.

Lorsqu'elle se casse une jambe, la fracture met trois mois à guérir. Elle souffre, au point d'être incapable de penser à autre chose. Dans la journée, elle tâche de faire bonne figure. Mais la nuit, c'est une autre affaire : la douleur la rattrape.

« Dès qu'on connaît la souffrance physique, on ne trouve plus du tout de charme à la vie, ou à la mort ! La mort, c'est bien si, paf, on s'endort, on ne se réveille pas. Mais les préambules sont pénibles. »

Petit à petit, Françoise fait le vide autour d'elle avec une dureté égocentrique. Il y a chez elle un côté impitoyable. Tous les Riches, tous les Célèbres sont sujets aux abus de pouvoir — sans parler des Riches et Célèbres. Jacques Delahaye, l'ami dévoué et tendre qui l'a soutenue après la mort de Peggy, est la victime d'une disgrâce impitoyable : la brigade des stups l'arrête avec une dose de drogue achetée pour Françoise. Spéculant sur l'impunité de la romancière, Jacques indique que la drogue est payée par Sagan, qu'il dit aider par amitié. C'est vrai, bien que lui aussi consomme. Il est incarcéré.

Françoise, récidiviste, écope d'un an de prison avec sursis et d'une amende. Jacques, lui, passe deux mois en prison. À sa sortie, il est purement et simplement congédié : jugeant qu'il l'a dénoncée, Françoise refuse de le revoir. Brisé, le tendre Jacques s'exile loin de Paris.

Trois ans plus tard, la même brutalité s'abat sur la fidèle Marie-Thérèse Bartoli, que Françoise renvoie comme la femme de chambre. Avec une grande lâcheté. « Une fois mes affaires empaquetées, écrit Bartoli dans son livre de souvenirs, je vais saluer Françoise dans sa chambre. "On se fait mettre à la porte, Lila [la femme de chambre] et moi. Je viens vous dire au revoir", lui dis-je simplement. Elle continue de me regarder d'un œil vague, comme si elle ne me voyait pas. J'attends, mais elle ne prononce aucune parole. Il ne me reste plus qu'à sortir, elle ne me retiendra pas. » Françoise a fait faire le sale boulot par des tiers.

C'est d'autant plus injuste que Marie-Thérèse Bartoli est attachée à Françoise dont elle a partagé l'intimité. Aide de camp dévouée, elle l'a protégée, soignée, maternée pendant des années. Le cœur lourd, Marie-Thérèse Bartoli rentre chez elle sans un centime de dédommagement. Incapable d'accabler Françoise, elle accuse ses nouveaux amis riches de l'assujettir et de peu à peu faire disparaître les témoins. Elle intente à Sagan un procès qu'elle gagne, mais ne percevra jamais ses indemnités de licenciement. Françoise n'est plus solvable. D'ailleurs elle offre à Florence sa dernière carte de crédit. Quant à Bartoli, il lui reste les billets manuscrits que lui écrivait Françoise, quelques lettres, les recharges d'agenda Hermès que la romancière balançait en fin d'année. Dans la foulée, le complaisant coiffeur qui brushait Françoise à domicile sans même être rémunéré est sèchement congédié. La logistique civilisée de Peggy est intégralement démantelée : plus d'entourage, plus de béquilles, plus de nounous.

Un dernier Noël, Sagan improvise un réveillon. À sa garde du cœur, Florence et Bernard, elle ajoute un mélange de jolies filles, de parents, de Rothschild, de mondains, un Frédéric Beigbeder et un Bernard-Henri Lévy, d'opportunistes qui plus tard étofferont leur mince CV d'une mention de la soirée : « Noël 2000 ? J'étais chez Sagan, bien sûr. Une amie. » Label Sagan...

Aussi patiné soit-il par la coke et la mondanité, les deux fléaux du talent à Paris, son nom reste une marque de prestige. Sagan, c'est comme un sac Kelly, solidement indémodable. Musique langoureuse et robes pailletées — sauf pour Christine Orban, en combinette Aubade —, on danse le slow. Frédéric Mitterrand chronique la soirée :

« La musique, ce doit être Art Blakey ou les Platters, un climat 1960 flottant en suspension dans la France d'Édouard Balladur. "C'est curieux, lâche un familier, il y a trente ans que je n'avais pas vu Bernard Frank danser le slow."

« À regarder Françoise Sagan, cette nuit-là, elle m'évoquait ce film d'Edmund Goulding, *Le Fil du rasoir*, où l'on voyait Somerset Maugham évoluer en retrait au milieu de ses personnages, les écoutant, les contemplant — et au tomber du rideau on comprenait que le vrai mythe, c'était Maugham lui-même. Le vrai mythe, ce soir-là, c'était Sagan. »

Un mythe fuyant : Françoise n'est pas restée plus d'une heure. La fête lancée, elle s'est retirée dans sa chambre. Une fois de plus, elle fait l'école buissonnière : elle bouquine.

Très malade, elle se drogue de plus en plus. C'est une femme épuisée et sans défense qui s'installe avenue Foch dans l'appartement d'Ingrid Mechoulam. Elle n'écrit plus. Françoise ne dispose plus du moindre espace privé où s'isoler, elle n'a plus de « chez-soi ». Les grandes pièces de réception au luxe sans grâce sont loin de son univers intime. L'appartement ne comporte que deux chambres, dont l'une très petite. Elle ne quitte plus guère le lit, son seul refuge.

Liées par la mystérieuse alchimie des rencontres, Ingrid et Françoise forment un duo d'enfants terribles avide de bêtises à commettre : au volant de la Tank Mercedes 450 SL, elles se grisent de vitesse sur l'autoroute. Partagent des nuits destructrices entre alcool et cocaïne. Échangent leur sang comme des gamines. Ingrid reste la petite fille épousée par Félix. Françoise, elle, ne s'est pas construite. Elle a été créée par son personnage. Pour séduire Ingrid, elle en rajoute. En amour comme en amitié, leur couple est un organisme à l'ADN foldingue : que se passe-t-il au sein de cette entité énigmatique ? Rien n'arrête les deux femmes. Lorsqu'un invité tarde à lever le camp, elles sont capables de verser un somnifère dans son verre pour le forcer au départ : les autres sont de plus en plus perçus comme des intrus.

En 1999, Denis Westhoff se marie dans la petite mairie de Barneville, comme son père et sa mère trente ans auparavant. Florence et Suzanne Quoirez doivent assister à la cérémonie. Mais la veille du mariage, Françoise apprend que les images de la fête auraient été vendues au journal *Voici*. Furieuse et déçue, elle refuse d'assister à la cérémonie. Elle se déplace avec des cannes, et ne veut plus qu'on la photographie : opérée de la hanche six fois cette année-là, elle a passé une vingtaine d'heures sous anesthésie. Ses os cassent comme des biscottes. Navrées, Florence et Suzanne tentent de la raisonner, mais elles doivent se rendre seules à la mairie. Elles parviennent tout de même à convaincre Françoise d'accueillir le jeune couple au Breuil après la cérémonie. Françoise accepte à contrecœur. La fête a une saveur amère.

Il existe une belle photo noir et blanc de Françoise, jeune androgyne sixties en chemise cintrée et jean slim blanc, marchant dans l'allée du Breuil sous le feuillage qui filtre la lumière. Elle donne la main à son petit garçon. Un charme doux et mélancolique se dégage de la photo. Françoise n'est pas une mère modèle : incapable de s'occuper d'elle-même, elle a souvent confié Denis à ses grands-parents. Ou à Marylène la banquière, comme sa richesse. Fils de deux excentriques, Denis a grandi dans un monde privé de grandes personnes fiables et peine à se situer. Mince et sec comme Françoise à qui il ressemble, il semble flotter. Elle lui en veut. Quelque chose se brise entre la mère et le fils. Au Breuil, on a soulevé la belle prairie devant la maison, en dessous grouillent crapauds et lombrics.

Le metteur en scène Jean-Paul Scarpitta, que Françoise a rencontré dans l'entourage de François Mitterrand, s'installe quelque temps entre les deux femmes. Il aime la gentillesse sans calcul de Françoise : près d'elle, il se sent vrai et juste. Françoise lui rend son affection : Jean-Paul fait partie des êtres qui éclairent le bon côté de leurs amis et leur regonflent le moral à l'hélium.

Comme s'il assistait à une répétition au théâtre, Scarpitta regarde les deux divas se divertir. Il les emmène à Cortina d'Ampezzo, dans les Dolomites, avec Gérard Depardieu : elles se suffisent à elles-mêmes. Avenue Foch, elles jouent au vol transatlantique sur Concorde : déguisée en Concetta, Ingrid compose de somptueux plateaux-repas qu'elle porte au lit à Françoise. La musique passe en boucle, nostalgique, mélancolique. Quatuor de Schumann. Brahms. Chansons de Frédéric Botton, de Barbara, de Salvatore Adamo :

Tombe la neige,
Tu ne viendras pas ce soir,
Tombe la neige,
Tout est blanc de désespoir.

Mais les atterrissages sont rudes, d'autant qu'il manque un commandant de bord sur le supersonique lancé à Mach 2.

Petit à petit, Françoise court à la ruine. Le fisc lui réclame 6 millions de francs, pénalités comprises, pour la commission versée par André Guelfi. « C'est la barbe cette histoire », dit-elle lorsque le parquet ouvre une enquête préliminaire.

« Pourquoi nous retrouvons-nous toujours, à un moment quelconque, la main tendue non pas vers notre prochain, mais vers un tube, un flacon, une bouteille ? »

Après une brouille avec Ingrid en décembre 1999, Françoise se réfugie auprès de Jean-Paul Scarpitta, à l'hôtel Lutétia où il s'est installé. Elle lui fait alors une confession déchirante. « C'est ma faute. Je suis responsable de tout ce qui m'arrive. Je me suis ruiné la vie. » Elle a sécrété un désert dans lequel elle dérive les yeux grands ouverts. Elle regrette sa dépendance à la dope et revient à la méthadone. Matin-midi-soir, elle avale le substitut. Des amis, Charlotte, Florence, Pierre Bergé, veulent lui louer un appartement qu'elle partagerait avec Bernard Frank. Au Lutétia, elle dort, elle lit, elle se réorganise pour écrire. Puis Ingrid vient lui rendre visite et Françoise retourne avenue Foch. Elle n'a pas publié de roman depuis trois ans. En fait, sa carrière d'écrivain a pris fin. Elle a duré un peu plus de quarante ans. Elle aurait pu être le plus grand écrivain français de l'après-guerre. Qu'est-ce qui l'en a empêchée ? Le fait, peut-être, qu'il n'y a pas eu de plus grand écrivain français de l'après-guerre.

Équemauville avec Ingrid

— De quoi avez-vous honte ?
La pire honte, c'est d'avoir honte.

Le Journal du dimanche, 30 mai 1993

« Regardez, la collection de Françoise. » Ingrid Mechoulam ouvre une boîte à cirage contenant une collection de briquets jetables, tout un stock de jouets miniatures achetés à Chinatown ou sur les marchés de plein air, mini-parapluie, mini-appareil photo. Dans la penderie, Ingrid garde alignés les cardigans de Françoise, la plupart brûlés de trous de cigarettes. « Tous mes draps de Porthault sont percés, une véritable dentelle de Bruges... Même à l'hôpital, Françoise fumait, en cachant sa cendre dans des pots de yaourt. » Elle désigne une trace de brûlure sur le tapis. Le linge de maison, les vêtements, les meubles, tout porte le chiffre de la nonchalance de Sagan.

Dehors, l'herbe d'un vert énergique est festonnée de grands arbres presque noirs. Françoise

Sagan enterrait ses chiens au pied du tilleul centenaire posé sur la pelouse. Banco, le fox-terrier bicolore, Fouillis, le scottish-terrier. Au loin, Marie-Thérèse Le Breton, la dernière gouvernante de Françoise, traverse la pelouse, ses cheveux roux illuminant le vert de la prairie.

Un été, Ingrid est arrivée au manoir au volant d'une Rolls Royce immatriculée au Mexique.

— L'allée était encore plus belle qu'aujourd'hui. C'était avant la tempête, il y avait une double rangée d'arbres.

De New York, Ingrid rapporte des bibelots kitsch : fleurs et oiseaux artificiels, baguette de pain en ciment qu'elle dépose sur le rebord de la fenêtre de cuisine. Elle décore le campement déglingué en maison de campagne.

« Pourquoi du pain en ciment ? » s'étonne Bernard Frank, perfide.

Ingrid suggère des améliorations.

« Cette maison a toujours été comme ça, Minou, il faut la laisser telle quelle », dit Françoise.

Ingrid caviarde la belle et ample pelouse d'arbres de jardinerie.

« Ça fait studios Disney », dit Françoise.

Ingrid fait poser une paire de lanternes en fer forgé blanc à l'entrée.

« Ça fait Relais et Châteaux », dit Françoise.

L'évocation de ces souvenirs amuse Ingrid. Sur la table aux pieds rongés par les crocs des chiens, Marie-Thérèse Le Breton a posé un poulet rôti cerné de pommes de terre à la sueur grasse :

toute une civilisation bourgeoise resurgit, celle des lentes digestions, dans un monde stable et prévisible. Une photo de *Paris-Match* montre Françoise, Jacques Chazot, Bob Westhoff, Bernard Frank jouant au gin-rami autour de la table, installés sur des sièges de jardin. La pièce est nue, à l'exception d'un réfrigérateur installé à porté de verre. Une bouteille de champagne surmonte l'appareil, elle paraît vide.

Cette maison gagnée en 1958, Françoise Sagan en perd la propriété sur un autre coup de sacoche. Pour payer ses impôts, elle a emprunté de l'argent à sa banque, 2 millions de francs (300 000 euros), en donnant la maison en garantie. Elle n'a pas payé les impôts. Elle n'a pas remboursé l'emprunt. En 1999, la maison est saisie par la banque Dexia. N'importe qui, laminé par ce genre de situation, vivrait un enfer. Pas Françoise Sagan. Pour elle, rompue aux aléas du baccara, c'est un purgatoire. Elle a misé très au-dessus de ses moyens, ces derniers temps, mais c'est le principe même du jeu.

« De même que mes amis ont toujours été de vrais amis, le hasard a toujours été pour moi un bon compagnon, versatile bien sûr, mais dans les deux sens. »

Ingrid descend à Cajarc, décidée à offrir une maison à Françoise, qui n'a plus de pied-à-terre dans le Lot. Un agent immobilier lui propose le seul bien disponible à la vente, la maison du cantonnier. Elle l'achète, mais Françoise n'aime pas cette maison qui sera peu habitée. À sa demande, l'agent immobilier loue un camion à Montauban et, avant la saisie, déménage le contenu d'Équemauville, y compris le piano et la cloche du manoir. Le dix-neuf tonnes se gare devant l'immeuble d'Ingrid pour prendre d'autres objets stockés dans la cave. Françoise insiste pour descendre sur l'avenue Foch : elle veut absolument grimper dans la cabine du camion, sur le siège du conducteur. On la hisse avec ses béquilles. Puis les veuves joyeuses passent un moment à jouer, dans la contre-allée, avec le monte-charge électrique. L'agent immobilier, c'est Bernard Bronquart.

Éleveur de chevaux et cavalier, Bernard Bronquart habite le Lot avec sa compagne, un chirurgien-dentiste, professeur à la faculté. En pleine crise existentielle, il se sent de plus en plus mal dans sa peau. Lui, le champion d'équitation, qui travaille depuis l'âge de quinze ans, se sent ignorant lorsqu'il dîne avec les amis de sa femme, des médecins du Sud-Ouest. Inculte. Inexistant. La rencontre avec Ingrid et Françoise lui offre une nouvelle vie du jour au lendemain. Sagan. Une marque de luxe. Paris. La célébrité. La richesse. La littérature et ses prestiges. Les deux femmes ont besoin d'un adulte, d'un homme à tout faire qui règle les problèmes pratiques. Inapaisé, perpétuellement sur la brèche, l'Aveyronnais à la maigreur de coyote a le bon profil. Il vend ses chevaux et s'installe avenue Foch. « Depuis, j'ai le sentiment d'exister. » Il devient l'intendant Fouquet, le chargé d'affaires d'Ingrid Mechoulam. De toutes les affaires, publiques ou privées. Un soir, effaré, il découvre Joey Starr et un acolyte confortablement installés dans les canapés du salon vert, en train de concocter une mixture bizarre dans une boîte de Coca, au milieu des statuettes incas. Il les chasse.

Ce n'est pas un amateur de littérature, Bronquart : il le dit, il ne lit pas. N'a jamais lu. Sauf Jules Verne. « Je préfère vivre, rencontrer des gens. » Les intellectuels, les écrivains, les poètes, qu'il juge inaptes à la vie, lui inspirent de la condescendance. Il côtoie Sagan et Bernard Frank, sans comprendre pourquoi on voue un culte à de pareils handicapés. Des fauchés, en plus, ce qui le confirme dans l'idée qu'ils ne sont pas très malins.

S'il ne lit pas de romans, Bronquart sait lire un contrat. À la fin de l'année 2000, parcourant les dossiers de Françoise avec des notaires corréziens de ses amis, il découvre que la banque Dexia, si elle a la nue-propriété d'Équemauville, n'en possède pas l'usufruit. « La maison n'est pas perdue », téléphone-t-il à Sagan. Pas tout à fait. Car Françoise, qui a reconnu devant notaire avoir reçu le diamant de son amie, donne son manoir normand en garantie et en cède l'usufruit à Ingrid. Elle a perdu sa seule propriété. Elle y retournera en invitée. Elle n'a plus de voiture : la Tank

Mercedes 450 SL a été vendue aux enchères. Bronquart l'a rachetée.

Au printemps 2001, en tout cas, Françoise est de retour au Breuil. Dans la chambre du bas, elle suspend ses tableaux favoris qui avaient été cachés chez les proches ou au garde-meuble : le ferry-boat rouge, les pastels de sa sœur, le secrétaire qu'elle s'est offert avec ses premiers droits d'auteur, les chiens de bronze donnés par son frère. Des objets conventionnels, auxquels elle est attachée sentimentalement. Marie-Thérèse Le Breton est là, s'occupant de la maison, des courses, de la cuisine… À l'image de la bonne Julia qui l'a élevée, la Normande s'est attachée à Françoise. Née dans une famille modeste, elle qui n'a pu aller à l'école achète un exemplaire de *Bonjour tristesse* : « C'est joli. Vous maniez bien la langue française. J'ai adoré. » Elle lui prépare des purées, des soupes de potiron.

À ras de prairie, avec une double exposition, la chambre de Françoise est la pièce la plus gaie de la maison. De son lit de cuivre, où elle passe son temps, elle peut voir le soleil se lever d'un côté et de l'autre le soir tomber. Les pieds ont été sciés pour que le chien Fouillis, malade lui aussi, puisse y grimper. Pour amuser Françoise lorsqu'il fait ses livraisons, le dealer cascadeur (de coke) freine au ras de la porte. Son arrivée déclenche toute une pantomime : balance de diamantaire, bouteille de whisky pour réduire en poudre le caillou de vingt grammes à 80 euros le gramme, remplissage gramme par gramme des capsules vides de Di-antalvic, tandis qu'il distrait sa fidèle cliente en lui racontant des histoires de cascade, son autre métier.

« Je vais vous inscrire dans mon carnet d'adresses. À quel nom ?

— Mettez-moi à la Truffe.

— Truffe, avec un T, ça fait trafiquant », dit Françoise au livreur.

Isabelle Held a tous les numéros des dealers dans son agenda.

— Je les ai supprimés, je ne supportais plus. Il y en avait un vraiment foutraque, qui débarquait en pleine nuit, il dormait à Équemauville. Les derniers temps, elle ne vivait que pour ça, et ses médicaments. La coke se perdait, le dealer arrivait, elle était toute contente.

Isabelle pense qu'un artiste a besoin de remontants. Comme le reste de l'entourage, elle apprend à faire des lignes pour éviter que Françoise ne se charge trop.

— Ce n'est pas difficile, on met un peu de machin, on trace des lignes avec une carte de crédit. Elle râlait, parce que je n'en mettais pas assez : j'essayais de la restreindre.

Parfois, Françoise éternue en aspirant sur la paille. La poudre s'envole, elle aspire de l'air sans s'en rendre compte tant elle est cokée.

— Le chien Banco est mort d'une overdose.

Un jour, Françoise est allée se repoudrer — dans tous les sens du terme — dans la salle de bains. Banco, son fox-terrier, avait renversé la corbeille remplie de Kleenex. Françoise en utilisait beaucoup. On l'a retrouvé mort sur un tapis. Il avait sniffé les mouchoirs, dit Ingrid.

Est-ce une histoire apocryphe ? Ce qui est vrai, c'est que le chien sniffait les Kleenex.

Sagan n'a toujours pas appris la prudence. Elle n'en a pas fini avec la justice. Dans les toilettes de l'avion qui l'emmenait à Cajarc acheter la maison du cantonnier, Ingrid a oublié une trousse Vuitton de Françoise, confondue avec la sienne le jour du départ. Celle-ci contient deux tubes d'Upsa remplis de poudre et un trousseau de clés Fichet-Bauche de l'avenue Foch. Des cailloux de Poucet qui conduiront la brigade des stupéfiants directement chez Ingrid, quelques mois plus tard. Cette fois, c'est Bronquart qui tire Françoise de ce mauvais pas. Il connaît un des inspecteurs, originaire du Lot. Il rejoint les deux femmes au commissariat, persuadé d'arriver en plein drame. Françoise, allongée sur une banquette, mange le sandwich jambon-beurre qu'à sa demande un flic est allé chercher au bistrot voisin. Non seulement elle a passé commande, mais le flic a payé, ce qui bluffe Bronquart.

— À chaque fois que les emmerdements arrivaient, ça s'arrangeait par miracle. « Quoi, vous n'allez pas mettre Françoise Sagan en prison pour une ligne de coke ? » Et ça marchait… Un jour, quai d'Orsay, les flics sont venus la chercher. Affolé, je téléphone au commissariat : je connaissais un lieutenant de police, un pur hasard, qui a tout arrangé, raconte le chargé d'affaires.

Françoise s'endort à la morphine, se réveille à la cocaïne, stupéfiante et coûteuse diététique. Selon certains de ses amis, à la fin, elle en consommait trois ou quatre grammes par jour : 15 000 euros par mois. La logistique est à peu près au point. La morphine lui est délivrée sur ordonnance. La cocaïne, c'est plus compliqué. Il y a parfois des ruptures de stock. Durant toute une journée, par tendresse, par amitié, Florence Malraux qui ne consomme de l'aspirine qu'en cas d'extrême urgence a pourchassé un dealer méfiant aux quatre coins de Paris en compagnie de Jean-Paul Scarpitta, avant de filer par l'autoroute au manoir du Breuil ses emplettes faites ; Françoise l'avait appelée au secours. Ce n'est arrivé qu'une fois et finalement Florence s'est bien amusée ce jour-là. Lorsqu'elle a voulu, elle aussi, goûter à la cocaïne, « pour voir quel effet ça fait », Françoise le lui a interdit : « Ah non ! Pas toi. Jamais ! » Absolument scandalisée.

Chandails et bouquins

Ingrid Mechoulam est allée se coucher. Elle dort dans le lit de cuivre aux pattes sciées, dans la chambre de Françoise où rien ou presque n'a changé : le secrétaire, la commode, les tableaux, les deux pastels de Suzanne, la collection de chouettes et de chiens en bronze, la table de travail avec ses stigmates, brûlures de cigarette, taches. Et même, dans le tiroir de la table de nuit, les feutres Paper Mate à pointe nylon avec lesquels elle écrivait. Le logo est frappé de deux cœurs en relief. Et une paille utilisée par Françoise pour sniffer la coke. En souvenir.

Il fait un peu froid à Équemauville. Ingrid m'a prêté un chandail de Françoise. Un cardigan camel, de la marque Éric Bompard, de taille médium, très ample. Il est en parfait état : elle n'a pas dû le porter beaucoup. Plus qu'un vêtement, ce pull est un objet littéraire, le chandail de ses romans, mot dont la consonance chaleureuse et désuète m'a toujours semblé venir d'un autre monde, un monde rassurant, stable, perdu à jamais.

En enfilant le pull, j'ai l'impression de commettre une indélicatesse, comme si je touchais une relique dans un musée. Je monte dans la bibliothèque au premier étage et cherche le mot « chandail » dans un dictionnaire. Non, pas un dictionnaire, son dictionnaire à elle. Un Robert à la couverture lin défraîchie. « Chandail » vient de « marchand », c'est le nom du tricot que portent les vendeurs de légumes aux Halles, au XIXe siècle. Florence, elle aussi, emploie ce mot. Délicieusement dépassé, comme une certaine qualité de tendresse.

Je repars demain et crains de passer à côté d'un détail important, d'une information. Je ne sais si je reviendrai. Dans le manoir, je cherche des symboles, des messages muets, des signes. Je lis tout. Tout ce qui est écrit de la main de Françoise Sagan. Ingrid Mechoulam m'a confié, rédigé sur un de ses petits cahiers à spirale Clairefontaine, un début d'autobiographie. J'ai tourné les pages une à une, c'est illisible. Pas un seul mot identifiable. Sur des pages et des pages, un graphe, plus qu'un graphisme, au feutre bleu. Vers la fin de sa vie, l'écriture de Sagan est devenue indéchiffrable même pour une virtuose comme Isabelle Held, la secrétaire à grosses lunettes.

Une lumière rassurante provient de la petite maison de gardien qu'occupe Marie-Thérèse Le Breton. Enveloppée dans le grand chandail doux comme une caresse, j'entreprends d'examiner la bibliothèque. C'est peut-être un cadeau de Florence, ce pull. Ingrid m'a donné le choix entre deux couleurs : camel ou framboise. J'ai choisi camel, qui me semblait plus chaud je crois.

La bibliothèque recèle un choix disparate de volumes tel qu'on en trouve dans les maisons de vacances : livres de poche, romans policiers de la Série noire, volumes désassortis de la Pléiade, services de presse adressés à Bernard Frank pour sa chronique du *Nouvel Observateur.* Un désordre de bouquiniste dont j'entreprends d'inventorier le contenu. P. D. James, Patricia Cornwell, Nabokov, Scott Fitzgerald, Henry James, Diderot, Pascal, Nancy Mitford, Romain Gary, un Larousse analogique… Deux mètres de jaquettes Grasset couleur beurre salé, services de presse expédiés par Claude Dalla Torre.

J'essaie de comprendre les goûts de Sagan. Quel genre de lectrice était-elle ? La bibliothèque n'est pas une accumulation de lectures sur cinquante ans, comme on pourrait s'y attendre. La plupart des volumes sont récents. Sagan ne thésaurise pas ses livres : quand elle a aimé un titre, elle l'offre. Et puis la maison et son mobilier ont été saisis à plusieurs reprises. Objets, meubles, bouquins, tout a été dispersé.

Sagan est une pure dingue de lecture. S'il y a eu une addiction dans sa vie, c'est celle-là. Le roman, surtout, les livres policiers, et la poésie.

L'histoire, la philo, les essais, non, ce n'était pas son truc.

« Quand j'avais vingt ans, j'ai lu 111 pages de *L'Être et le Néant* vite fait bien fait, ce qui fait beaucoup, sans les clefs, mais je crois que depuis cet effort énorme, je n'ai pas beaucoup lu de philosophie. »

Elle a bouquiné en adolescente solitaire et famélique, dans le désordre, gratuitement. Maigre comme un crayon, elle ne dévorait que les livres. Volumineux, de préférence, pour faire durer le plaisir. Soustraite aux lois de la pesanteur, elle s'absorbait dans la capsule spatiale de la fiction. De livre en livre, la variété infinie et gourmande des découvertes. Le livre lu d'une traite ou relu, redécouvert. Des journées entières dans les livres. Le scandale de son existence, c'est ça. Tout ce temps offert à la lecture. Le luxe absolu. Une autre vie rêveuse à l'intérieur de sa vie, plus profonde, plus pleine. Les écrivains aimés composent une autre bande à Sagan, intime et secrète. Une famille consolatrice plus nourrissante, plus chaude, moins distraite que la famille de sang. « Maman cherchait les gens plus rapides qu'elle, m'a dit Denis Westhoff. Elle voulait admirer, être épatée. Sartre excepté, elle n'en a pas trouvé beaucoup. Elle a puisé le réconfort et la réassurance dans la lecture. »

Elle a lu au hasard, sans direction bien définie, mais avec une pénétration très personnelle. Dans *Répliques*, elle parle de ses achats de livres. Elle fréquente la librairie Gallimard, boulevard Raspail, en compagnie de Florence, après avoir garé sa voiture à la va-vite sur le trottoir.

« J'achète à chaque fois deux ou trois Série noire, des romans étrangers, beaucoup de traductions de l'américain ou de l'anglais. J'adore Iris Murdoch, Saul Bellow, William Styron, Jerome Salinger, Carson McCullers, John Gardner… Et Katherine Mansfield. »

Elle aime les personnages féminins d'Iris Murdoch, ces femmes que rien ne protège, que rien n'arrête. Au passage, elle souligne sa gratitude à l'égard de la délicieuse espèce d'écrivains qui font pouffer de rire :

« J'ai beaucoup apprécié le livre que Anthony Burgess — qui me barbe en général — a consacré à Somerset Maugham : *L'Enfer des profondeurs*, il m'a fait beaucoup rire. C'est désopilant comme *La Jument verte* de Marcel Aymé. *Les Aventures de M. Pickwick*, de Dickens, ou les livres d'Evelyn Waugh sont aussi pleins de scènes géniales qui me font tordre de rire. »

Certains livres comme *La Chartreuse de Parme* ou *La Prisonnière*, Sagan les a relus toute sa vie, les redécouvrant à chaque lecture, entretenant avec leur auteur un lien affectif. Jusqu'à la fin, Mosca est resté son idéal masculin. Et la Sanseverina, son idéal de femme : elle est le premier personnage féminin double, donc intelligent, de la littérature française. D'Emma Bovary, elle a dit qu'elle est l'exemple type de la femme embêtante vue par un type qui n'aimait pas beaucoup les femmes. Elle la compare à Ada, l'héroïne du film *La Leçon de piano*, de Jane Campion : une *enquiquineuse*.

Quand on aime, on ne juge pas. Sagan aime un écrivain comme un tout, admirant l'homme et l'écrivain qui ne font qu'un. Elle n'a de goût, c'est-à-dire d'appétit, que pour ce qui lui plaît. Un pur styliste tel que Joyce, auteur pour universitaires, lui tombe des mains : elle n'a jamais réussi à lire *Ulysse*.

« J'ai une espèce de réflexe de bonheur, lorsque je n'arrive pas à lire un livre. Je me dis que c'est peut-être très bon, mais ce n'est pas pour moi. Je n'éprouve aucune honte. »

Elle n'a pas non plus une grande passion pour Céline, grand styliste, piètre bonhomme. Elle ne le sous-estime pas, mais il ne lui dit rien. Elle ne goûte guère Patrick Modiano, à cause de l'absence de personnages dans ses romans. Son amie Charlotte lui fait admettre que Modiano, tout de même, est un bon peintre de Paris. Chez les contemporains, elle aime les vifs, les rapides, les brillants : Patrick Besson, Philippe Sollers. Si elle a de l'estime pour l'intelligence et la liberté de Michel Houellebecq, elle le juge trop lourd à son goût : ça ne s'envole jamais. Elle aime la lecture plus encore que la littérature. S'absorber dans une histoire, sentir une présence, et s'absenter du monde.

Tiens, un volume de Paul Eluard en Pléiade. Eluard son fournisseur de titres depuis *Bonjour tristesse.* Je regarde s'il est annoté. Non. Le signet de soie jaune marque la page de « Houx douze roses », dans *La Vie immédiate.*

Elle est pâle et blessée et taciturne
Elle est d'une grande simplicité artificielle

La vie immédiate, cela pourrait être le titre d'une biographie de Sagan.

Dans un casier de cassettes audio, je parcours les listes de titres inscrites sur les boîtiers. Barry White, Frank Sinatra, Dean Martin, Cesaria Evora. Crooners, chanteurs de charme, diva rauque... Je ne sais même plus ce que je cherche. C'est un peu absurde. Je ferais mieux d'aller me coucher.

Sur les rayonnages, maintenant, je pioche des livres au hasard, examinant les pages de garde, que Françoise utilisait comme bloc-notes. Beaucoup ont été arrachées. Des visiteurs, sans doute, ont gardé en souvenir ses notes manuscrites. Les écrivains suscitent ce genre de culte fétichiste : on subtilise leur stylo, on conserve leur correspondance, leurs petits mots, leurs agendas, et même leurs listes de courses... Seuls les scores du gin-rami notés en page de garde n'ont intéressé personne : il en reste encore, ici et là.

Et puis, tout à coup, sur un exemplaire d'une anthologie de nouvelles intitulée *Le Nouveau Noir* une ligne de son écriture, heurtée mais parfaitement nette, au feutre bleu. On la déchiffre très bien, contrairement au graphisme du cahier illisible censé contenir une autobiographie.

L'ex-libris explose comme une bombe à retardement : « S'il m'arrivait un accident de plus, tuez-moi, s'il vous plaît. »

Dans ce recueil de nouvelles noires dans laquelle Jerome Charyn a compilé des textes de James Ellroy, Jorge Luis Borges, Mishima, Flannery O'Connor, la contribution manuscrite de Sagan est la plus sombre.

La petite rousse est une grande dame

Jolie et fraîche, Florence rentre de Seattle où elle a vadrouillé sur les routes américaines en compagnie d'une amie. Trois semaines à regarder défiler les paysages. Assises côte à côte devant sa table de travail, nous regardons les documents que j'ai trouvés à Équemauville. Le petit mot de Françoise à sa mère l'enchante.

— « Je net pas beacou de chose à te dire parce que jan é pa beaucou invanté dans ma tête ma chère maman. » Déjà un écrivain à cinq ans !

Je ne montre pas à Florence le message nocturne de peur de la troubler. Pour moi, c'est un document de travail poignant. Elle, ça la poignarderait.

Quelque chose me retient de lui demander sa correspondance avec Françoise, crainte de commettre une indélicatesse, de la froisser, de voir sa confiance s'évanouir. Et puis, surprise :

— Je voudrais vous lire un passage d'une lettre que Françoise m'a écrite.

J'ai bien fait de me taire. Florence déplie un

feuillet couleur lin un peu déchiré à la pliure, et lit un passage à voix haute. Réfugiée à la campagne avec Magne et Déon, Sagan vient de passer six mois à Saint-Tropez. Le ton est un brin désenchanté : « Sans toi, je deviens taciturne, ce qui n'est pas bien », écrit-elle.

— C'est joliment écrit, non ?

Oui, Sagan écrit comme elle respire. Je me tortille pour regarder par-dessus l'épaule de Florence.

— Une écriture gracieuse, simple... Rien d'affecté, n'est-ce pas ? Elle ne fait pas de littérature...

Sans réfléchir, je m'enhardis :

— Puis-je la lire ?

À regret, Florence me passe le feuillet. Dactylographié d'un doigt, il n'est pas daté. Magne, Déon : un millésime 1955, probablement. Avec simplicité, Sagan confie qu'elle vient de commencer un second roman. Elle doute, elle ne sait pas ce que ça vaut, « sans toi je cesserais sans doute d'écrire », dit-elle à son amie. Un brevet de gratitude.

Leurs échanges sont raffinés et délicats : elles se connaissent, se comprennent instantanément. Ensemble, elles écoutent de la musique, mais ne passent pas leur temps à se confier. Elles s'aiment et se respectent trop pour s'épancher. Florence, qui n'a pas de sœur, a adopté celle-ci, à peine plus jeune qu'elle. De ces deux jumelles, c'est elle l'aînée, la plus posée, la raisonnable.

— M'en donneriez-vous une photocopie ?

La lettre possède un parfum exceptionnel, tendre et clair, difficile à restituer par bribes.

— Je ne sais pas... Je vais réfléchir...

Depuis près de trois ans, nous nous voyons ou nous parlons presque chaque semaine lorsque Florence est à Paris. Elle ne se vante jamais.

Pendant son absence, j'ai revu Claude Perdriel, toujours proche de Florence qui le considère comme le grand frère idéal. Si le temps affaiblit l'amour, il fortifie l'amitié. À deux reprises dans sa vie, alors qu'il traversait des épreuves désespérantes, Claude a pu s'appuyer sur la présence de Florence, aussi amicale qu'un chat. Comme une petite flamme dans l'obscurité, sa force inébranlable et douce permet à ses amis de garder confiance en période noire.

« Florence rassemble autour d'elle une communauté d'amis riches ou pauvres, importants ou peu connus, sur lesquels elle exerce une influence. On l'admire et on l'aime. Elle-même ne se rend pas compte qu'elle est l'âme de ce groupe. Mais les gens qui l'aiment détesteraient penser qu'elle a mauvaise opinion d'eux... » À son insu, ce rayonnant agent de liaison les tire vers le haut. Pas comme un surmoi persécuteur, car elle ne persifle jamais, mais en amie inspirante et gracieuse.

— Cette petite rousse est en fait une grande dame, a dit Claude Perdriel.

Grande dame, on imagine aussitôt une femme

qui a de la hauteur, un personnage un peu hautain. Non. Une grande dame est une femme qui se respecte, qui respecte les autres et qui impose le respect. C'est rare. Je n'en ai pas rencontré beaucoup, à vrai dire. Une grande âme, aussi.

À l'instant, je viens d'en faire de nouveau l'expérience en découvrant à quel point elle a une part unique dans l'œuvre de son amie. Vingt fois, à Paris, j'ai vu des gens jeter un œil distrait sur un manuscrit confié par un auteur pour se vanter de l'avoir écrit. La modestie vraie est si rare qu'au début j'ai sous-estimé le rôle de Florence. Je lui en fais le reproche.

— Je ne peux pas faire mon apologie. J'ai choisi la moins dithyrambique de ses lettres. Montrer des choses si flatteuses a quelque chose d'inconvenant. Et puis c'est indiscret vis-à-vis de Françoise.

L'amitié a survécu à la disparition de l'amie. Publier une lettre de Françoise relève pour Florence de l'impudeur. Elle est la loyauté incarnée.

— Je me suis promis de ne pas montrer notre correspondance de mon vivant. Je vais la classer, et je donnerais ces lettres à la Bibliothèque nationale.

Le nombre de coucous qui se vantent d'avoir bien connu Sagan est phénoménal. Celui-ci prétend qu'elle est la décoratrice de sa boîte de nuit. Sagan la bordélique, décoratrice ! Cet autre raconte qu'un jour, au Mathis, il a fait avec elle un concours de vodka-tonic cul sec : elle ne boit plus depuis 1975. Un troisième, qu'elle l'a entraîné dans l'affaire Elf. Alors que Florence, l'amie intime, pratique la retenue. Une marque d'amitié absolue : la loyauté jusqu'au bout.

— Je n'ai pas besoin de cela pour exister, dit Florence. On peut avoir un peu de décence, non ?

À vingt ans, Françoise était attachante mais fragile. Fille de la bourgeoisie, elle aimait profondément sa famille tout en étant attirée par les freaks. La plaine Monceau aurait probablement tué son talent, la marginalité lui a permis de l'épanouir. Et l'a tuée. Divisée, elle a joué double jeu, comme les gigolos ou les voyous dont elle s'entourait. Toute sa vie, Florence, qui avait résolu pacifiquement ses propres conflits, l'a soutenue.

Whisky fiestas voitures gâchis

« J'ai écrit vingt-cinq romans et plusieurs pièces de théâtre qui ont rapporté quelques milliards à l'État français — sans que je pense jamais à les passer en Suisse, ni aux Bahamas, au Luxembourg et tutti quanti. J'ai donné plus que j'ai reçu, bien sûr, car ces gains ont été donnés à d'autres en dehors du fisc, je n'ai rien possédé, à part une vieille maison en Normandie, aujourd'hui vendue à l'encan pour 1 750 000 francs. Plus deux vieilles voitures, trois meubles, des tableaux, des vêtements, le luxe quoi ! Depuis 1998 je n'ai plus ni vêtements, ni abri, ni table, ni chaise, et je ne vis que par la charité de mes amis. »

Voilà ce qu'elle écrit au début du mois de mars 2001, quelques jours après un coma diabétique. Tout ce qu'elle dit est vrai : elle dépend entièrement de la générosité de ses proches.

« Quand on écrit à l'âge de dix-huit ans, on ne peut que recycler ses propres expériences de lecture : même doué, on n'a pas vécu assez. Ceux qui ont vécu avant cet âge, comme Radiguet ou Sagan, détruisent leurs forces créatives dans l'aventure », dit Robert Silverberg, grand auteur de science-fiction qui se classe lui-même dans la première catégorie, celle des blancs-becs pasticheurs. Né la même année que Sagan, Silverberg a publié son premier roman l'année de *Bonjour tristesse*. Il n'est devenu une superstar de la SF que quarante-six ans plus tard après la publication de son premier best-seller. Au moment où Françoise, elle, cesse d'écrire.

Le journaliste Guillaume Durand, qui anime une émission littéraire sur France 2, lui rend visite avenue Foch. Bernard Bronquart, dont l'accent *cassoulet light* amuse le journaliste, lui tient compagnie en attendant l'arrivée de Françoise. Un avocat a contacté Durand en lui expliquant le dénuement de l'écrivain. Elle n'a plus un rond. Plus rien. Et elle n'arrive pas à écrire. Guillaume Durand lui a proposé un livre d'entretiens. Il a trouvé pour elle un contrat. Un éditeur verse à Françoise un à-valoir sur un livret B de la Caisse d'épargne d'Honfleur, lequel échappe à la vigilance de la Banque de France et du fisc qui retiennent toutes ses rentrées à la source.

Assis dans le salon émeraude au luxe pesant, Guillaume Durant se sent… à l'ouest. Françoise Sagan le rejoint, malade, déplumée, exsangue. Fugacement, il songe à Keith Richard, s'étonnant de trouver cette femme minuscule perdue au milieu de faux meubles de style, dans un appartement de l'avenue Foch, une artère pour grandes fortunes récentes, si loin de son centre de gravité. « J'habite nulle part, en fait », lui dit Françoise Sagan. Vêtue de mocassins plats et de chaussettes Burlington à carreaux, elle dégage un mélange paradoxal de robustesse paysanne et de fragilité. Il allume le magnétophone. « Ma situation financière est désastreuse, épouvantable. On va en parler séparément parce que c'est trop long et compliqué, et c'est assez amusant quand même. »

Elle évoque alors, une dernière fois, la séance de cinéma à Saint-Marcellin.

« Un soir, au cinéma, avec la femme qui m'a élevée — le film s'appelait *L'Incendie de San Francisco* —, je découvris, nous étions en 45-46, les charniers de Dachau, les tracteurs retournant les corps par pelletées. L'horreur absolue. » D'un bout à l'autre de sa vie, la même obsession.

Lorsque Durand prend congé, elle lui présente sa tête, comme une enfant. Il embrasse ses cheveux. Les fois suivantes, il sonne. Elle n'ouvre pas.

[illegible]

[illegible]

[illegible]

[illegible]

Le bonheur à Cajarc

> « Ma chérie,
>
> « Ne lis pas ce livre, tu l'as supporté au jour le jour. Au saut du lit. Et de toutes façons, il raconte une histoire désolante : celle d'un jeune homme dont on pouvait attendre le meilleur (critique littéraire du *Moniteur du Centre*, par exemple) et qui rencontra sur son chemin une petite peste de 18 ans qui l'enchaîna pour la vie. » Bernard, 9/12/96.
>
> Dédicace de BERNARD FRANK
> à Françoise Sagan, pour *En soixantaine*

Bernard, vous souvenez-vous de cette dédicace, sur l'exemplaire de *En soixantaine* ?

— C'est quoi ça, *En soixantaine* ?

— Le titre d'un de vos livres, Bernard. Le recueil de vos chroniques des années soixante.

— Ah bon.

— Et elle, elle vous faisait des cadeaux ?

— Oh oui ! Des montres, des boutons de manchette… J'ai tout perdu… Sauf ceci.

Sur le bureau de Bernard Frank, un galet clair

et doux comme l'amitié sur lequel a été peint d'un côté « Bernie chéri », et de l'autre, en lettres minuscules, « kiki ». Un cadeau de Françoise. Un souvenir du Lot, ce pays de rocaille ? Peut-être.

— Le meilleur côté de ce que j'ai vécu avec elle, c'est notre vie à Cajarc. Une existence un peu campagnarde. Nous y séjournions durant un mois ou deux, Françoise écrivait. Elle a beaucoup travaillé, il ne faut pas l'oublier : elle publiait un livre par an. Elle avait besoin d'une présence qui ne fût pas amoureuse, alors je l'accompagnais. Ses petits cahiers devenaient des livres. Nous habitions une maison isolée, « La Confiance », par un froid intense. En hiver, il n'y avait pas de chauffage, ou très peu. Je lisais, j'attendais les repas chez Moulino, l'auberge sur la place : une vie rustique, en somme. Elle travaillait, c'était satisfaisant. Jamais elle n'a eu d'échec, jamais elle n'est revenue sans rien, à chaque fois une réussite. Voyez-vous, je crois qu'elle était assez heureuse là-bas.

Je prends un billet pour Cajarc.

Descendre dans le Lot, c'est glisser dans l'espace et le temps. À partir de Brive-la-Gaillarde, un autorail climatisé roule vers le passé dans un désert vert et gris de caillasses, creusant un tunnel dans la substance minérale du paysage, frôlant des parois de roche à vif ou des murets de pierre sèche et l'on se retrouve imperceptiblement dans les années quarante. Faute de révolution industrielle, on n'a jamais appris dans cette région incertaine l'horaire, la ponctualité, l'usine. D'ailleurs bien avant Cajarc, les voies ferrées s'effacent dans l'herbe folle. Niché au fond d'un cirque de falaises, le duché de Françoise Sagan a la forme d'un cœur, un muscle cardiaque d'où s'étirent trois artères, l'avenue Georges-Pompidou, l'avenue François-Mitterrand, l'avenue Coluche. Les premières expirent dans la campagne, la dernière se déverse en pente douce dans le Lot, sombre passementerie au déroulé flegmatique festonnée de potagers rieurs. À Cajarc, les heures s'écoulent dans la suspension ensommeillée des espadrilles Etchandy, *mettez vos pieds en vacances*, dont le marchand de couleurs fait le négoce entre les piscines gonflables et les cartes postales. Dans un décor à la *Lacombe Lucien*, tout semble là depuis très longtemps : les plantes d'un vert presque noir du fleuriste, la marquise poussiéreuse qui protège la vitrine du boucher, les *épaulettes raglan* en vente à la mercerie, le tarif du coiffeur tracé au stylo à bille, jusqu'au prénom des coiffeuses, Claudine et Marylène.

« Ce pays n'a pas changé. Je n'y retrouve pas une enfance détériorée, j'y retrouve une enfance exemplaire qui introduit dans ma vie une sorte de temps au ralenti, le même temps que j'y passais jadis, un temps sans cassure, sans brisure et sans bruit. »

Son inscription évasive dans le monde fait de Cajarc un lieu de naissance idéal pour Françoise Sagan. Selon Bernard et tous ses amis, c'est l'endroit où elle était heureuse. La maison de sa grand-mère, Madeleine Laubard, se trouve au 45, boulevard du Tour-de-Ville, un périphérique de poche ombragé de platanes qui ceinture la ville. Françoise est née dans la chambre du premier étage, à droite du petit balcon de fer forgé qui tatoue joyeusement la façade. C'est une maison à la française, simple, coiffée d'un toit d'ardoises assez chic dans un pays de tuiles. La façade où foisonne la vigne vierge, la patine rassurante des matériaux, les maisons aux arêtes adoucies, les ramures translucides des platanes communiquent une sensation de calme, de sécurité. Trois lucarnes ouvrent la toiture : le grenier où Françoise se réfugiait pour lire. Derrière la maison, un jardin clos ourlé d'une glycine luxuriante est séparé des courts de tennis et de la piscine municipale par un rosier échevelé. La maison natale de Françoise Sagan fait rêver de sieste derrière des volets à demi clos peints par Matisse, de livres bus jusqu'à la dernière page.

La famille de Françoise appartenait à la très ancienne aristocratie du Lot, familles de Barrasc et d'Alleyrac, qui participèrent aux croisades avant de combattre sur le Causse pour une poignée de moutons. Propriétaires de petits châteaux, ils ont bâti le micro-palais des Doges de Cordes-sur-Ciel. Au début du XXe siècle, cette petite noblesse pauvre vivait de fermes exploitées par des métayers et de mines de phosphate à Seuzac concédées aux Anglais : jamais un homme de la famille n'avait travaillé. Cette variété rustique de petits seigneurs considérait le travail comme une déchéance. Si le grand-père de Françoise allait de ferme en ferme pour percevoir ses métayages, s'il surveillait par passion une collection d'arbres fruitiers, son temps il le réservait aux jeux de cartes. Pendant la guerre de 14-18, sa femme Madeleine dut prendre les choses en main pour faire vivre la famille. Femme de tête, la grand-mère de Françoise racheta un moulin et une petite filature. Lorsque Maurice, son fils aîné, fut tué au front, Madeleine Laubard s'habilla de noir pour toujours. Le nom de Maurice Laubard, l'oncle de Françoise, est inscrit sur le monument aux morts de Cajarc. On y parvient par une série de ruelles pavées de pierre, en passant devant l'église où Françoise fut baptisée, une grotte peuplée de saints dont on entend la cloche depuis la maison de famille.

À l'intérieur, la maison a été décloisonnée avec le temps, un temps qui préfère l'espace à l'intimité, mais le petit placard à liqueurs dans lequel Françoise tapait en douce du porto est toujours encastré dans le mur, à gauche de la cheminée. Occupée par Cécile Defforey, dite Mimosa, la nièce de Françoise, la demeure a un air de campement : meubles désassortis, tapis décolorés, peintures écaillées, poutres à vif. Un air bourgeois pas bourgeois, sans rien d'actuel, qu'elle a toujours eu. Du temps de Madeleine Laubard, le décor était déjà ainsi, sans tape-à-l'œil. C'est de ce même charme délabré qu'émanait la poésie du manoir du Breuil, un charme qui ne doit rien aux prescriptions des magazines de décoration et beaucoup à un dandysme je-m'en-foutiste, à la distraction, à la flemme aussi.

Longue personne blonde et mince, élégante sans apprêt, Cécile Defforey porte le prénom de l'héroïne de *Bonjour tristesse*. Je le lui fais remarquer, elle feint de le découvrir.

— Ah oui, tiens, C'est drôle.

Elle a la diction un peu hachée de sa tante, la même façon rapide et saccadée de parler.

— Ce que je sais, c'est que si Françoise a prénommé son fils Denis, c'est en hommage à mon oncle Denis, le frère de mon père, qu'elle aimait beaucoup.

Jacques et Denis Defforey ont fondé la chaîne d'hypermarchés Carrefour. Jacques Defforey avait épousé Suzanne Quoirez, la mère de Mimosa.

— Françoise était éblouissante, enfantine, vivant dans l'instant : mon père l'aimait beaucoup. Elle l'attendrissait.

Encore un… Selon Florence, Jacques Defforey avait un faible pour sa jeune belle-sœur. Elle se souvient d'un voyage en voiture, Jacques conduisant sous le charme de Françoise endormie à ses côtés.

— Selon moi, Françoise avait un faible pour mon oncle Denis.

Comme sa mère Suzanne, la fine Cécile a été mannequin avant de peindre.

— Entre mon grand-père et ma grand-mère Mimi, c'était du théâtre tout le temps. Elle était pétillante et gaie, lui drôle et cynique. Ils s'envoyaient des piques, comme dans une comédie un peu noire.

Françoise avait onze ans de moins que Suzanne et onze de plus que Cécile. Elles ont été très proches lorsque Cécile avait vingt ans.

— Nous allions chez Castel, puis chez Lido Musique, sur les Champs-Élysées, acheter des disques. Je dormais chez Françoise, rue Guynemer. Elle, elle était toujours au lit.

— Que faisait votre tante, à Cajarc ?

— Elle était couchée, très souvent. Comme beaucoup de gens dans notre famille, mon grand-père après sa retraite, ou ma mère, elle aimait s'aliter. Jamais je n'ai vu Françoise marcher. Elle montait son cheval, au galop. Plus tard, elle se déplaçait en voiture. Marcher, jamais. Elle n'avait pas les pieds sur terre, vous savez.

Le corps de Françoise, tout en déséquilibres anatomiques, confirme ses prédilections : le torse de nageuse reposait sur des jambes en bâtonnets.

— Elle n'avait pas de corps : elle ne tenait que par son esprit, note Cécile.

Une femme de lettres, en somme. Sagan passait des journées entières au lit vêtue d'un grand T-shirt, enfilant une robe de chambre pour ses déplacements. Elle en a même attrapé des crampes de plumard : une douleur caractéristique dos-hanche-genoux, selon son médecin, Philippe Abastado. Parce que Sagan écrivait jambes repliées, le papier posé sur les genoux, elle avait de bons abdominaux.

L'accident de 1957 explique peut-être ce penchant pour l'alitement. À moins qu'il ne s'agisse d'un trait ethnique : le voisin de Cécile vient d'entrer dans la maison, le bras en écharpe. La veille, il est tombé sur le boulevard par la fenêtre du premier étage, entraîné par le tapis qu'il secouait. À la première personne qui s'est portée à son secours, il a dit : « Le ménage, c'est fini pour aujourd'hui. » À Cajarc, même la poussière n'aime pas bouger.

— Venez, je vais vous montrer sa chambre.

Mimosa me précède à l'étage. Quatre chambres sont distribuées autour d'un corridor dont le plancher délavé craque sous les pas. Mimosa dort dans celle où Françoise est née le jour du solstice d'été, dans le pays le plus férocement ensoleillé de France. Le lit d'enfance sculpté d'écureuils se trouve au manoir du Breuil. Au-dessus, les combles paradisiaques où Sagan a découvert la littérature ont été aménagés en loft avec une grande baignoire au milieu. En hommage à ses bains de lecture ? Dans le « placard aux livres » rempli de volumes défraîchis, Françoise, en quête d'informations sur l'amour, puisait au hasard. Elle se débauchait en sélectionnant dans le pêle-mêle disparate les auteurs sentimentaux, exotiques ou scabreux : Pierre Loti, Claude Farrère, Delly et les gloires éphémères des années 1900 comme

Lucie Delarue-Mardrus, Gérard d'Hourville, Marcelle Tinayre, Gyp.

« Je me souviens juste d'y avoir transpiré à grosses gouttes sans bouger un cil, assise dans une vieille bergère au velours râpé, surprise parfois par les pas d'un promeneur assez dément pour se risquer sur le Tour de Ville à l'heure de la sieste. »

Outre ces vieux bouquins jaunis, le placard à livres recelait des volumes de Colette, de La Fontaine, trois tomes dépareillés de Dostoïevski — qu'elle ne lit pas —, un Montaigne.

C'est là, sous la toiture d'ardoises chauffée à blanc du grenier, que Françoise fait une découverte renversante. Dans le placard, elle a choisi un volume épais lui garantissant plusieurs heures d'évasion. C'est *Albertine disparue*, le seul exemplaire de Proust de la bibliothèque. La lecture n'est pas facile mais Françoise relève le défi. Très vite, elle est prise. Avec un raffinement extravagant, l'auteur éclaire et révèle les facettes les plus insaisissables du cœur humain. Ce même cœur battant dans la poitrine de Françoise dont le mode d'emploi lui apparaît avec une netteté stupéfiante. Comme une voyante géniale lui tirant les tarots, Proust la rend intelligible à elle-même, il exprime et valide ses propres sentiments. En matière d'explications sur l'amour, c'est autre chose que les auteurs 1900. « Un coup de foudre fracassant, précis et définitif », écrit-elle. Les mots semblent grandiloquents surtout chez un être aussi peu affecté que Sagan. Mais c'est bien de cela qu'il s'agit. Proust est la banque de données de Sagan, il a tout dit sur l'amour, la mort, la jalousie, la souffrance, la déchéance et la maladie. Dans de très belles pages sur la naissance de l'écriture, Sagan raconte sa découverte :

« Je découvris qu'il n'y avait pas de limites, pas de fond, que la vérité était partout, la vérité humaine s'entend, partout offerte, et qu'elle était à la fois la seule accessible et la seule désirable (...) que si je voulais — si je pouvais — décrire un jour la naissance et la mort de n'importe quel sentiment, je pouvais y passer ma vie, en extraire des millions de pages sans jamais arriver au bout, sans jamais toucher le fond, sans jamais pouvoir me dire : "J'y suis, je suis arrivée" » (*Avec mon meilleur souvenir*).

Deux cyclistes casqués comme des frelons coupent le boulevard sans prononcer un mot et prennent la route de Cahors. Par distraction peut-être, la ville a échappé à la mise en scène de son passé, à la signalétique des vieilles pierres, à la muséification.

Sur le trottoir d'en face, un garage désaffecté exhale un parfum persistant d'huile de vidange, d'essence, de benzine, accentuant l'effet de légère irréalité, de ville fantôme. Il appartient à Jean Roques, copain d'enfance de Françoise. Un garagiste et une passionnée d'automobile. Françoise était la seule fille d'un gang de six ou sept galopins, et la plus jeune, mais elle maniait le sabre en bois comme un chef de clan. Un vrai garçon manqué. À l'âge adulte, Françoise et Jean Roques jouaient au tiercé. Ils ont gagné grâce à un quarté dont elle avait choisi les numéros. Dix briques, qu'ils ont partagées comme des calots.

Françoise rêvait d'habiter la maison de sa grand-mère mais la famille qui se méfiait de sa prodigalité refusa de la lui vendre. Aussi loua-t-elle, quelques maisons plus loin, au n° 65, à côté de la Maison de la Presse, l'ancienne mercerie appelée « La Confiance ». L'étage comportait, comme la maison de sa grand-mère, quatre chambres donnant sur un jardin dépenaillé. Chaque chambre était meublée d'un lit, d'une table de travail, de lampes de lecture, de petits tableaux choisis. D'épais rideaux propices aux grasses matinées habillaient les fenêtres. Françoise y venait pour travailler avec Peggy Roche, Florence ou Bernard. Après avoir posé son hélicoptère sur le stade de foot, François Mitterrand a dormi à « La Confiance », ses gardes du corps bivouaquant au rez-de-chaussée.

À Cajarc, les journées passaient vite : le petit déjeuner pouvait se confondre avec l'apéritif, lequel se poursuivait par le déjeuner. On jouait au gin-rami, beaucoup. Re-apéritif. On regardait la télévision : « Questions pour un champion », « Des chiffres et des lettres », « Star Trek ». Peggy maintenait un semblant d'ordre protecteur : des repas à heure fixe, par exemple. Mine de rien, c'était un exploit. Un automne, Marie-Thérèse Bartoli passa quelques jours dans la maison seule avec Françoise. Elle repartit titubante, l'horloge interne détraquée : elles dormaient le jour et mangeaient la nuit. Leurs deux chambres étaient disposées de part et d'autre du couloir. Pour retarder l'extinction des feux, et le moment de se retrouver seule, Françoise, couchée dans son lit, lançait à son aide de camp une balle que celle-ci devait lui renvoyer.

Lorsque Peggy était là, Florence l'accompagnait au marché de Cajarc ou de Figeac, où elle avait un don pour dénicher la petite blouse paysanne si chic avec un pantalon Chanel. De larges moments étaient consacrés à l'étude du catalogue des Trois Suisses ou de la Redoute. Peggy avait le sens du shopping.

— Le club de Françoise tenait à une attitude. Être toujours bien habillé, comme elle, dans son style garçon manqué élégant...

Que Mimosa, elle aussi, a adopté.

— Une attitude, jusqu'au bout. La bonne humeur obligatoire, aussi. À la fin de sa vie, Françoise faisait des mots d'esprit la journée. Et passait ses nuits à hurler de douleur...

À Cajarc, Françoise s'occupait de ses chiens. Aucun sport. Des balades en voiture lorsqu'un extravagant demandait à découvrir le Causse. De Cajarc, Florence aime se remémorer les virées champêtres avec Françoise. Un véritable art de vivre, ces promenades. Vitres ouvertes, elles roulent en silence, Schubert à fond sur l'autoradio. La tête vide, tout entière à la contemplation des images qui défilent comme dans un rêve. Au débouché d'un virage, Françoise arrête la voiture et sans couper le moteur désigne un fragment de paysage admirable. Partageant la même émotion, elles restent muettes.

Françoise a un don pour isoler une chose, faire naître une admiration et relever soudain la banalité de l'existence. Elle habite poétiquement le monde, comme dit Hölderlin. Il y a des êtres dont la présence enchante la vie. Ils réveillent les filaments de lumière dans la texture du moment. Les couleurs deviennent plus vives, les contours plus dessinés, le merveilleux des choses se met à vibrer.

Florence lui en est reconnaissante. Elle exerce son œil depuis son enfance de bébé résistante, sa collection de chefs-d'œuvre en cartes postales a été son école. Elle sait regarder. Sagan elle-même, si secrète qu'elle a peu écrit sur ses amis les plus tendres, évoque avec nostalgie leurs promenades dans *Derrière l'épaule* :

« Florence, Bernard et moi avons sillonné, avec mes beaux engins, les rues de Paris, les routes du Midi ou de la neige avec un égal bonheur et pas mal d'allégresse. »

Alors que je me rends à pied au cimetière de Seuzac, une voiture s'arrête à ma hauteur.

— Je vais au cimetière.

— Sur la tombe de Françoise Sagan ? demande la conductrice.

— Oui. J'écris un livre sur elle.

— Je la connaissais. Je travaillais pour elle, à « La Confiance ». Montez.

C'est Brigitte, l'employée de maison.

Dans un cimetière presque privé au milieu du Causse, la bande à Sagan repose en plein champ, dans le silence crépitant des cigales. Bob (cancer du foie), Yvette, Peggy (cancer du pancréas), Françoise, son frère Jacques (hémorragie cérébrale), un vrai club house. Toute la bande, ou presque, ensevelie là, au milieu des pierres. Manque Jacques Chazot, mort en 1993 (cancer de la gorge), à soixante-quatre ans. De son vivant, Françoise conviait ses amis à la rejoindre un jour à Seuzac : Florence Malraux, Bernard Frank, Charlotte Aillaud, tous avaient leur place à Cajarc. François Gibault, lui, est invité à reposer un jour près de Bob. Françoise pensait qu'il y avait des familles sur la terre et « que, en plus de ceux qui partagent notre sang et notre enfance, il y a les familles du hasard, ceux que l'on reconnaît confusément comme étant son parent, son pair, son ami, son amant, dont on aurait été injustement séparé », écrit-elle dans *Derrière l'épaule*.

La bande de Seuzac n'a pas fait de vieux os. Leurs vies ont été fatigantes : Frédéric Botton n'a jamais oublié un trajet Paris-Cajarc, avec Françoise pied au plancher, qui ne s'arrêtait que pour boire des gin-fizz ou des alexandras. Botton n'en menait pas large.

Il n'était pas rare, vers 1970, d'attaquer dès le matin au bloody mary sur le Tour de Ville. Yvette Barran avait racheté à la famille de Françoise la maison mitoyenne. Un point de ralliement de la *dolce vita* cajarcienne. En fin de matinée, tout le Causse descendait en ville pour faire les courses, avant de converger vers la maison d'Yvette pour boire un gorgeon ou s'inviter à déjeuner. Mariée à Jean-Claude Merle, le père du club Saint-Germain de la rue Saint-Benoît et du Bistingo, elle avait le sens de la fête. Jacques Quoirez, lui, avait fait acheter une maison à Madame Claude, dont il essayait les protégées.

Les tombes de ce club reflètent leur style. Celle de Françoise Sagan, blanche, nette et simple comme une page blanche, au centre. Celle d'Yvette Barran offre un style minimaliste de jardin zen. Quant aux grandes personnes, les familles Laubard et Quoirez, elles sont rangées dans deux caveaux sévères que colonise une tribu d'escargots. Jacques et Maurice, le petit frère de Françoise mort au berceau, y reposent face à la tombe de leur sœur.

Sur le mur d'enceinte du cimetière, un écheveau de ronces croule sous des roses sentant joliment bon et de grosses mûres chaudes. Autour, le cirque pierreux creusé par les vallées est aussi vide qu'une baignoire. On se sent bien, dans ce cimetière de la taille d'un cloître. Posée sur la stèle tiède de Françoise Sagan comme sur un banc, je sors de mon sac *... Et toute ma sympathie* en Pocket n° 4192.

« Les Causses, c'est l'impression fantastique, rassurante, que la France est vide. »

En cet après-midi d'été, les long-courriers emportent au loin les vacanciers laissant dans le grand ciel vide des lignes de vapeur. Le siècle passe loin, très haut au-dessus de la falaise. Sur la stèle, deux noms ont été gravés en lettres d'or. Françoise Quoirez Sagan 1935-2004. Robert-James Westhoff 1930-1990. Bob, l'ancien GI tombé d'un bateau, égaré là, quelle distribution étrange. On a oublié d'inscrire le nom de Peggy Roche, l'amie de Françoise. C'est un peu bizarre, comme dirait Florence. Les touffes de buis exhalent un parfum amer et chaud.

Il fait beau, le jour des obsèques de Françoise Sagan, le 29 septembre 2004. Derrière les barrières métalliques les habitants de Cajarc observent la vingtaine de Parisiens qui ont fait le déplacement. La grande sœur et les nièces de Françoise, les enfants de son frère Jacques, son fils Denis, le ministre de la Culture, Renaud Donnedieu de Vabres, qui a la finesse de garder son discours dans sa poche. Accompagné de

Nicole Ameline, maire d'Honfleur, il a offert à Florence Malraux de voyager dans son avion personnel, mais celle-ci a préféré la Jaguar de Philippe Abastado, le médecin de Françoise. Ils sont descendus à quatre, avec Ingrid et Scarpitta, dans un climat insolite de chagrin et de rires. Pierre Bergé a transporté Charlotte Aillaud et sa sœur Juliette Gréco dans un petit avion. Bernard Frank, qui perd son pantalon, est accompagné de son ex-femme. Massimo Gargia n'est pas là, il fête à Saint-Tropez l'anniversaire de sa nouvelle copine, Brigitte Bardot : soixante-dix ans tout juste. Un an de plus que Françoise. Les journalistes sont rares : « Les anonymes regardent, de tous leurs yeux, le lent ballet des saluts silencieux, des bénédictions à peine esquissées », écrit la journaliste Geneviève Moll. Aucun éditeur ne s'est déplacé. Normal, c'est la rentrée littéraire. 498 livres à lancer.

Mme Le Breton, la « gouvernante » de Françoise, est venue de son côté. Elle est arrivée avant le cercueil qu'elle avait fermé quelques heures auparavant à Équemauville. Née dans la région, dans une famille de sept enfants, Marie-Thérèse Le Breton a été élevée à la rustique : l'électricité à sept ans, l'eau courante à dix ans. Elle n'est pas allée longtemps à l'école mais elle n'a peur ni de la mort ni de la vie. C'est une vraie fille de Normandie, une femme de chair tendre et solide qui a entouré de ses bras la femme de lettres déplumée. Marie-Thérèse a été le dernier joker de

Sagan. Car elle l'a entourée de sa chaleur animale et solaire de fille de la campagne. Une maman de rêve, pleine de sollicitude et de respect, qui lui a offert de l'amour à profusion.

Et pour commencer, elle l'a nourrie. Lorsqu'elles se sont connues, en 1990, Françoise était dans sa période fromage blanc-pop-corn. Marie-Thérèse s'est adaptée non seulement à Françoise mais à ses amis dont les caprices l'amusaient. Seule au manoir du Breuil, elle a accueilli bien souvent plus de quinze personnes, avec une hospitalité rieuse et des rôtis du dimanche. Elle en a vu d'autres, elle ne jugeait pas. Elle s'est efforcée de restaurer les forces de sa protégée avec des coquillettes, des raviolis, des pommes de terre farcies, des compotes : des nourritures maternelles et douces.

Françoise avait pour Marie-Thérèse Le Breton de l'affection et une confiance absolue : elle retrouvait la sollicitude familière de la Julia qui l'avait élevée. Entre ses bras, elle a laissé tomber le masque du stoïcisme, redevenant l'enfant qu'elle n'a cessé d'être. Marie-Thérèse l'a baignée, shampouinée, câlinée. Elle est la bonne mère que Sagan a cherchée. Dès que la gouvernante s'éloignait, Françoise la rappelait.

« J'ai mal.

— Vous avez mal où, Mâme Sagan ?

— Je sais pas.

— Les jambes ? »

Marie-Thérèse affectait de vérifier.

« Non, les jambes ça va.
— J'ai mal.
— Le dos, alors ? Non, le dos ça va. »

Marie-Thérèse examinait son Woody Woodpecker tombé du nid.

« Vous avez mal au moral. Vous êtes angoissée.
— Oui. Et vous, vous êtes gaie, souriante. »

C'était l'été, Marie-Thérèse était rousse et hâlée, appétissante comme un brugnon. Ensemble, elles regardaient « Questions pour un champion » sur FR3. La nuit, Marie-Thérèse dormait à côté de Françoise dans la chambrette voisine ou sur son lit. Lorsque Françoise Sagan s'est éteinte le 24 septembre 2004 dans une chambre de l'hôpital d'Honfleur, Marie-Thérèse lui tenait la main.

Le cercueil arrive, aussi minuscule que celui d'un enfant. Le pur ciel bleu accable Jean-Paul Scarpitta, qui sanglote. Florence, elle, ne pleure jamais. Qui a envoyé la gerbe « À ma jumelle » ? Brigitte Bardot. Quelle drôle d'idée, elles se connaissaient si peu ! Florence, elle, vient de perdre sa sœur. Sagan avait, il y a longtemps, rédigé sa propre épitaphe : « Ci-gît, et ne s'en console pas, Françoise Sagan. »

Aujourd'hui, sur la stèle de Françoise les visiteurs déposent des petits galets ronds. Blancs, semblables à celui posé à Paris sur le bureau de Bernard Frank. Il y a aussi une rose rouge, torréfiée.

« Les Causses, pour moi, c'est la chaleur torride, le désert, des kilomètres et des kilomètres de collines où seuls émergent encore des hameaux que la soif a vidés», écrit-elle dans *Avec mon meilleur souvenir*.

De retour à Cajarc, j'interroge Mimosa.

— Vous savez que le nom de Peggy Roche n'a pas été inscrit sur la tombe où elle repose avec Françoise ?

— Non…

— Quand avez-vous appris la bisexualité de votre tante ?

— J'ai mis beaucoup de temps à le savoir. J'ai partagé la vie de Françoise à certaines époques, mais je trouvais normal de dormir avec sa meilleure amie. Je me souviens de la confidence qu'elle m'a faite à propos d'Elke dans les années soixante-dix. Françoise était généreuse, mais sans pitié parfois…

— De quoi est mort Maurice Quoirez, le frère de Françoise et de votre mère ?

— De soif, dans son berceau, un jour de grande chaleur. Dans cette même maison du Tour de Ville.

Un bébé mort de déshydratation, un jour de canicule.

Quelle empreinte la mort de cet enfant déshydraté a-t-elle laissée sur sa famille ? A-t-il été victime de la distraction des adultes ? Sur la question, c'est le black-out : Suzanne Quoirez ne se souvient plus très bien. Quant aux biographes de Sagan, ils occultent l'événement.

— Dans notre famille, il ne fallait jamais parler de soi ou de ses malheurs qu'en riant. Tout devait tourner au mot d'esprit. De ce drame, nous ne parlions jamais, dit Mimosa.

Et sur Françoise, « petit garçon » manqué qui refusa de grandir, et joua le double jeu, le double « je » de la bisexualité, quel effet a eu cette mort ?

Épilogue

La dette de Françoise Sagan à l'égard du fisc court toujours. Un an après sa mort, le 30 juin 2005, elle a été déboutée de son appel par l'arrêt 02NT00469 rendu par la cour administrative de Nantes, qui a refusé de reconnaître qu'elle n'avait pas perçu l'argent de Dédé la Sardine. Ses ayants droit sont débiteurs de ce passif fiscal. Le service des successions vacantes, aux Domaines, est chargé du recouvrement.

Bernard Frank s'est éteint à table, le vendredi 3 novembre 2006, dans un restaurant parisien. Crise cardiaque. Comme Sagan, il avait le cœur intelligent. Avant de disparaître, il avait demandé la main d'Ingrid Mechoulam.

Son dernier été, il l'a passé avec Florence au Portugal. Il descendait à la plage en costume de lin blanc, une bouteille à la main comme une canne, whisky ou vin. Le dernier personnage de Fitzgerald, après Françoise Sagan, a disparu. Dans sa dernière chronique du *Nouvel Observateur*, il cite cette épitaphe inscrite par l'Américain dans ses carnets : « Puis je suis resté ivre pendant plusieurs années, et je suis mort. » Elle pourrait être la sienne, sur sa tombe du cimetière de Bagneux.

« Vous savez, j'ai très peu travaillé du temps de Françoise. Mais beaucoup avant et beaucoup après. L'idée qu'elle pourvoyait aux besoins de tout le monde décourageait l'effort », a-t-il dit, lors de notre dernière rencontre. De Sagan, il a dit qu'elle avait été la femme de sa vie. Je l'ai cru. Nous dînions chez Ly, le chinois de la rue de la Boétie où il regretta l'absence de Mme Ly, la femme du patron, qui lui plaisait. Il prétendait que son mari l'avait fait disparaître en s'apercevant de leur attirance mutuelle. En fait, elle avait ouvert un autre restaurant dans le quartier. J'aimais traverser Paris pour aller dîner avec lui. En sa présence, le lieu le plus banal se métamorphosait en un théâtre marrant.

Jusqu'à la fin, comme Sagan, il s'est soustrait à l'ennui. Un critique l'avait invité au Bristol quelque temps auparavant. Une table que le gourmand des Ternes ne pouvait refuser. Le type était si barbant qu'à deux reprises au cours du déjeuner, Bernard, n'en pouvant plus, s'éclipsa en prétextant un appel téléphonique. Il traversa la rue, rentra chez lui, bouquina puis revint à la table où patientait le journaliste. Bernard n'a pas écrit son *Mort à Vichy*. Sur sa table de travail, j'avais vu ce proverbe sénégalais énigmatiquement peint sur un caillou : *Celui qui n'a pas lutté est fort à la lutte.*

Terminant ce livre, j'ouvre mon exemplaire de *Solde.* En épigraphe, il porte cette citation de Chateaubriand :

« En m'exprimant sur notre peu de valeur, j'ai serré de près ma conscience ; je me suis demandé si je ne m'étais pas incorporé par calcul à la nullité de ces temps pour acquérir le droit de condamner les autres ; persuadé que j'étais in petto que mon nom se lirait au milieu de toutes ces effaçures. Non : je suis convaincu que nous nous évanouirons tous : premièrement parce que nous n'avons pas en nous de quoi vivre ; secondement parce que le siècle dans lequel nous commençons ou finissons nos jours n'a pas lui-même de quoi nous faire vivre. Des générations mutilées, épuisées, dédaigneuses, sans foi, vouées au néant qu'elles aiment, ne sauraient donner l'immortalité ; quand vous cloueriez votre oreille à leur bouche vous n'entendriez rien : nul son ne sort du cœur des morts. »

Marc Francelet a passé quelques semaines en prison. Dédé la Sardine a des ennuis avec la justice.

Pendant l'été, Marie-Thérèse Le Breton est allée se recueillir au cimetière de Seuzac. Assise sur la tombe de Françoise, elle a trouvé un trèfle. À quatre feuilles, bien sûr.

[illegible] près [illegible] Cela [illegible]

[illegible]

[illegible]

[illegible] Chateaubriand.

[illegible]

[illegible]

[illegible] Marc [illegible]

[illegible]

[illegible]

Bibliographie

L'ŒUVRE DE FRANÇOISE SAGAN

Bonjour tristesse, roman, Julliard, 1954.
Un certain sourire, roman, Julliard, 1956.
New York, beau livre avec un texte de F. Sagan, Tel, 1956.
Dans un mois, dans un an, roman, Julliard, 1957.
Aimez-vous Brahms..., roman, Julliard, 1959.
Château en Suède, théâtre, Julliard, 1960.
Les Merveilleux Nuages, roman, Julliard, 1961.
Les Violons parfois, théâtre, Julliard, 1962.
La Robe mauve de Valentine, théâtre, Julliard, 1963.
Landru, scénario, Julliard, 1963.
Toxiques, récit, Julliard, 1964.
Bonheur, impair et passe, théâtre, Julliard, 1964.
La Chamade, roman, Julliard, 1965.
Le Cheval évanoui, suivi de *L'Écharde*, théâtre, Julliard, 1966.
Le Garde du cœur, roman, Julliard, 1968.
Un peu de soleil dans l'eau froide, roman, Flammarion, 1969.
Un piano dans l'herbe, théâtre, Flammarion, 1970.
Des bleus à l'âme, roman, Flammarion, 1972.
Il est des parfums, en collaboration avec G. Hanoteau, Jean Dullis, 1973.
Un profil perdu, roman, Flammarion, 1974.
Réponses, entretiens, Jean-Jacques Pauvert, 1974.
Des yeux de soie, nouvelles, Flammarion, 1975.

Brigitte Bardot, avec le photographe G. Dussart, Flammarion, 1975.
Le Lit défait, roman, Flammarion, 1977.
Le Sang doré des Borgia, dialogues F. Sagan, scénario F. Sagan et J. Quoirez, récit E. de Montpezat, Flammarion, 1977.
Il fait beau jour et nuit, théâtre, Flammarion, 1978.
Le Chien couchant, roman, Flammarion, 1981.
La Femme fardée, roman, Ramsay-Pauvert, 1980.
Musiques de scène, nouvelles, Flammarion, 1981.
Un orage immobile, roman, Julliard-Pauvert, 1983.
Avec mon meilleur souvenir, Gallimard, 1984.
De guerre lasse, roman, Gallimard, 1985.
Sand et Musset, lettres d'amour, présentées par F. Sagan, Hermann, 1985.
La Maison de Raquel Véga, fiction d'après la peinture de F. Botero, La Différence, 1985.
Un sang d'aquarelle, roman, Gallimard, 1987.
Sarah Bernhardt, le rire incassable, biographie, Robert Laffont, 1987.
La Laisse, roman, Julliard, 1989.
Les Faux-Fuyants, roman, Julliard, 1991.
Répliques, entretiens, Quai Voltaire, 1992.
... Et toute ma sympathie, portraits, Julliard, 1993.
Un chagrin de passage, roman, Plon-Julliard, 1994.
Le Miroir égaré, roman, Plon, 1996.
Derrière l'épaule, Plon, 1998.

BIOGRAPHIES DE FRANÇOISE SAGAN

Sophie Delassein, *Aimez-vous Sagan*, Fayard, 2002.
Jean-Claude Lamy, *Sagan, une légende*, Mercure de France, 2004.
Gohier-Marvier, *Bonjour Françoise !*, Grand Damier, 1957.
Geneviève Moll, *Madame Sagan*, Ramsay, 2005.
Gérard Mourgue, *Françoise Sagan*, Éditions universitaires, 1959.
Bertrand Poirot-Delpech, *Bonjour Sagan*, Herscher, 1985.

Il était une fois Sagan, hommage de Guillaume Durand, Jacques-Marie Laffont, 2005.

MÉMOIRES

Pierre Bergé, *Les jours s'en vont je demeure*, Gallimard, 2003.
Jacques Brenner, *Le Flâneur indiscret*, Julliard, 1995.
Jean-Claude Brialy, *J'ai oublié de vous dire*, XO, 2004.
Suzanne Chantal, *Le Cœur battant*, Grasset, 1976.
Jean Cocteau, *Le Passé défini*, T. IV, Gallimard, 2005.
Matthieu Galey, *Journal*, Grasset, 1987, 1989.
Massimo Gargia, *Nos amies les stars*, Flammarion, 2005.
Clara Malraux, ... *Et pourtant j'étais libre*, Grasset, 1979.
Barbara Skelton, *Weep No More*, Hamish Hamilton, 1989.
Gore Vidal, *Palimpseste*, Galaade Éditions, 2006.

ESSAIS

Henri Amouroux, *La Vie des Français sous l'Occupation*, Fayard, 1961.
Roland Barthes, *Mythologies*, Le Seuil, 1957.
Frédéric Brun, *Aston Martin*, Timée Éditions, 2006.
Cécile Guilbert, *L'Écrivain le plus libre*, Gallimard, 2004.
Chris Rojek, *Cette soif de célébrité*, Autrement, 2003.
Paul Yonnet, *Le Recul de la mort*, Gallimard, 2006.

Et puis

Jean-Pierre Barou, *Sartre, le temps des révoltes*, Stock, 2006.
Patrick Besson, *Solderie*, Mille et Une Nuits, 2004.
Antoine Blondin, *Certificat d'études*, La Table ronde, 1977.
Pierre Drieu la Rochelle, *L'Homme couvert de femmes*, 1994.
Paul Eluard, *Œuvres complètes*, Gallimard, La Pléiade.
Bernard Frank, *Romans*, Flammarion, 1999.
Francis Scott Fitzgerald, *La Fêlure*, Gallimard, 1963.
Jérôme Garcin, *Cavalier seul*, Gallimard, 2006.
Jean-Paul Kauffmann, *31, allées Damour*, Berg International/ La Table Ronde, 2004.

Jean-Claude Lamy, *René Julliard*, Julliard, 1992.
Valérie Lecasble, Airy Routier, *Forages en eaux profondes (les secrets de l'affaire Elf)*, Grasset, 1998.
Henri-Hugues Lejeune, *Un vieil ami, Bernard Frank*, Robert Laffont, 2006.
André Le Vot, *Scott Fitzgerald*, Julliard, 1979.
Jean-Jacques Pauvert, *La Traversée du livre*, Viviane Hamy, 2004.
Françoise Sagan, Bernard Buffet, *Toxique*, Julliard, 1964.
Françoise Sagan, Guy Dupré, François Nourissier, *Au marbre, chroniques retrouvées*, La Désinvolture, 1988.
Jean-Paul Sartre, *Les Mots*, Gallimard, 1964.
Jean Starobinski, *L'Œil vivant*, Gallimard, 1961.
Kendall Taylor, *Zelda et Scott Fitzgerald, Les années 20 jusqu'à la folie*, Autrement 2007.

Merci à

Philippe Abastado, Charlotte Aillaud, Marie-Thérèse Bartoli, Dominique Barbéris, Pierre Bergé, Albina du Bois-Rouvray, Jean-Louis de Boissieu, Frédéric Botton, Bernard Bronquart, Frédéric Brun, Brigitte Carbonneaux, Frédéric Chaubin, Teresa Cremisi, Jacques Delahaye, Cécile Defforey, Marylène Detcherry, Guillaume Durand, Anne-Sophie Duval, Jean-Claude Fasquelle, Marc Francelet, Jeanne et Joséphine Frank, Olivier Frébourg, Jérôme Garcin, Massimo Gargia, Charles Genton, François Gibault, Bettina Graziani, Jean Grouet, Claude Gubler, Allain Guilloux, Isabelle Held, Jean-Paul Kauffmann, Philippe Klein, Lilian Laubard, Marie-Thérèse Le Breton, Jack-Alain Léger, Henri-Hugues Lejeune, Florence Malraux, Alin Marthouret, Ingrid Mechoulam, Jean-Claude Meyer, Olivier Mony, Éric Neuhoff, Claude Perdriel, Suzanne Quoirez, Jean Roques, Jean-Paul Scarpitta, François Simon, Claudine Vernier-Palliez, Denis Westhoff, Nicole Wisniak, Jean-Claude Zylberstein.

DU MÊME AUTEUR

Aux Éditions Denoël

SAGAN À TOUTE ALLURE, *biographie*, 2008 (Folio n° 4889)

Chez d'autres éditeurs

GAINSBOURG SANS FILTRE, *biographie*, Flammarion, 1994
MARTINE FAIT DU SENTIMENT, *roman*, Actes Sud, 1999
JE VAIS DE MIEUX EN MIEUX, *roman*, Flammarion, 2006
PORTRAITS PLEINE PAGE, *essai*, J'ai lu, 2007

COLLECTION FOLIO

Dernières parutions

4531. Orhan Pamuk	*Neige.*
4532. Michael Pye	*L'antiquaire de Zurich.*
4533. Philippe Sollers	*Une vie divine.*
4534. Bruno Tessarech	*Villa blanche.*
4535. François Rabelais	*Gargantua.*
4536. Collectif	*Anthologie des humanistes européens de la renaissance.*
4537. Stéphane Audeguy	*La théorie des nuages.*
4538. J. G. Ballard	*Crash!*
4539. Julian Barnes	*La table citron.*
4540. Arnaud Cathrine	*Sweet home.*
4541. Jonathan Coe	*Le cercle fermé.*
4542. Frank Conroy	*Un cri dans le désert.*
4543. Karen Joy Fowler	*Le club Jane Austen.*
4544. Sylvie Germain	*Magnus.*
4545. Jean-Noël Pancrazi	*Les dollars des sables.*
4546. Jean Rolin	*Terminal Frigo.*
4547. Lydie Salvayre	*La vie commune.*
4548. Hans-Ulrich Treichel	*Le disparu.*
4549. Amaru	*La Centurie. Poèmes amoureux de l'Inde ancienne.*
4550. Collectif	*«Mon cher papa...» Des écrivains et leur père.*
4551. Joris-Karl Huysmans	*Sac au dos* suivi de *À vau l'eau.*
4552. Marc-Aurèle	*Pensées (Livres VII-XII).*
4553. Valery Larbaud	*Mon plus secret conseil...*
4554. Henry Miller	*Lire aux cabinets.*
4555. Alfred de Musset	*Emmeline.*
4556. Irène Némirovsky	*Ida* suivi de *La comédie bourgeoise.*
4557. Rainer Maria Rilke	*Au fil de la vie.*
4558. Edgar Allan Poe	*Petite discussion avec une momie et autres histoires extraordinaires.*

4559. Madame de Duras — *Ourika. Édouard. Olivier ou le Secret.*
4560. François Weyergans — *Trois jours chez ma mère.*
4561. Robert Bober — *Laissées-pour-compte.*
4562. Philippe Delerm — *La bulle de Tiepolo.*
4563. Marie Didier — *Dans la nuit de Bicêtre.*
4564. Guy Goffette — *Une enfance lingère.*
4565. Alona Kimhi — *Lily la tigresse.*
4566. Dany Laferrière — *Le goût des jeunes filles.*
4567. J.M.G. Le Clézio — *Ourania.*
4568. Marie Nimier — *Vous dansez ?*
4569. Gisèle Pineau — *Fleur de Barbarie.*
4570. Nathalie Rheims — *Le Rêve de Balthus.*
4571. Joy Sorman — *Boys, boys, boys.*
4572. Philippe Videlier — *Nuit turque.*
4573. Jane Austen — *Orgueil et préjugés.*
4574. René Belletto — *Le Revenant.*
4575. Mehdi Charef — *À bras-le-cœur.*
4576. Gérard de Cortanze — *Philippe Sollers. Vérités et légendes.*
4577. Leslie Kaplan — *Fever.*
4578. Tomás Eloy Martínez — *Le chanteur de tango.*
4579. Harry Mathews — *Ma vie dans la CIA.*
4580. Vassilis Alexakis — *La langue maternelle.*
4581. Vassilis Alexakis — *Paris-Athènes.*
4582. Marie Darrieussecq — *Le Pays.*
4583. Nicolas Fargues — *J'étais derrière toi.*
4584. Nick Flynn — *Encore une nuit de merde dans cette ville pourrie.*
4585. Valentine Goby — *L'antilope blanche.*
4586. Paula Jacques — *Rachel-Rose et l'officier arabe.*
4587. Pierre Magnan — *Laure du bout du monde.*
4588. Pascal Quignard — *Villa Amalia.*
4589. Jean-Marie Rouart — *Le Scandale.*
4590. Jean Rouaud — *L'imitation du bonheur.*
4591. Pascale Roze — *L'eau rouge.*
4592. François Taillandier — *Option Paradis. La grande intrigue, I.*

4593. François Taillandier	*Telling. La grande intrigue, II.*
4594. Paula Fox	*La légende d'une servante.*
4595. Alessandro Baricco	*Homère, Iliade.*
4596. Michel Embareck	*Le temps des citrons.*
4597. David Shahar	*La moustache du pape* et autres nouvelles.
4598. Mark Twain	*Un majestueux fossile littéraire* et autres nouvelles.
4599. André Velter	*Zingaro suite équestre* (nouvelle édition)
4600. Tite-Live	*Les Origines de Rome.*
4601. Jerome Charyn	*C'était Broadway.*
4602. Raphaël Confiant	*La Vierge du Grand Retour.*
4603. Didier Daeninckx	*Itinéraire d'un salaud ordinaire.*
4604. Patrick Declerck	*Le sang nouveau est arrivé. L'horreur SDF.*
4605. Carlos Fuentes	*Le Siège de l'Aigle.*
4606. Pierre Guyotat	*Coma.*
4607. Kenzaburô Ôé	*Le faste des morts.*
4608. J.-B. Pontalis	*Frère du précédent.*
4609. Antonio Tabucchi	*Petites équivoques sans importance.*
4610. Gonzague Saint Bris	*La Fayette.*
4611. Alessandro Piperno	*Avec les pires intentions.*
4612. Philippe Labro	*Franz et Clara.*
4613. Antonio Tabucchi	*L'ange noir.*
4614. Jeanne Herry	*80 étés.*
4615. Philip Pullman	*Les Royaumes du Nord. À la croisée des mondes, I.*
4616. Philip Pullman	*La Tour des Anges. À la croisée des mondes, II.*
4617. Philip Pullman	*Le Miroir d'Ambre. À la croisée des mondes, III.*
4618. Stéphane Audeguy	*Petit éloge de la douceur.*
4619. Éric Fottorino	*Petit éloge de la bicyclette.*
4620. Valentine Goby	*Petit éloge des grandes villes.*
4621. Gaëlle Obiégly	*Petit éloge de la jalousie.*
4622. Pierre Pelot	*Petit éloge de l'enfance.*
4623. Henry Fielding	*Histoire de Tom Jones.*
4624. Samina Ali	*Jours de pluie à Madras.*

4625. Julian Barnes — *Un homme dans sa cuisine.*
4626. Franz Bartelt — *Le bar des habitudes.*
4627. René Belletto — *Sur la terre comme au ciel.*
4628. Thomas Bernhard — *Les mange-pas-cher.*
4629. Marie Ferranti — *Lucie de Syracuse.*
4630. David McNeil — *Tangage et roulis.*
4631. Gilbert Sinoué — *La reine crucifiée*
4632. Ted Stanger — *Sacrés Français ! Un Américain nous regarde.*
4633. Brina Svit — *Un cœur de trop.*
4634. Denis Tillinac — *Le venin de la mélancolie.*
4635. Urs Widmer — *Le livre de mon père.*
4636. Thomas Gunzig — *Kuru.*
4637. Philip Roth — *Le complot contre l'Amérique.*
4638. Bruno Tessarech — *La femme de l'analyste.*
4639. Benjamin Constant — *Le Cahier rouge.*
4640. Carlos Fuentes — *La Desdichada.*
4641. Richard Wright — *L'homme qui a vu l'inondation* suivi de *Là-bas, près de la rivière.*
4642. Saint-Simon — *La Mort de Louis XIV.*
4643. Yves Bichet — *La part animale.*
4644. Javier Marías — *Ce que dit le majordome.*
4645. Yves Pagès — *Petites natures mortes au travail.*
4646. Grisélidis Réal — *Le noir est une couleur.*
4647. Pierre Senges — *La réfutation majeure.*
4648. Gabrielle Wittkop — *Chaque jour est un arbre qui tombe.*
4649. Salim Bachi — *Tuez-les tous.*
4650. Michel Tournier — *Les vertes lectures.*
4651. Virginia Woolf — *Les Années.*
4652. Mircea Eliade — *Le temps d'un centenaire* suivi de *Dayan.*
4653. Anonyme — *Une femme à Berlin. Journal 20 avril-22 juin 1945.*
4654. Stéphane Audeguy — *Fils unique.*
4655. François Bizot — *Le saut du Varan.*

4656. Pierre Charras — *Bonne nuit, doux prince.*
4657. Paula Fox — *Personnages désespérés.*
4658. Angela Huth — *Un fils exemplaire.*
4659. Kazuo Ishiguro — *Auprès de moi toujours.*
4660. Luc Lang — *La fin des paysages.*
4661. Ian McEwan — *Samedi.*
4662. Olivier et Patrick Poivre d'Arvor — *Disparaître.*
4663. Michel Schneider — *Marilyn dernières séances.*
4664. Abbé Prévost — *Manon Lescaut.*
4665. Cicéron — *«Le bonheur dépend de l'âme seule».* Tusculanes, *livre V.*
4666. Collectif — *Le pavillon des Parfums-Réunis* et autres nouvelles chinoises des Ming.
4667. Thomas Day — *L'automate de Nuremberg.*
4668. Lafcadio Hearn — *Ma première journée en Orient* suivi de *Kizuki le sanctuaire le plus ancien du Japon.*
4669. Simone de Beauvoir — *La femme indépendante.*
4670. Rudyard Kipling — *Une vie gaspillée* et autres nouvelles.
4671. D. H. Lawrence — *L'épine dans la chair* et autres nouvelles.
4672. Luigi Pirandello — *Eau amère* et autres nouvelles.
4673. Jules Verne — *Les révoltés de la Bounty* suivi de *maître Zacharius.*
4674. Anne Wiazemsky — *L'île.*
4675. Pierre Assouline — *Rosebud.*
4676. François-Marie Banier — *Les femmes du métro Pompe.*
4677. René Belletto — *Régis Mille l'éventreur.*
4678. Louis de Bernières — *Des oiseaux sans ailes.*
4679. Karen Blixen — *Le festin de Babette.*
4680. Jean Clair — *Journal atrabilaire.*
4681. Sous la direction d'Alain Finkielkraut — *Ce que peut la littérature.*
4682. Franz-Olivier Giesbert — *La souille.*
4683. Alain Jaubert — *Lumière de l'image.*
4684. Camille Laurens — *Ni toi ni moi.*
4685. Jonathan Littell — *Les Bienveillantes.*

4686. François Weyergans — *La démence du boxeur.* (à paraître)
4687. Frances Mayes — *Saveurs vagabondes.*
4688. Claude Arnaud — *Babel 1990.*
4689. Philippe Claudel — *Chronique monégasque* et autres textes.
4690. Alain Rey — *Les mots de saison.*
4691. Thierry Taittinger — *Un enfant du rock.*
4692. Anton Tchékhov — *Récit d'un inconnu* et autres nouvelles.
4693. Marc Dugain — *Une exécution ordinaire.*
4694. Antoine Audouard — *Un pont d'oiseaux.*
4695. Gérard de Cortanze — *Laura.*
4696. Philippe Delerm — *Dickens, barbe à papa.*
4697. Anonyme — *Le Coran.*
4698. Marguerite Duras — *Cahiers de la guerre* et autres textes.
4699. Nicole Krauss — *L'histoire de l'amour.*
4700. Richard Millet — *Dévorations.*
4701. Amos Oz — *Soudain dans la forêt profonde.*
4702. Boualem Sansal — *Poste restante : Alger.*
4703. Bernhard Schlink — *Le retour.*
4704. Christine Angot — *Rendez-vous.*
4705. Éric Faye — *Le syndicat des pauvres types.*
4706. Jérôme Garcin — *Les sœurs de Prague.*
4707. Denis Diderot — *Salons.*
4708. Isabelle de Charrière — *Sir Walter Finch et son fils William.*
4709. Madame d'Aulnoy — *La Princesse Belle Étoile et le prince Chéri.*
4710. Isabelle Eberhardt — *Amours nomades.*
4711. Flora Tristan — *Promenades dans Londres.*
4712. Mario Vargas Llosa — *Tours et détours de la vilaine fille.*
4713. Camille Laurens — *Philippe.*
4714. John Cheever — *The Wapshot.*
4715. Paule Constant — *La bête à chagrin.*
4716. Erri De Luca — *Pas ici, pas maintenant.*
4717. Éric Fottorino — *Nordeste.*
4718. Pierre Guyotat — *Ashby* suivi de *Sur un cheval.*
4719. Régis Jauffret — *Microfictions.*

4720. Javier Marías — *Un cœur si blanc.*
4721. Irène Némirovsky — *Chaleur du sang.*
4722. Anne Wiazemsky — *Jeune fille.*
4723. Julie Wolkenstein — *Happy End.*
4724. Lian Hearn — *Le vol du héron. Le Clan des Otori, IV.*
4725. Madame d'Aulnoy — *Contes de fées.*
4726. Collectif — *Mai 68, Le Débat.*
4727. Antoine Bello — *Les falsificateurs.*
4728. Jeanne Benameur — *Présent ?*
4729. Olivier Cadiot — *Retour définitif et durable de l'être aimé.*
4730. Arnaud Cathrine — *La disparition de Richard Taylor.*
4731. Maryse Condé — *Victoire, les saveurs et les mots.*
4732. Penelope Fitzgerald — *L'affaire Lolita.*
4733. Jean-Paul Kauffmann — *La maison du retour.*
4734. Dominique Mainard — *Le ciel des chevaux.*
4735. Marie Ndiaye — *Mon cœur à l'étroit.*
4736. Jean-Christophe Rufin — *Le parfum d'Adam.*
4737. Joseph Conrad — *Le retour.*
4738. Roald Dahl — *Le chien de Claude.*
4739. Fédor Dostoïevski — *La femme d'un autre et le mari sous le lit.*
4740. Ernest Hemingway — *La capitale du monde* suivi de *L'heure triomphale de François Macomber.*
4741. H.P. Lovecraft — *Celui qui chuchotait dans les ténèbres.*
4742. Gérard de Nerval — *Pandora* et autres nouvelles.
4743. Juan Carlos Onetti — *À une tombe anonyme.*
4744. R.L. Stevenson — *La Chaussée des Merry Men.*
4745. H.D. Thoreau — *« Je vivais seul, dans les bois ».*
4746. Michel Tournier — *L'aire du Muguet* précédé de *La jeune fille et la mort.*
4747. Léon Tolstoï — *La Tempête de neige* et autres récits.
4748. Tonino Benacquista — *Le serrurier volant.*
4749. Bernard du Boucheron — *Chien des os.*
4750. William S. Burroughs — *Junky.*
4751. Françoise Chandernagor — *La voyageuse de nuit.*

4752. Philippe Delerm — *La tranchée d'Arenberg et autres voluptés sportives.*
4753. Franz-Olivier Giesbert — *L'affreux.*
4754. Andrea Levy — *Hortense et Queenie.*
4755. Héléna Marienské — *Rhésus.*
4756. Per Petterson — *Pas facile de voler des chevaux.*
4757. Zeruya Shalev — *Thèra*
4758. Philippe Djian — *Mise en bouche.*
4759. Diane de Margerie — *L'Étranglée.*
4760. Joseph Conrad — *Le Miroir de la mer.*
4761. Saint Augustin — *Confessions. Livre X.*
4762. René Belletto — *Ville de la peur.*
4763. Bernard Chapuis — *Vieux garçon.*
4764. Charles Julliet — *Au pays du long nuage blanc.*
4765. Patrick Lapeyre — *La lenteur de l'avenir.*
4766. Richard Millet — *Le chant des adolescentes.*
4767. Richard Millet — *Cœur blanc.*
4768. Martin Amis — *Chien Jaune.*
4769. Antoine Bello — *Éloge de la pièce manquante.*
4770. Emmanuel Carrère — *Bravoure*
4771. Emmanuel Carrère — *Un roman russe*
4772. Tracy Chevalier — *L'innocence*
4773. Sous la direction d'Alain Finkielkraut — *Qu'est-ce que la France ?*
4774. Benoît Duteurtre — *Chemins de fer.*
4775. Philippe Forest — *Tous les enfants sauf un.*
4776. Valentine Goby — *L'échappée.*
4777. Régis Jauffret — *L'enfance est un rêve d'enfant.*
4778. David McNeil — *Angie ou les douze mesures d'un blues.*
4779. Grégoire Polet — *Excusez les fautes du copiste*
4780. Zoé Valdés — *L'éternité de l'instant*
4781. Collectif — *Sur le zinc. Au café avec les écrivains.*
4782. Francis Scott Fitzgerald — *L'étrange histoire de Benjamin Button* suivi de *La lie du bonheur.*
4783. Lao She — *Le nouvel inspecteur* suivi de *Le croissant de lune.*

4784. Guy de Maupassant — *Apparition et autres contes de l'étrange.*
4785. D. A. F. de Sade — *Eugénie de Franval.*
4786. Patrick Amine — *Petit éloge de la colère.*
4787. Élisabeth Barillé — *Petit éloge du sensible.*
4788. Didier Daeninckx — *Petit éloge des faits divers.*
4789. Nathalie Kuperman — *Petit éloge de la haine.*
4790. Marcel Proust — *La fin de la jalousie.*
4791. Friedrich Nietzsche — *Lettres choisies.*
4792. Alexandre Dumas — *La Dame de Monsoreau.*
4793. Julian Barnes — *Arthur & George.*
4794. François Bégaudeau — *Jouer juste.*
4795. Olivier Bleys — *Semper Augustus.*
4796. Éric Fottorino — *Baisers de cinéma.*
4797. Jens Christian Grøndahl — *Piazza Bucarest.*
4798. Orhan Pamuk — *Istanbul.*
4799. J.-B. Pontalis — *Elles.*
4800. Jean Rolin — *L'explosion de la durite.*
4801. Willy Ronis — *Ce jour-là.*
4802. Ludovic Roubaudi — *Les chiens écrasés.*
4803. Gilbert Sinoué — *Le colonel et l'enfant-roi.*
4804. Philippe Sollers — *L'évangile de Nietzsche.*
4805. François Sureau — *L'obéissance.*
4806. Montesquieu — *Considérations sur les causes de la grandeur des Romains et de leur decadence.*
4807. Collectif — *Des nouvelles de McSweeney's.*
4808. J. G. Ballard — *Que notre règne arrive.*
4809. Erri De Luca — *Sur la trace de Nives.*
4810. René Frégni — *Maudit le jour.*
4811. François Gantheret — *Les corps perdus.*
4812. Nikos Kavvadias — *Le quart.*
4813. Claudio Magris — *À l'aveugle.*
4814. Ludmila Oulitskaïa — *Mensonges de femmes.*
4815. Arto Paasilinna — *Le bestial serviteur du pasteur Huuskonen.*
4816. Alix de Saint-André — *Il n'y a pas de grandes personnes.*
4817. Dai Sijie — *Par une nuit où la lune ne s'est pas levée.*

Composition Interligne
Impression Maury-Imprimeur
45330 Malesherbes
le 23 mars 2009.
Dépôt légal : mars 2009.
Numéro d'imprimeur : 145645.

ISBN 978-2-07-037982-8. / Imprimé en France.

163991

COLLECTION FOLIO